诗酒趁年华

董佳 李晨婧 著

时代文艺出版社

图书在版编目（CIP）数据

诗酒趁年华 / 董佳，李晨婧著. -- 长春：
时代文艺出版社，2023.2

ISBN 978-7-5387-7086-5

Ⅰ．①诗… Ⅱ．①董… ②李… Ⅲ．①长篇小说-中国-当代 Ⅳ．①I247.5

中国版本图书馆CIP数据核字(2022)第192839号

诗酒趁年华
SHI JIU CHEN NIANHUA

董 佳 李晨婧 著

出 品 人：陈 琛
责任编辑：焦 瑛
装帧设计：周 凡
排版制作：宋 罡

出版发行 时代文艺出版社
地　　址：长春市福祉大路5788号　龙腾国际大厦A座15层　(130118)
电　　话：0431-81629751（总编办）　0431-81629758（发行部）
官方微博：weibo.com/tlapress
开　　本：787mm×1092mm　1/16
字　　数：300千字
印　　张：20.5
印　　刷：天津和萱印刷有限公司
版　　次：2023年2月第1版
印　　次：2023年2月第1次印刷
定　　价：68.00元

图书如有印装错误　请寄回印厂调换

目　　录

第一季

第一章　好久不见，我亲爱的上海 …………………………………… 003

第二章　期待已久的邮件 ……………………………………………… 007

第三章　第一印象 ……………………………………………………… 013

第四章　何不一试 ……………………………………………………… 019

第五章　原来见过 ……………………………………………………… 024

第六章　新的旅程 ……………………………………………………… 029

第七章　初识欧阳 ……………………………………………………… 033

第八章　入职第一天（First Working Day）………………………… 037

第九章　总部到访 ……………………………………………………… 044

第十章　要疯狂，趁年轻 ……………………………………………… 051

第十一章　Jorizon——一款属于童悦的鸡尾酒 …………………… 056

第十二章　该如何开口才好 …………………………………………… 061

第十三章　难，也是要面对的 ………………………………………… 068

第十四章　与迷失的距离 ……………………………………………… 074

第十五章　一声未落，一声又起 ……………………………………… 080

第十六章　"蓝眼睛"的坦白 ………………………………………… 087

第十七章　"善意"的提醒 …………………………………………… 092

第十八章　初见，再见 ………………………………………………… 099

第十九章	是机会也是挑战	105
第二十章	你也要走	110
第二十一章	我以为的爱情还是没来	116
第二十二章	培训经理上线	121
第二十三章	和传说中的不一样	127
第二十四章	由不得你	132
第二十五章	有点慌了	139
第二十六章	预料之中，意料之外	145
第二十七章	彻查	151
第二十八章	问责	156
第二十九章	改变命运的相遇	162
第三十章	不安生的假期	169
第三十一章	分红风波	175
第三十二章	做我女朋友好吗	181
第三十三章	第一季尾声	188

第二季

第一章	我喜欢过你	199
第二章	重新出发有点"甜"	203
第三章	Jorizon 背后的故事	210
第四章	火药味十足的"见面礼"	216
第五章	入职"小考"	222
第六章	我要投诉	229
第七章	让人惴惴不安的八卦	235
第八章	来自红色的幸运	241

第九章　有惊无险 ………………………………………… 248

第十章　选择 …………………………………………… 254

第十一章　巧了 ………………………………………… 261

第十二章　好的坏的都是风景 …………………………… 269

第十三章　和解 ………………………………………… 276

第十四章　撑腰 ………………………………………… 284

第十五章　暗流涌动 ……………………………………… 290

第十六章　幕后黑手 ……………………………………… 295

第十七章　照我说的做 …………………………………… 300

第十八章　怕吗？来啊！ ………………………………… 305

第十九章　总部的速度 …………………………………… 308

第二十章　终篇：普陀相遇 ……………………………… 315

第一季

第一章 好久不见，我亲爱的上海

"女士们，先生们：飞机预计在四十分钟后抵达上海浦东国际机场（当地时间19:30），地面温度为五摄氏度，四十一华氏度。飞机即将进入下降阶段，洗手间将在十分钟后停止使用。"

客舱广播让刚睡醒的我多了一丝清醒。揉了揉干涩的双眼，我喝掉杯子里最后的几口水，伸了伸已经快麻木的双腿，经过十多个小时终于到上海了。长途飞行真的是太辛苦了，疲惫让我更坚定了回国的决定是对的。想想如果留在澳洲，老爸老妈也要经历这样的飞行才能见到我，就全身上下都是拒绝。望向窗外，灯光在夜晚构成了一个漂浮在湖面上的帆船，马上就要见到老爸老妈了，内心真的无比激动啊，为了让自己变得更独立，将近两年没有见到他们了呢。还好有Jason（杰生）陪着我。

再次响起的客舱广播打断了我的思绪，"女士们，先生们：飞机将于三十分钟后抵达目的地上海浦东国际机场，请您收起小桌板……"飞机的抖动让我下意识地紧紧抓着扶手。不管有过多少次飞行，还是会有隐隐的害怕，以前每当这时候Jason总是会紧紧地握住我的手，再给我一个安慰的笑容。他在我身边的时候我总是那么安心。

如果说回国有什么是我舍不得的，那就是Jason了。回国之前身边的朋友忍不住问我，你就这样走了，把Jason留在这儿，你不怕他被抢走了？我超自信

地回答说："我对自己有信心，对Jason更有信心。"尽管如此，在悉尼机场道别的时候，心里确实除了不舍还有些说不清的不安。

"阿嚏！"真冷啊，直到站在取行李的传送带处，才真实地感受到了上海温度。拿到行李的第一件事就是拿出羽绒服把自己裹个严实。手机里的卡还是澳洲的Optus（澳大利亚电信公司澳都斯），也不知道我这个方向感极差的老妈能不能找得到我。我心里偷笑。

"童悦！童悦！这边这边。"好熟悉的声音，低着头边走边整理外套拉链的我，抬起头寻找。紧接着就看到疯狂挥舞着花束的阿棋，还有站在旁边挥手的老妈。所有的疲惫顿时一扫而空，我放开行李车扑向她们。

"老妈，阿棋，真的好想你们啊！"

"老妈？你妈我有这么老吗？"

"就是，大姨这么美怎么会老？！"阿棋边说边笑着冲我眨眼睛。

"女神大人，你最美了！"我说，"就你嘴甜，好话都被你说了。"

"阿棋，你怎么也来了？今天没有课吗？"

"你看看几点了，什么课这会儿也下课了好吧。"

"为了接你，我可是明天一大早就要赶回学校去，够意思吧？"

"来来来，让我赏个香吻！"说着就搂住了阿棋，要实行"奖励措施"。

阿棋忙说："大姨救我，你看看姐就知道欺负我！"

妈妈笑着看我们闹了一会儿，"好啦，好啦，你爸还在停车场等着我们呢，你们两个啊，我们回家再说。"

阿棋全名叫李柠棋，是我妈妹妹的女儿，也就是我小姨的女儿。因为跟我就差两岁，所以从小就跟我没大没小的也习惯了。至于为什么她的名字都是木字旁，是小时候算命的说，她命里缺木，所以，哈哈。也可能是因为她太闹腾，小姨想让她起码从名字看起来安静一点吧。

爸爸用双跳灯的方式表示欢迎，迫不及待下车拿行李，"黑了，也瘦了，看来澳洲的饭菜还是不如我们中国菜。想吃什么告诉我，老爸给你做。快上车，外头冷。"

"酸辣豆腐汤，酸辣豆腐汤，酸辣豆腐汤，但是爸，您什么眼神啊，我一点儿也没瘦，还胖了。"

"就知道你爱喝，回家热一下就能喝了。还有，胖什么胖，一点儿也不胖，再说胖点儿怎么了？好看着呢！"

"囡囡，你不是说不喜欢那些高热量的食物吗？"老妈问我。

"是啊是啊，可是课业真的一点也不轻松，压力一大就少不了巧克力这些，Jason跟着我也胖了！"我忍不住偷笑。

在车上，阿棋说："要不要我推荐几款美白的产品啊？澳洲的阳光沙滩要是我也是忍不住要常去的。""好啊，好啊，是该好好拯救一下我的肤色了，海滩是好，可惜我们却不像悉尼的女孩子追求古铜色，所以每次玩得也不能很尽兴。"

"刚才都没仔细看，老爸，你接我还穿了西装啊？"

"你回来的大日子，当然要隆重一下啊。这会儿开车不方便，回家给你看看你妈给我买的新皮鞋。"看我爸得意的样子，一定不便宜。

坐在客厅的皮沙发上，我拨通了Jason的手机，这会儿澳洲已经深夜了。Jason还没睡，一直等着我到家。

妈妈从厨房伸头说："快去洗洗手，汤好了。"阿棋过去厨房帮忙，爸爸换好衣服走出来问："这刚回来，给谁打电话呢？"阿棋回说："姨父，这都不用问，肯定是给姐夫打电话呢呗。"

我爸一听，脸马上一沉，没吭声走去餐厅。我赶紧跟阿棋使眼色，匆匆挂了电话。"快去哄哄我爸，我搞不定。"我求助道。

阿棋小声问我："姨父还这么大反应呢。姨父也真是，疼你归疼你，你总不能一辈子不嫁人吧。再说，路远哥对你多好啊。"

唉，我也是不太理解，这么长时间了，爸爸为什么还对Jason有这么大的

意见。

吃完饭，洗了个舒舒服服的澡，我和阿棋就钻进我房间说悄悄话了。

我从箱子里拿出给阿棋的礼物（澳宝与绵羊油），"还好你的爱好不是奢侈品，不然我就是砸锅卖铁也带不回来。"

"姐，姨父姨妈这么疼你，干吗要让自己过得那么苦啊，时不时还打工。"

"我去澳洲除了求学，就是想要让自己独立一点，这个在他们身边永远实现不了，去了澳洲要是还依靠他们，我离开家的这两年不就没有意义了？"

"好啦，好啦，就你最上进啦。你就不可怜可怜我，天天都被我妈拿着你的优秀事迹数落。"

"那你回国了，Jason还在澳洲？"

"Jason实习期还没结束，他导师给他介绍的公司，这么好的机会半途放弃，太可惜了。等他积累一些经验，再回国，不是履历上也更有竞争力吗？"

"也是，可就是可怜有些人要害相思病啦。"

"你这个小妮子，又笑我，看我怎么收拾你。"

我和阿棋闹到半夜熬不住了才睡，还是家里的床最舒服。还记得刚到澳洲的时候都睡不好，也不是认床，澳洲的床垫真的软到人可以陷进去。闻着熟悉的洗衣液的味道，一夜无梦。

第二章 期待已久的邮件

"囡囡，起来吃点东西吧，不然对胃不好。"妈妈轻轻地拍了拍我把我叫醒。

"嗯，妈，几点啦？一点儿也不想起来，让我再在床上赖一会儿吧。"我哼哼唧唧地撒娇道，然后准备翻个身再睡。

"本来也不想叫你起来的，但已经都到中午了，要起来吃点东西才行，而且放任你继续睡下去，晚上还能睡得着吗？从美国、欧洲回来才要倒时差，你从澳洲回来还要倒时差说出去不是要让人家笑你？"唉，如果有，最先拿这件事笑我的一定是老妈。老妈还是老样子，从来都不会大声吼我，总是这么温声细语跟我说，但这温声细语对我和老爸却有奇效，看着她这个样子你总是舍不得拂逆她的意思。所以老爸也从来都是对妈妈"言听计从"。我最后挣扎了一下，睁开眼睛，坐了起来。

妈妈看成功把我叫醒，走过去帮我把窗帘拉开，阳光明媚得让我睁不开眼，我这才有了些许清醒。

"又开始神游了。"妈妈回头看我依然睡眼惺忪的样子，无奈地摇摇头笑道，"神游完了就快去洗漱吧，我去给你热你爱吃的小馄饨。"

我机械地点点头答应着。妈妈出去了一会儿后，我才走下床，准备去洗漱。

"哎哟！"脚趾传来的一阵疼痛让我顿时清醒，低头一看，是昨天打开摊在地上还没来得及整理的行李箱。我这才反应过来，洗手间是在左边而不是在右

边。我又环顾了一圈,好久不见的米奇抱枕、梳妆台、衣柜、飘窗、窗外的风景,这屋子里昨晚还没来得及好好看看的一切,还有脚下的痛感让我终于有了回家的真实感,原来真的不是在梦里。顿时心情大好,神清气爽,伸了个懒腰,我跨过行李箱,哼着歌洗漱去了。

出了房门,看到桌子上的馄饨已经热好了。妈妈从她房间出来,却已经换了一套出门的行头,我顿时疑惑道:"妈,你这是要去哪儿啊?我刚回来,你就走啊,一点也不想我嘛!"

"看看你,都睡糊涂了吧,你回来前我就给你报备过啦,还问你能不能买早两天的机票,你说要跟路远过完圣诞节才回来。"

好像是有这么回事儿,印象里是妈妈约了她从杭州来的老友去看画展,"好吧好吧,那我爸呢?"

"大小姐,今天是周五,你爸爸一大早就去公司开会了。"妈妈假装摆出一脸嫌弃的表情,算是表示我带着还没醒过来的大脑完成跟她的这段对话的好气又好笑。

我装委屈道:"好吧好吧,真是可怜如我啊,一个爹不亲娘不爱的孩子,我还给你们带了礼物呢,用自己打工挣的钱给你们买的呢。"

老妈斜了我一眼,"回来给你带五芳斋的绿豆糕行了吧?"

我满意地冲过去一把抱住她,"妈妈最好了,快走吧,可不要迟到了。"

吃完饭的我特别满足地回到房间,看到地上的行李箱一点也不想整理,仰面躺在床上。我心想:干点什么呢?先给 Jason 打个电话吧,昨晚的电话挂得着实有点匆忙。

"才睡醒吧。" Jason 笑道,明明一个疑问句,被他说成了肯定句。

我面子上顿时有点挂不住,道:"才没有,早就起来了好吧。" Jason 笑了笑但是没有再明着拆穿我。

"这两天你准备干吗呢?"我问。

"嗯，我在跟的团队最近要开始一个新的项目，我对一些细节还不是很熟悉，准备趁这几天假期补一补功课。"

"假期诶，你就不能放过自己一下吗？"

"没办法，好歹是导师用了他的人脉资源才拿到的这个实习机会，不能给他丢人啊。"说到 Jason 的压力我一直都理解，中国人在澳洲想进一个像样点的公司真的不容易。看他经常加班熬夜，我其实也是心疼他，想让他趁假期好好休息一下。

"唉，说到工作我都开始羡慕你了。"

"羡慕我天天加班吗？"Janson 忍不住笑道。

"那不是当初回国前在你面前夸下海口，一定能很快拿下 offer（录取通知书），可是简历回国前就都投出去了，现在一个回音还没有。"越来越小的声音让 Jason 听出了我的失落。

"悦，这可一点儿都不像你啊，你想想，要进外企的人一定很多，也要给人家公司一些时间筛选简历不是？何况这也就才过去四天，不要急，再耐心等等。我一个同事跟我说，他曾经投了一家公司，半个月后才给他回复了邮件。说不定啊，等你打开电脑，就有一封面试邀请已经来了。"

对啊，这才刚开始呢，我可不能现在就泄气了。我一边听 Jason 的安慰，一边忍不住打开电脑查看。天哪，"啊！"我激动得尖叫出声，吓了 Jason 一跳，"怎么了，怎么了？"他忙问道。

我激动得有点语无伦次："真的有，真的有，收到了，收到了，还是 AAB 公司的邮件，你真的是我的福星。"

因为太兴奋了，我都没有注意到 Jason 在听到这个消息后短暂的沉默。

"那恭喜恭喜啦，我就说吧，我女朋友肯定没问题的。"

跟 Jason 又聊了一会儿才挂了电话，我捧着电脑又把邮件重新仔仔细细地看了一遍。

第二章 期待已久的邮件

009

Dear Yue,

Thanks for your email and application to the purchasing assistant position.

I would like to arrange an interview with you at 2pm on Jan.6th (Monday), 2003 at the Human Resources Office. Please bring your resume and the dress code is business attire.

Your sincerely

Jessica

AAB Recruitment Manager

亲爱的悦,

感谢您的求职邮件表达了对于采购助理职位的兴趣。

我非常荣幸地通知你,面试定于2003年1月6日(星期一)下午2点在公司的人事部。请带好你的简历,着装要求:正装。

祝好!

杰西卡

我心里一直重复着"太好啦,太好啦",脸上是掩不住的笑容。我就要迎来我人生第一个正式工作的面试了。

晚上爸妈一回来,我就忍不住把这个好消息告诉了他们。爸爸高兴之余,心疼道:"工作总会有的,也不用这么着急找嘛,刚回来先好好休息休息也挺好的。"

"Jason 都已经开始实习了,我也要赶紧找到工作才行,不能跟他差得太远啦,再说你女儿虽然是 MBA(工商管理硕士),但好的工作机会可不会一直等着我啊。"

虽然提到 Jason 的时候老爸脸色一沉,可还是无奈地笑道:"好吧,好吧,都依你,我女儿最上进了。"妈妈就在旁边笑着看我们爷儿俩斗嘴。

很多时候我很感谢我能有这样开明的父母。他们从不会逼迫我做一些他们想让我做的事，从小到大只要不是原则性的问题，都随着我高兴自己选，文理科、学校、专业。他们也从来不会尝试改变我的选择，就像Jason，虽然我一直都知道爸爸不喜欢他，但是爸爸从来都没有阻止我和他交往。所以好多同学都很羡慕我，他们有的那些来自父母"为你好"的烦恼我从来都没有过。

"对了，你明天要做什么？爸爸明天不加班，也推掉了所有应酬，你想去哪儿，爸爸给你当一天的司机？"

我突然想到，我好像还没有什么合适的衣服可以去参加面试。澳洲女生出门一般都是人字拖、T恤、牛仔。两年了，我也慢慢地被同化了。昨晚看到我行李箱里的衣服，阿棋还一阵嫌弃。去AAB面试还是要包装一下自己的，毕竟人靠衣装嘛。

脑海里回忆起阿棋昨天的装扮，赶紧起身给阿棋打电话约她明天陪我逛街。

爸妈看我没有回答，反倒起身打电话，也是无奈地相视一笑。姑娘这又是想的哪一出。

我放下电话："搞定。"

"约好了，明天阿棋陪我逛街买衣服去。"我兴奋地说。

"那就早点去睡吧，不要明天又到中午才起来。"妈妈看了看表提醒道。

"Yes, madam（遵命）。"还对着妈妈敬了个礼。我知道每次这样，妈妈就会开始她那长篇大论的教导"这样不是一个淑女应该有的样子，女孩子要时刻注意自己的形象"，为了接下来不被她念叨，我还是快点离开比较明智，就一溜烟儿地跑回了自己的房间。

"看你女儿。"表面上妈妈对着爸爸告我的状，但眼睛里是藏不住的笑意。

睡前打开日记本，上一次的日记停留在圣诞节：

2002年12月25日

今晚我们又去了Darling Harbor（达令港），因为他说可能一年之

内都不一定再有机会一起去了。夜里的港湾静谧，微风吹着，很舒服。他突然问了一个问题："你一点儿也没有想过要留下来吗？"我说："当然不会啊，对我来说哪儿都没家好，澳洲绿卡这么难拿。而且现在国内机会这么多，干吗要留下来。再说，你实习完了也是要回国的啊。"当我这么说时，他虽然依然温柔地看着我，但总觉得跟平时有些不一样。也不知道是不是我敏感，而且从那个问题之后，他好像有点心不在焉，我问他是不是有心事，他只是笑着说因为舍不得我。可能真的是我想多了。

可能是因为今天真的是太开心了，再看到那天的日记，还觉得有点矫情。

拿起笔继续写道：

2002年12月27日

回家的感觉真的太好了，每天能看到亲爱的爸妈，舒服得不能再舒服的床，还有我爱的酸辣豆腐汤、小馄饨、绿豆糕。最开心的是今天等来了期待已久的邮件，我已经忍不住开始想象以后在AAB上班，上下班穿梭在大理石地面都能照出倒影的写字楼大堂里。午休了，还能去附近的咖啡店和同事喝一杯咖啡。两年的分别，虽然让我对眼前的上海也有些陌生，但是这种life style（生活方式）是我一直想要的，回家真好。晚安，愿我的面试一切顺利！

第三章　第一印象

13:05 我到了恒隆写字楼大堂，比面试时间整整早了一个小时。拒绝了爸爸要送我来的好意，毕竟今天是周 ，公司还有 堆事儿等着他去处理。走到电梯间，才算是和寒风彻底说了再见。对于上海的冬天我真的喜欢不起来，加厚的丝袜也无法抵御像今天一样阴冷的天气。又冷又潮，在外面走上一会儿，就能从里到外冻得透透的。

走进电梯时，才感觉身体恢复了知觉。从按下三十九楼的电梯键开始，紧张感就一点点上升。时间还早，走进了洗手间，我对着镜子仔细整理着被寒风吹得有点狼狈的仪容。深栗色的长卷发，看起来少了很多学生气，成熟了不少。阿棋推荐给我的美白用品，也让我的肤色比刚回来时白了一些。新买的深色职业套装衬得我更干练精神了。重新补了一下口红，对着镜子做了个深呼吸，默念了三遍"我可以的"，给了自己一个鼓励的微笑，我才打开门向 AAB 公司前台走去。

在问清楚来意登记了信息后，一位跟我年纪相仿的前台接待小姐把我领进一间小会议室，告知我稍等后就离开了。全程没有一句多余的话，也没有一点点多余的表情，大公司员工工作时都这么严肃吗？好不容易稍微放松的心情，又开始紧张起来。

在我默念"自我介绍"的第 N 遍时，门终于开了。"你好，我是 Jessica（杰

西卡)。"她边走边介绍着自己。皮肤白皙，戴着一副名牌眼镜，深红色的口红。但口红非但没有给她更好的气色，反而显得她脸色白得有点病态。"Jessica？"那她应该就是给我发邮件的那位招聘经理啦。因为她的到来有点突然，我怔了一下，才好不容易挤出了一个拘谨的微笑回复她。

"您好，我是童悦。"

"你没有英文名字吗？"

"在国外读书的时候，大家都叫我 Yue（悦），因为发音也很容易，也就没有另起一个英文名字。"我自己都没发现，我紧张到声音都有点颤抖。Jessica 可能是发觉了我的紧张，冷冷地抬头看了我一眼，就低下头去继续翻看手中的简历。

"好，那么我们开始吧，你对 AAB 的了解有多少？"她没有丝毫寒暄就直接开始了正题。

"AAB 是全球领先的自动化领域的厂商，历史悠久，世界五百强公司……"

"就这些吗？"

我想了想，这些网上查到的资料也没有什么遗漏的，就郑重地点点头，"就这些。"

"你为什么要应聘采购助理这个职位？"

"我在校园里负责过学生社团的活动，对文档工作、设计创意都有一些实践经验。我的团队也很相信我，说我很热心也很负责。虽然我对于采购流程、数据、监控工作缺少实践经验，但是我的学习能力很强，也乐意为这个部门提供服务。"面试真的比毕业论文答辩还要紧张十倍，手心里已经出了一层汗。

"你的缺点是什么？"她还是头也不抬地继续提问，时不时在我的简历上做着一些标记。我感觉只要我停下来不说话，这间会议室就安静得可怕。

"我的缺点，如果有，可能是我有时太关注细节了，这样可能会延误一些项目的整体战略设计。"我开始发现我的音量和自信心都随着时间的流逝在一点点减弱。

"你看过《第五项修炼》吗?"这一次,她几乎是用下巴对着我说的。

"听说过,但没有看过。"这本书跟这个岗位有什么关系吗,我忍不住好奇。

"哦,那么你也不知道什么是第五项修炼了?"

"嗯,不知道,但我可以问一下什么是第五项修炼吗?"好奇心让我想也没想就把心里话问了出来,顿时感觉整颗心都提了起来。

她抬头看了我一眼,可能也没想到我会当面问出来,答复道:"系统思考。"但是也只回复了这四个字,没有一点多余的解释。

我从恒隆出来,很快又被冷空气包围了。抬头看了看阴沉沉的天空,丝毫没有再次冲入寒风中再来一轮的想法,只想找一个暖和的地方坐坐。抬头看到了对面的 R 酒店,想了想附近也没有更合适的去处,就径直向酒店走去。

上次来这家酒店,是跟阿棋一起逛街累了,爸爸请我们来喝下午茶。两个女孩子的话题总是源源不断,对这家酒店也就没留下什么特别的印象,只觉得茶点还不错,不会那么甜腻。

刚通过酒店豪华的转门,就迎来了一个暖暖的笑脸:"下午好,女士,请问您要去第几层?"

这真的是我今天见到的第一个不会带给我紧张感的人。

"我想喝杯热饮,请问是要去几楼?"大堂里适宜的温度,还伴随着类似玫瑰的淡香,让我一上午紧绷的情绪瞬间舒缓了不少,我回复时也能附带出一个礼貌的微笑。

"四十楼的大堂最合适不过,这边请。我们酒店的甜点搭配咖啡,会让你在冬日里感受到别样的暖意。"随着他的引领我们向电梯间走去。这是我第一次认真打量这家酒店,不仅华丽还很精美,电梯间前用蝴蝶兰完成的花艺设计是整个大堂让人无法忽略的亮点。

他帮我按了电梯,微笑地看着我进电梯,"祝您有一个愉快的下午。"然后微笑着目送我离开。

他的名牌上写着Justin（贾斯廷）杨奕，果然外企还是逃不过要有个英文名字，但是同时也让我知道了他的中文名字。"谢谢你，Justin。"我还是用他的英文名字回复道，这个谢谢不仅是为了他的引领服务，还有他的那个笑容。原来，酒店的工作不仅仅是重复性的流程工作，还可以传递温度，我第一次这样想。

到了四十楼，找了一个靠窗的位子，坐下。一位身穿黑色连衣裙的女孩子在现场演奏着《水边的阿狄丽娜》。我看向窗外，这酒店正对着我刚面试出来的AAB总部。脑海里出现了Jessica对我说最后一句话的样子，"可以了，回去等通知吧，结果会以邮件的形式告知。"虽然我心里还是抱有些许期待，但从她应付流程式的面试过程就能看出，结果多半不会很好。

"您好，女士，打扰了，这是我们的菜单，您可以先浏览一下，如果需要推荐或者点单可以随时叫我，我叫Jessica。""又是Jessica？"我抬眼看去，这是一个身穿紫色裙装的年轻女孩，看起来应该比我还要小一点。脸上的笑容让她看起来更亲切可爱。如果刚才面试我的是眼前这个Jessica，会不会就不那么紧张了？我在心里默默问自己。

她略显疑惑的目光让我意识到我竟盯着她出神了。我马上不好意思道："不用看啦，我之前来过一次，就要一杯热拿铁、一个巧克力慕斯吧。"

"好的，女士，您点了一杯热拿铁和一块巧克力慕斯。我看您刚从外面进来，就先给您上一杯热的蜂蜜柠檬水吧。"

"好的，谢谢你。"真贴心啊。

整个下午，我除了回想面试的事情，目光总忍不住时不时地停留在Jessica的身上。我发现她无论是对待客人，还是一起工作的同事，都是满满的笑容。我想，这发自内心的笑容，一定是因为她对这份工作的热爱。可是这份热爱是从哪儿来的呢？

环顾四周，酒店里的外国客人并不少，虽然工作人员的英语发音并没有我流利和正宗，但这并不影响他们给客人提供优质的服务。从澳洲回来的又怎样？

工商管理硕士又怎样？我现在有点理解了，为什么这些面试官们有时更看重经验而不是学历。今天的面试虽然不至于让我倍受打击，但也算是给我上了一课，我要打起精神来，重新想想以后的路。

再次回到大堂，又遇到了 Justin，"女士，您的下午茶怎么样？"

我惊讶于他的记忆力，每天从这里通过的客人那么多，他竟然还记得我。

"非常好，谢谢。方便问你一个问题吗？"我还是没忍住我的好奇心。

"当然，如果我可以帮到您的话。"

"你每天上班重复相同的工作内容不会觉得枯燥吗？为什么你们能一直保持这样的热情呢？"

他想了一下，笑着说："工作是相同的，但是我们面对的客人不同啊，而且在帮助别人的同时，能量就自然而然地注入体内了。"

我内心一惊，是啊，赠人玫瑰手留余香。竟然是这么简单的道理。

"需要我为您叫车吗？外面开始下雨了。"

"好的，那么麻烦了。"

他为我打开了车门，然后微笑着对我说："希望您能再次光临。"

"好，我一定会再来的，谢谢你，Justin。"我很肯定地回复他。

晚上，打开电脑，有一封新邮件进来：

Dear Yue,

Thanks for your interests in purchasing assistant position. We appreciate your effort in the interview with us this afternoon.

We will keep your resume in our database. If there is any other position which we think fit your background or experience, we will be in touch with you again.

Wish you all the best, Jessica

AAB Recruitment Manager

亲爱的悦，

非常感谢您下午拨冗面试采购助理的职位。我们将把您的简历放在人才数据库中，如果未来我们公司有任何职位适合您的资历与背景，我们将与您再次联系。

祝一切顺利！

杰西卡

AAB 招聘经理

意料之中。关上电脑，去书房找爸爸，"爸爸，您这里有《第五项修炼》这本书吗？"

"以前翻过，你要吗？我给你找。"

"嗯，您忙吧，我自己找就行，今天面试问到了，我比较好奇那五项修炼到底是什么。"

"还这么好学啊。"爸爸欣慰地拍了拍我的肩膀。

我回来后，爸爸妈妈很默契地没有提任何关于我面试的话题，也许是已经从我的表情中知道了答案，不想给我任何压力，也细心地呵护我要强的自尊心。真的是知女莫若父母。

2003 年 1 月 6 日

虽然面试受挫折，但这样的外企公司文化真的适合我吗？今天的体验让我重新认识了 R 酒店，也颠覆了我对酒店工作的认知。或许，那天下午茶，当时在我看来是个玩笑式的提议，我此时应该认真地考虑一下。或许能在 R 酒店有工作的机会也是一件不错的事情。

第四章　何不一试

早上5点我就醒了，昨晚梦见了自己去R酒店面试了，但是梦里没有见到面试官。我在思考着应该怎么去积极寻找在R酒店面试的机会，不如今天打个电话给酒店的人事部问问吧。

爸妈一早出门，各自忙去了，我在忐忑不安中，等到了9点，拨通了酒店的电话。

"早上好，感谢致电R酒店，我是电话接线员艾米，请问有什么能够帮助您的吗？"好专业的问候语，我顿时感到了酒店的专业度。

"你好，我想……"我突然有点紧张，"我想能否转接人事部。"

"能否冒昧地问一下，您找人事部是什么事情呢？"

"我想咨询一下贵酒店有没有空缺职位。"我让自己马上镇定下来。

"好的，请稍等，我为您接通王副总监。"艾米非常热情地说道。

电话接通中，"早上好，有什么可以帮助您的？"电话那头是一位成熟女士的问候声，我想应该是王副总监。

"你好，我是童悦，我刚从澳洲留学回国，我想咨询一下你们酒店有没有适合我的职位空缺。"我鼓起勇气，机会总是要自己争取的。

对方沉默了几秒，然后非常兴奋地说道："非常感谢你的致电，我们酒店有不少职位空缺，如果你感兴趣的话，我可以发邮件给你。"

"非常感谢,我的邮箱是 tongyue123××××.com,麻烦您了。"我礼貌地答复。

"如果有你认为合适的岗位,你可以直接在职位的链接上申请。哦,对了,忘做自我介绍了,我姓王。"

"谢谢王女士,我期待您的邮件。"

挂了电话,我有点心思不宁地期待着邮件。

阿棋约了我下午去看电影,是葛优的《手机》,看得我和阿棋心情沉重。我突然想给 Jason 去个电话,AAB 没面试成功,我也想努力去 R 酒店再次应聘,这些信息都想跟他分享。电影结尾部分严守一把手机扔进了火里,手机让人与人的距离近到无法喘息的地步。看似便捷了人与人之间的交流,提高了交流的频率,但也因此减少了人们面对面交流的机会。看不到的表情,伪装过的语气。我不想有一天,我和 Jason 也因此变得看似亲近,实则疏远。

看完电影,我和阿棋匆匆吃了个晚饭,我就赶着回家,心里一直惦记着查收邮件。

阿棋看我满心的急迫还笑我:"你慢点吃,人家都是见色忘友,你这是见工作忘妹妹啊。"一会儿又说:"要是以后你上班了,照这样子路远哥要跟你的工作成为情敌了。"

"他才不会,他自己都忙得不行,根本没时间吃醋。"

"是是是,你们是一对儿工作狂,不是一般地配。"

到家的第一件事,我登录邮箱,果然有一封来自王女士的邮件。

Dear Tong Yue,

Thank you for the call today. It is our great pleasure that you are interested in applying the position of R hotel. Please find the attached the openings of the job positions. Please feel free to click the hyperlink of the position you would like to apply, and you can submit the resume online directly.

Yours sincerely,

Wang

  亲爱的童悦：

  非常感谢今天您致电咨询。很荣幸您对R酒店的工作机会感兴趣，在附件中，您可以浏览目前酒店空缺的职位。如果您对任何一个职位感兴趣，可以点击职位的链接，直接在线进行简历的提交。由衷地感谢！

  祝好！

王

  妈妈对我这风风火火的行为有点不明所以。看我回来，问我有没有吃饭，也没得到明确的答复。好奇地敲门进来看我，在明白了来龙去脉后，笑着摇摇头，帮我关上门去客厅看电视了，还怕打扰我调低了一点电视的声音。

  我打开了王女士邮件的附件，一眼望去，有二十几个空缺职位，有前台、餐厅、客房、工程、保安，还有一个总经理秘书的职位，这个职位顿时令我又兴奋又紧张。

  为了慎重起见，我想先了解一下R酒店和其集团公司芮华酒店管理集团。打开浏览器，输入芮华酒店管理集团，搜索到R酒店是芮华酒店集团旗下的一个品牌。上次去AAB公司面试的经验告诉我，应聘前深入地了解一下面试公司的文化是很有必要的。《第五项修炼》中第二项是改变心智模式，也就是说只有我在面试前尽力做好每一项准备，不仅是外在的，还要是内外兼备的，才能提高录用的概率吧。从这个角度看，我还要感谢一下AAB严苛的面试官Jessica在面试时提到了这本书。

  网页上展示的公司理念：员工是家人，客人是朋友，我们的价值是员工为客人提供物超所值的特色服务与创新产品，令客人喜出望外，成为我们忠实的

会员。我脑海里马上就出现了杨奕和咖啡厅的 Jessica 的形象，果然要了解一家公司，亲身的体验比仅仅背诵记忆网站上的言语要真切得太多了。

沉下心继续看，芮华集团的发展计划：芮华酒店管理集团，总部位于美国纽约市，旗下有十五个品牌，分别包括了奢华品牌、高档商务品牌、生活时尚品牌、中级市场品牌等。目前在美国管理、特许经营一千多家酒店，全球战略计划的重点发展是亚太地区，目前在中国管理的酒店超过三十家。

原来如此，那么这家 R 品牌酒店应该是属于奢华品牌吧。难怪一杯咖啡要五十多元，还要外加百分之十五的服务费。但是酒店大堂的灯光、钢琴伴奏、熏香、花艺，还有窗外的风景，都让我觉得那五十多元一杯的咖啡也真的值得，尤其是在恒隆经历了面试不顺之后。

电话响了，是 Jason，"Hello 悦，我刚到家。"他的声音显得有点焦虑。

"又加班吗？你总这样也不行啊，身体也很重要的。"我担心地说道。

"放心吧，我心里有数，能照顾好自己的。过了这两天，我就能休息休息啦。"

"那好吧，我今天打电话咨询了 R 酒店的工作机会，有一个总经理秘书的职位正在招聘，我正在考虑投简历呢。"

"酒店的工作吗？之前没听你提起过啊，要是在酒店工作，那悉尼也有很多好的酒店啊。这样还不如你不回国陪我在悉尼。"

"我之前也没想过，但是最近发现在酒店工作也不错呢。"

"童悦啊，我回来了。"爸爸刚进门就大声喊我，一听就是喝了不少酒。

"Jason，先不跟你说了哈，我爸叫我。你记得早点休息啊，晚安啦。"

"嗯，好，晚安。"

"我在呢。"我放下电话赶紧跑去了客厅。

"你妈妈说你今天打电话去 R 酒店询问工作机会啊？"爸爸嚷嚷道。

"对的，我蛮喜欢那家酒店的。感谢你上次带我和阿棋去喝下午茶。"

爸爸笑道："好，好，我认识那家酒店的财务总监，我来帮你打个电话吧。"他边说边掏出手机。

"爸爸，我想自己试试，我想看看靠自己的能力是否能够获得心仪的工作机会。"我口气坚定，看着爸爸。

"哈哈，我的宝贝女儿厉害啊。好吧，爸爸尊重你的选择。"爸爸笑了，然后又补充了一句："但是，如果你靠自己的能力应聘上了，以后要在这个酒店工作，我就把公司的应酬都放去那里。"

"你啊，能不能别老是想着你的应酬，我只希望囡囡能够工作得开心。"妈妈端了银耳羹给我们吃。

"妈，你觉得酒店工作好吗？"

"我是觉得不管在哪儿你开心就好，不过每次陪你爸爸去酒店参加婚宴、酒会啊，我就看酒店里面的小姑娘、小伙子都穿着制服，精神得很。女孩子还都画了淡妆，我觉得你要穿上制服也一定很好看。"

"那看来我现在是不好看了？"我故意委屈地说道。

"你这孩子，听话总是要曲解别人的意思。"妈妈明白我就是开玩笑，也不跟我计较。

回到房间，看着电脑上芮华酒店管理集团的网页，"员工是家人，客人是朋友"。我点击了总经理秘书的申请链接，把已经打磨了无数遍的中英文简历慎重地上传。我想明天如果王女士上班，应该可以看到我的申请了。R 酒店的面试官会是怎样的人呢？他们会问我什么样的问题呢？

2003 年 1 月 16 日

试一试又何妨呢？不试一试怎么知道这个工作是否适合我呢？我的直觉告诉我或许酒店是一个充满故事的地方？这个地方已经激起了我想去探索的心。

那晚，我梦到了自己坐在酒店大堂吧的钢琴旁弹奏着《卡农》。

第四章　何不一试

023

第五章　原来见过

今天是大寒，但是阳光真好，走在路上也没感受到格外的冷意。我再度来到 R 酒店，心情格外紧张，在我发出简历应聘总经理秘书的第三天，王副总监就致电我，约了今天下午 2 点来酒店面试。到了大堂，门口是一个没见过的工作人员，看来杨奕今天不当值。低头看了下表，1:50 分，我拨通了王副总监的电话。

"童悦啊，你是到酒店大堂了吗？稍等我一下，马上来。"王副总监爽朗的声音。

"好的，一会儿见。"挂了电话，我找了个合适的位置坐下，没等一会儿，就见到一位女士朝我走来，王副总监一眼认出了我，因为我在简历上附了照片。

"童悦，电话里听你的声音就觉得你应该很可亲，见到本人，果不其然啊。"王副总监一头红棕色的短发很时尚，也很精神。黑色羊毛高领毛衣，外面一件深蓝色的西装，有种大姐的风范。

"谢谢王副总监。"我感受到了和在 AAB 公司第一次面试受到的欢迎是如此不同。

"酒店上上下下都叫我王姐，来，我们去行政办公室的会议室吧。"说着，她带着我走向电梯，进了电梯，王姐按了五楼。

"您在五楼办公吗？"我好奇问道。

"不是的，我们这些不对客的部门，像财务和人事这些都在地下楼层办公，这个酒店地段好，寸土寸金。地上的空间都尽量留给客人、老总和经常对客的部门啦，像市场销售部。"

原来酒店的空间布局还有这么多的讲究，王姐把我带进了一间会议室。

"童悦，先请坐吧。放轻松一点。我做酒店快十五年了，我之前在H酒店人事部工作了很久。两年前，来到这家酒店担任人力资源副总监一职，我的老大人事总监是个香港人。"王姐的口音听着像北方人，铿锵有力，但是完全没给人距离感，反而让人很安心，可能也是因为她看着我的眼神一直很和善吧。

"谢谢王姐，你可以叫我悦，那我也简单介绍一下我自己吧。"

王姐点头示意。

"我刚从悉尼大学毕业回来不久。说实话起初对酒店业关注得很少，但是上周我来这里消费了一次，被这里的服务深深地感动了。就不自觉地开始关注酒店这个行业了。"我还把杨奕和Jessica的故事细致地描述了一遍。其实刚开始讲的时候，猛然生出些许担心，是不是说得太细了，面试官会想要听这些吗？但出乎我意料的是，王姐非但没有显出不耐烦，反而听得很仔细，中间还做了笔记。

"这个故事讲得真好，在酒店业打动人、留住客人的往往就是一个个有温度的服务故事啊。"王姐用赞许的目光看着我。

"那你对我们酒店集团有所了解吗？"她继续问。

"那天回家后，我就查看了集团官网。我记得集团的理念是员工是家人，客人是朋友。当我带着亲自体验过后的心情，看到这句话时，真的十分感动。我真实地感受到每一位员工在为守护这个承诺，共同努力着。这句话，让我对能在这样的酒店集团工作更向往了。"我十分坚定地说道。

王姐沉默了几秒，然后说："总经理的前任秘书因为移民美国，去年年底就离职了。年底招人时机不是太好，大家都等着拿年终奖呢，一般不会选择在

这个时候跳槽。老总叫George（乔治），英国人，之前在香港奢华酒店品牌工作，两年前内部调动来筹开这家酒店。老总人还是很好相处的，但是有点英国贵族的调性。会让人有些距离感，不容易和人自然熟，他太太是法国人，他们两口子没有孩子。"

王姐继续补充道："他面试喜欢问比较宏观的问题，不一定有正确的答案，主要是想看看你的思维方式。你稍等一下，我确认一下他现在是否方便给你面试。"说着，王姐就出去了。

思维方式吗？我不禁想起了《第五项修炼》，忍不住在心里琢磨着，一会儿老总有可能问我的宏观问题能有哪些。

"童悦，你跟我来。"王姐推门叫我。

王姐把我带到一扇门前，门上挂着牌子：总经理 General Manager。进门摆着宽敞的沙发和配套的茶几，茶几上一盆好看的蝴蝶兰，书桌非常大，老板椅也很气派，与高大的他很般配，后面的橱柜里都是奖杯、奖牌、照片、证书。他起身、握手，很有力，他请我在沙发上坐下，还叮嘱了王姐不用关门。

等一下，这个人我好像见过。是在哪儿呢？哦，对了，是在酒店的大堂吧。原来他是总经理啊，当时只是以为是酒店的一个常客，因为看他跟酒店的员工都很熟。果然，酒店里的每一个人都在遵守集团的理念，总经理也是如此啊。

"非常高兴你对我的秘书这个职位感兴趣，你之前有过全职工作的经历吗？"George微笑着开场。

"我有过全职实习的工作经历。"

"那请举例说明一件，你最能向你的老板证明你是如何克服困难的事情吧。"

果然比较宏观啊！

我思考了片刻，稍微清了一下嗓子，"我刚开始在悉尼实习，正遇上公司要举办一个中澳贸易洽谈会，有二十多家中国企业派出了他们的高管参加这次会议。公司给每一位高管都配了一名资深翻译。当时我的身份只是实习生，还不能负责翻译工作，主要是负责票务、食宿等事务的协调工作。但会议举行的前一天晚上9点左右，有一名翻译突然发烧，进了医院。一时半会儿公司也没有找到合适的人，我接到主管的电话，让我去做第二天早上会议的翻译工作，没等我反应过来，主管就已经把一些会议的资料邮件给了我。为了这次紧急的任务不出错，我准备到了凌晨3点。但第二天一早7点我就已经赶到会场，不仅把代表团的早餐都落实了，而且还出色地完成了翻译任务。"

我看他颇有兴致地听完了整个故事，然后他说了一句："很好的故事！我喜欢。接下来，我要问你一个没有标准答案的问题，你准备好了吗？"

"我愿意接受挑战。"我逐渐放松下来。

"如果你是上海旅游局局长，你会怎么规划上海酒店的发展呢？"他语速不快，我听得很清晰，但却有些诧异。这是一个我完全没有想到的问题。

"可以给我一些思考的时间吗？"

"当然，请便，给你五分钟可以吗？"

"好的，谢谢。"我的视线移向窗外，正好是恒隆广场。下午的阳光照在玻璃幕墙上，有些刺眼，可能这刺眼的光给了我灵感或者说给了我勇气。

我没有再犹疑，说道："我毕业之后，没有选择留在澳洲，而是非常坚决地选择回国。因为我相信未来的机遇在中国，也在上海。如果我是上海旅游局局长，一定会大力支持发展旅游业，办更多的国际化展会。在浦东、浦西等重要商业区引进更多国内外一线品牌，让上海的服务业能够向世界一流都市看齐。"虽然我不是什么旅游局局长，但我意识到我的自信回来了，这样的我，我自己都很喜欢。

"很好很好。我喜欢！"他也给了我更多的肯定。

虽然欣喜，却也忍不住担心，他要是再问我，如果我是上海市市长之类的问题可怎么办呢。

第五章　原来见过

"你的兴趣爱好是什么?"

松了一口气,还好不是宏观问题了。

"我在澳洲的时候比较喜欢运动,回到上海更喜欢逛街、看电影、看书。当然也喜欢美食,所以我真的很想能来酒店工作。"最后的一句话我特意说得比较慢,着重强调了一下我强烈的意愿。

"今天聊得非常愉快,我会让人事部尽快给你消息的。"他站起来,握手,送我出门。

离开行政办公室我给王姐发了条短信,告诉她我已经面试完了。

我独自坐电梯来到大堂,看到了杨奕,他也认出了我,"今天还是来喝咖啡吗?"

"没有,我今天来面试的。到酒店的时候没看到你,还以为你今天不当值。"

"哦,我今天是中班,你今天下午应该来酒店比较早,我还没上班。你说你是来面试的? 是面试什么职位啊?"他有点吃惊地问。

"我先保密吧。如果有幸成为同事的话你自然就知道了。"我神秘地笑了笑。

"那么,今天要叫车吗?"他还是一如既往地周到服务。

"不了,今天天气好,我想自己走走,谢谢啦。"

"慢走,希望有机会做同事哦。"他在我身后轻声说道。

马上临近春节了,道路两旁也一点点装饰起来,彩灯、中国结,喜庆得看得人满心欢喜。如果过年之后可以上班,那该多好啊!

2003年1月20日

总经理、王姐、Justin 杨奕、Jessica 都是非常温暖而有趣的人,个性鲜明,这个行业真的令我向往。真的好想能跟他们一起工作啊,那一定是一段难忘的旅程。

第六章　新的旅程

"丁零零，丁零零……"

终于还是被这锲而不舍的电话铃声叫醒了。妈妈出门了吗？怎么没人接电话？我挣扎着起来，内心是一百个不情愿。原来不是客厅的座机，是我的手机在响。昨晚我陪老妈追电视剧到深夜一点才睡。我揉了揉头发和脸，伸了个懒腰，努力让自己的意识清醒一点。咦？完全不熟悉的一个座机号码。会是谁呢？对方一直拨打，看来是很重要的事，我清了清嗓子，让自己的声音听起来不像刚起床的样子才接起了电话："喂，您好。我是童悦。"

"童悦，早上好，我是王姐啊。"王姐的热情隔着电话都感觉得到。

听到王姐的声音，我一个激灵，整个人马上就清醒过来了，"王姐，早上好。"我有点心虚地问候道。内心一阵庆幸，还好调整了一下状态，我以后再也不敢熬夜了。

"有一个好消息要告诉你啊，George 对你很满意，正式录用你为他的秘书，过了年，2月10日入职，入职时间你这边有什么问题吗？"

"没问题，没问题。"我心里一阵狂喜，内心的期待终于实现了。我努力掩饰自己的兴奋，让自己的声音听起来冷静沉稳一点。

"你今天方便吗？可以先来酒店签一下入职通知书吗？"

"方便，当然方便，那么我 14:00 左右过去酒店可以吗？您这边方便吗？"

"可以的，你到了给我打电话，就这个座机电话就行。第一次见你，就很喜欢你，真开心我们以后可以一起工作。这个职位能这么快招到人也多亏了你积极主动。那我们下午见。"感觉王姐比我还要开心。

挂了电话，我跳下床，冲到客厅，猛灌了一大杯水。"啊……我被录取啦，我被录取啦……"终于把刚才努力憋下去的激动兴奋一下子抒发了个彻底。

厨房的门突然打开了，吓得我一激灵。

"妈，你在家呀。吓死我了，我还以为你出门了。"

妈妈皱着眉看着我，"大小姐，你才吓死我了，大早上的鬼叫什么？刚才热汤，吓得我差点把锅扔了。"

"您没事吧，烫着了吗？我以为您不在家，刚才太兴奋了，没控制住。"我赶紧跑过去前前后后确认了一遍妈妈是否受伤，十分抱歉地说。

妈妈无奈地叹了口气，知道我不是故意的，也没再继续数落我，笑着睨了我一眼，问道："什么事这么兴奋啊？杰生要回来了？"

就知道妈妈没有那么好心放过我。"又笑话我。"我佯装生气噘着嘴吐槽道。

"难道不是吗？"妈妈继续逗我。我知道要是我不说，她会一直逗我。

"好啦，好啦，我怕了您了，我说还不行吗？酒店人事部给我打电话了，下午去签 offer，我面试通过啦。过了年就可以上班了。"

"这么棒啊！就是那家半月酒店吗？"

"半月酒店吗？"我疑惑道，"这是什么可爱的称呼。"

"现在这些酒店都是英文名字，名字长得都差不多，半月酒店多好，顶部设计像半个月亮又形象又不容易弄错。你是不是还没仔细看过酒店外观？下午记得去验证一下像不像哦。太好了，以后我去吃饭，就有人给我买单啦，女儿大了，我终于可以享福了。"妈妈故意提高了音调对我说，说着又回厨房了。

趁着妈妈做饭的工夫，我回到房间，拨通了 Jason 的电话。

"悦，怎么啦，这个时间给我打电话？"

"打扰到你了吗？我太开心了，忍不住跟你分享。"

"还好，我们这会儿午休时间。"

"我拿到 offer 了，R 酒店老总秘书。"听到他方便接电话，我迫不及待脱口而出。

Jason 顿了一下没有说话。

"喂，听得到吗？我面试成功了。"我以为他没有听到又重复了一遍。

"那恭喜你啊！老总人怎么样啊？" Jason 调整了一下，让自己听起来开心一点。

"还没有入职呢，面试的时候聊得还不错吧。你最近怎么样啊？项目还是很忙吗？还有两个多月你们实习就要结束了，也就可以放松一下了。订了回来的机票告诉我，我去接你啊。"

"额……悦。" Jason 今天有点吞吞吐吐。

"怎么了？工作不顺利吗？"

"嗯，我可能要延期回国了，导师这边有些工作希望我帮忙，可能要到 5 月份吧。"

"哦，这样啊。那好吧，你记得劳逸结合照顾好自己哦，不要总是不按时吃饭。"

"你也是啊，新工作刚入职一定压力很大，有不开心记得给我打电话。怎么说我也算是前辈。"他关切地说道。

"你说得好听，你忙起来自己都顾不得。还有时间给我吗？"我有点抱怨道。

"我检讨，我检讨，以后一定不会了。"他突然停了一下，然后匆忙地说："悦，主管叫我了，我们晚上有时间再聊。"

"好，你去忙吧，我也要收拾收拾，下午去酒店签 offer 了。拜拜！"

吃了早午饭，我就开始打扮自己了，酒店的制服、整洁的仪容仪表让整个酒店上上下下的员工都精神极了。我也不能掉队才行。选了一套深蓝色的西服

套装，我仔细打量了一下镜子里的自己，皮肤白回来了不少，完全褪去了从澳洲带回来的休闲模样。

"真精神啊，好看，好看！"妈妈看着我忍不住说道。

我听了美滋滋地笑了，憧憬着在酒店工作那一刻自己靓丽的形象。

第七章　初识欧阳

站在酒店的对面，仰望这个大楼，我心里忍不住一笑，还真的像半月呢。

王姐已经在大堂等我了，离她十步远我就已经感受到她的热情了。我不确定她是不是有孩子，如果有，我相信她的宝宝一定超级快乐。"童悦，今天要带你去我们人事办公室啦，在地下的。"

"好期待，感觉很神秘呢。"

王姐带着我向礼宾部走去。她拿出了员工卡在一个黑色的盒子装置上刷了一下，门从里面开了。其实乍一看，一般不会有人注意到这还有一道门。我带着满心的好奇，跟着王姐顺着楼梯来到了地下一层。这感觉就像哈利、赫敏、罗恩他们第一次被学长带着去往在阁楼的学院宿舍，眼睛看到哪里都是满满的新奇。

出乎意料的是，这里一点儿都不像地下室给人的固有的感觉——阴暗潮湿。相反，这里宽敞，明亮。通道两边的墙上贴着很多员工活动的照片，政策、福利制度、对客服务的故事，我的眼睛已经应接不暇了，最抢眼的还属员工餐厅外的大大的品牌理念"员工是家人，客人是朋友"。

王姐贴心地放慢了脚步，边走边向我介绍："这是地下一层，人事部和财务部在地下二层。"王姐继续带路。

说实话，我已经有点晕头转向了。真像一个迷宫，很多门，很多通道。通

道的文化墙上满满的信息，这就是我未来工作的地方，好像好多东西等着我去学习与了解，突然压力一下子就生了出来。

人事部办公室在地下二层走廊的尽头，"我来介绍一下，这就是过年之后要来报到的总秘童悦。"

"大家好，还请大家以后多多关照。"

王姐继续帮我介绍："悦，这是我的 boss（老板）——人事总监 Charles（查尔斯）。"王姐指着一位高高瘦瘦、古铜色皮肤的男士说，Charles 很帅气，长得有点像郭富城的感觉。

Charles 用力地握了握我的手（很英式的表达欢迎的方式），果然是来自香港，"悦，欢迎加入我们！"浓浓的粤式普通话，我看出他已经尽力了。

集体围观结束，王姐带我走进了她的办公室，关上门，拿出了入职通知书。

"你看一下，这是上岗日期，2月10日。这是之前你填写的期望薪资，你的制服可以穿自己的，也可以穿酒店的，我们会给你先准备一套。看你选择，不过我看你的衣服都很适合，估计以后会成为行政办公室的一道风景线呢。"王姐用非常欣赏的眼光看着我。

"谢谢！我觉得酒店同事的仪容仪表都很得体，我会努力的。"

"总经理的习惯你要慢慢摸索，一开始少说话多观察。"她突然停顿了，然后又说："如果有不清楚的，你可以多来问我，因为其他的总监基本都是男的。刚才路过组织架构图你也已经看到了。"

"好的，谢谢王姐。"王姐真的好合适做人事工作啊，贴心得我都不知道怎么感谢她才好。

"王姐，刚才路过文化墙的时候，听路过的员工说'蓝眼睛'，是哪一位？"既然王姐让我多问，我就不客气了。

"哈，那是大家私下给老总的昵称，传说他有贵族的血统，酒店圈其实是个还挺八卦的地方，你以后就知道了。"王姐笑着说。

看来我以后不只有业务上的东西要学习啊。

我们迅速地完成签字盖章和文件交接工作之后，王姐提议道："我带你去餐厅转一圈吧，方便你先熟悉一下环境。这几天客房满房了，等以后再带你去。"

"好呀，楼上的风景很美。"我立刻从椅子上站起，有些迫不及待，因为有王姐的解读，我一定又可以知道一些新的关于酒店的信息。

再次来到四十楼，钢琴前没有人，估计那个女孩子还没有开始上班吧。咖啡厅的 Jessica 微笑着和王姐挥挥手，我也朝她笑着点头示意。简单介绍过后，王姐带我来到咖啡厅旁边的酒吧，这是我第一次来到这里。吧台后有一个男士低着头忙碌着，起初并没有看到我们。

"你好，欧阳。"王姐出声和他打了招呼，他才抬起头。

"你好，王姐，难得见你上来我们这里。"他回复王姐的同时，转头看到了我，先是一愣，然后看向王姐，"这位是？"等王姐说明。

"那是，我一般是无事不登三宝殿的。我来介绍一下，这是我们新的总秘，童悦。年后就正式入职了，我带她先来熟悉熟悉环境。"

从听到王姐说了我的身份起，欧阳就转过来看着我，他的眼睛很深邃，很直接，就这么定定地看着我，我一下子有点不知所措，第一次有人这样看着我，直接到让我忍不住躲避。我脸腾的一下就红了，于是转头假装看酒吧的环境，掩饰自己的紧张。

"你好，我是欧阳，调酒师，以后想喝一杯就来找我。"也许是看出了我的局促，终于，他收回了这样的眼神。

"谢谢你，我还蛮喜欢鸡尾酒的。"我礼貌地回复道。

"欧阳可是我们酒店的明星调酒师，获过好几次国际调酒金奖呢。好多客人来酒吧喝酒都点名要欧阳调制的。"王姐非常自豪地说。

"那有机会我也来品尝一下。"我依然客气地笑道。

"总经理喜欢喝威士忌，苏格兰的，你要记住哦。"他忽然换了一种风格，

有点俏皮地和我说。

这样的他让我松了一口气，我终于不再紧绷地回复道："好呢，记住啦，看来以后我要随身带一个小本子，老板的喜好可能要走到哪儿记到哪儿了。"

王姐把我送出了酒店，老板喜欢喝威士忌，我默默地记在了心里。

2003年1月27日

今天真的是回国以来最最最开心的日子啦，虽然不知道"蓝眼睛"是不是好相处，但这个酒店文化和人我都太喜欢了。（想到酒店里的这些人，我又忍不住想起欧阳，他的眼神真的给我留下难以忽略的印象，好像他的眼睛会看进人的心里。）希望我这段新的旅程一切顺利。真的是太期待了。

第八章　入职第一天（First Working Day）

7点整，前一晚设定好的闹钟准时响起。还没来得及擦干脸上的水迹，我赶忙从洗手间跑出来把它按停。再次看向日历上早早标记过的日子2月10日，心里的情绪交织在一起有点难以说明，期待！兴奋！还有一点点忐忑！这些情绪促使着我，在闹铃还没响起前就一早醒来了。

今天是我的 First Working Day（入职第一天），迟到是万万不能的，任何原因造成的都不行。毕竟这是我跟同事们正式见面的第一天。今天的印象，直接决定了接下来跟同事相处的关系，也决定了同事会采取什么样的方式跟我相处。首因效应[①]的影响还是不容忽视的。看着衣柜前挂着的黑色呢料西装，我心想从此就真的成为一位商务女士了。

爸妈也都早早起来了，和我一起迎接这重要的一天。妈妈磨了豆浆，蒸了馒头，煮了鸡蛋，为我准备好营养丰富的早餐。

爸爸则早早地下楼，预热好车子，提前开好暖气等我。

---

① 首因效应是由美国心理学家洛钦斯首先提出的，也叫首次效应、优先效应或第一印象效应，指交往双方形成的第一次印象对今后交往关系的影响，也即"先入为主"带来的效果。虽然这些第一印象并非总是正确的，但却是最鲜明、最牢固的，并且决定着以后双方交往的进程。如果一个人在初次见面时给人留下良好的印象，那么人们就愿意和他接近，彼此也能较快地取得相互了解，并会影响人们对他以后一系列行为和表现的解释。反之，对于一个初次见面就引起对方反感的人，即使由于各种原因难以避免与之接触，人们也会对之很冷淡，在极端的情况下，甚至会在心理上和实际行为中与之产生对抗状态。

"童悦啊，今天送你，让我想起了你小时候我送你上学的情景，时间过得可真快啊，一转眼你都这么大了，都开始工作了。"

"那时候，您开着助动车送我，就怕遇到刮风下雨天，冬天的时候你怕我冷，每次都在出门前让我妈把我包得跟个粽子似的。我是一百个不愿意，不过每次还是敌不过老妈的温柔阵法，妥协了又妥协。"爸爸想起我那个样子也忍不住笑出声来。

"爸爸，谢谢你。"我收起了笑容，声音不大，但很正式，很认真地对爸爸说。

爸爸神色一顿，微微红了眼眶，但是故作轻松地清了清嗓子，掩饰道："可不是，艰苦奋斗才能丰衣足食啊，这一点你可要向我好好学习，年轻人对待工作一定要认真努力啊。"

"好的，遵命！"爸爸对待工作的态度我一直看在眼里，爸爸的行事作风也一直影响着我对待学习和为人的态度。我暗暗在心里承诺，一定好好努力，成为爸爸的骄傲。

"哦，对了，在你顺利通过面试之后，我和老严打过电话了，让他以后多多关照你。老严是R酒店的财务总监。"

"哎呀，老爸，你刚才才说我都这么大了，你怎么还当我是个小女孩儿一样不放心呢？我在国外也独立生活了那么久了。"

"你是我的宝贝女儿呀，不管你多大了我都会为你操心的。没事，老严就像你亲叔叔一样的，不用跟他客气。"

"爸，你刚还说对待工作要认真努力。严叔叔以后就是我的同事了，是严总。我会努力勤奋工作的，这个机会来之不易啊。"

"好好好，这就已经进入角色了。不错，不错，态度值得表扬。"爸爸笑着满意地点头。

车停在了酒店员工通道附近。对着汽车遮光板中的镜子，拿起阿棋过年送我的那支奶茶色的口红，再次调整了一下妆容和服装，才跟爸爸告了别，向员工通道走去。

阿棋说，口红是妆容的点睛之笔。而奶茶色不仅显白还让人看起来优雅温柔，没有距离感，很适合刚入职的我。果然，对于时尚美妆方面的研究阿棋是一把好手，相信她就对了。

因为还没有员工卡，在通道入口安保部的值班岗说明情况做了登记后，沿着通道，凭着上次王姐带我走过一遍的记忆，还算顺利地找到了位于地下二层的人事部。

王姐看到我："你今天可真好看！这边，跟我来吧。"说着就拉着我边往培训教室走边解释道："今天还有几个新员工跟你一起报到，你先坐，在这儿稍等一下，待会儿一起办入职手续哈。"

不一会儿，培训教室里陆陆续续进来了几个已经换好部门制服的男生女生，看制服的样子，应该是厨房、前厅和餐饮部的新员工。在我们尴尬得只剩下保持微笑时，王姐终于抱着一摞已经分好的文件和签字笔回到了培训教室。

王姐先为我们介绍了这两天入职培训的行程：集团品牌文化、酒店品牌文化、酒店人事制度、安保制度、消防培训……我忍不住惊叹，这培训制度也太完善了吧，而且这还不包括接下来进入部门后的部门岗位培训。真的好庆幸，有这样一个机缘让我可以踏入酒店这个行业工作。接着指导我们签署《防信息泄露协议》《防性骚扰协议》；领取《员工手册》、名牌、员工证；填写《员工信息登记表》。

我刚把名牌在西装上别好，Charles 就敲门进来，对王姐说："我现在去五楼行政办公室，要先带悦过去一下。"

王姐："好的，悦，你先去吧。错过的内容，等回来补给你。"

"好的，谢谢。"我收拾了一下，就跟着 Charles 出了培训教室。

"我们一般是每天早上 10 点开晨会，各个部门的总监都会参加，今天老总

第八章　入职第一天（First Working Day）

会在会上向大家介绍你。"他很吃力地说着港式普通话。

"那我需要准备些什么吗？"听到马上要参加这么重要的会议，而且其中一个环节还是和我有关，紧张感一下子就跳出来了。

Charles应该是看出了我的局促，安慰道："别紧张，你就准备一个简单的自我介绍就行。"

果然人事部的人洞察能力都好强啊，他看出了我的紧张，我感谢道："好的，谢谢！"我抬手看了一眼手表，9:15，暗暗松了一口气，还好还有一些时间可以让我准备一下。

我的办公桌在总经理办公室的外面，电脑、打印机、文具、文件夹、垃圾桶这些日常办公用品人事部都提前帮我准备好了。咦，这是什么？桌子上还放着一个绑着蓝色蝴蝶结丝带的纸卷。

哇！一张酒店明信片上写满了欢迎入职的祝福。看签名应该是总经理和各个部门的总监们。入职的惊喜真的是一波接着一波，因为紧张而起伏的心也慢慢被暖意抚平，真贴心，心中忍不住给人事部点赞，给酒店点赞。

Charles在看到我惊喜的表情和接到我的致谢后，只是回了我一个礼貌的笑容，仿佛这只是一件再平常不过的事情。果然这在我日后的工作里得到了验证，给客人制造惊喜是酒店人的日常，给员工们制造惊喜是酒店人事的日常。

Charles指着桌子上一个很厚的文件夹补充道："这里面是以前秘书整理的一些资料，你慢慢熟悉吧。"还帮我从文件夹第一页密密麻麻的人名和分机号码中找出IT经理的电话，提醒我一会儿有空打电话让IT经理来帮我设置一下电子邮箱，然后就离开先行去准备晨会了。

刚才来的时候就注意到总经理办公室门开着，灯亮着，但是"蓝眼睛"不在。我坐在工位上默默顺了几遍自我介绍，就开始继续研读文件夹里的内容。翻开第二页，这里全都是跟总经理相关的信息。总经理司机的电话、常去的餐厅、航空公司积分卡、坐飞机喜欢靠窗的位子、他太太的名字Katherine（凯瑟琳)、饮食喜好(素食主义者)、他家保姆的联系方式、他太太常去的美发店……虽然没有见到我的上一任，但看着文件里的这些信息，就知道这一定是一个工作很细致的人。有了榜样在前，我心中不服输的小火苗一下子就点燃了。

正当我格外认真地想要一一记下这些"知识点"时，最下方的一句备注让我忍不住扑哧一下笑出了声，备注是这么写的：Boss 的房间喜欢温度偏低，但是咖啡要很热，可乐要很冰。所以他到底是喜欢凉还是热呢？！

"Good morning, Yue, Welcome on board(早上好，悦，欢迎入职)!""蓝眼睛"不知道什么时候已经站在我的办公桌前了，我内心一阵心虚，就像是上学和同桌传纸条被老师抓到了一样。我赶忙站起来，有点慌乱地看着他，直到"蓝眼睛"低头看了看我在看的文件淡淡地说："第一天不需要给自己太大压力，这些不需要马上全部记住。"我才回过神来，赶忙回复。

"Good morning, George, I am getting familiar with my daily work. And thank you, by the way (我会尽快熟悉这些工作的，还有谢谢您)."

"为什么谢我？""蓝眼睛"问道。

"因为你选择录用我了呀。"我有点不好意思地说道。

"哈哈，OK。"他便走进办公室了。我赶忙摸摸胸口试图平复一下情绪，自我安慰，还好还好，应该是没看到。

虽然有了一些心理准备，但我看着这个几乎坐满了的会议室还有总监们严肃认真的神情，压力感一点没有是不可能的。可能是照顾我第一天入职对很多事情还不熟悉，"蓝眼睛"替我向大家做了介绍，就开始了晨会的常规日程。我赶忙拿出了准备好的纸笔，开始做会议纪要。虽然没有类似的工作经历，但最基本的工作职责入职前我也是做了功课的。

房务部、餐饮部：有几个客人投诉，大致说了一下处理方式和结果；西厨房：有一个员工工伤，目前情况稳定；销售部：接到了一档明星婚宴，要求保密，并落实安保措施；财务部：严总说了一下目前收入略微超了预算，让大家

第八章　入职第一天（First Working Day）

041

继续努力。"蓝眼睛"希望过年之后的入住率可以稳步上升，同时特别要求各部门关注员工满意度，避免过年后员工的高流失率。

散会之后王姐来到我的办公桌旁，"怎么样？还适应吗？"

"嗯，还好，谢谢王姐，我想问一下，会议纪要需要整理好发到各个总监邮箱吗？"

"以前的秘书没有发过，但是你可以先做好整理，万一老总想法有变呢。"王姐职场经验丰富，说话总是面面俱到，"对了，人名这方面你不要有太大压力，一开始记不得也没关系，都有名牌的，等后来接触得多了，一下子就混熟了。"

充实的第一天时间过得飞快，每一刻都在接受新的信息。电脑顺利设置好了，体验了容易增肥的员工餐，茶水间美味的拿铁，还有即将举行的明星婚礼，等我把这些一个个捋清楚就已经18点了，我起身来到总经理办公室门口，轻轻地敲了敲门："George，还有什么事情需要我做的吗？晚上的车子已经安排好了。"

"没有了，谢谢。"他朝我笑了一下，"哦对了，你有MSN[①]账号吗？"

"有的，就是tongyue123。"

"好的，我可以加你吗？"

"可以的。"我没有犹豫地回复道，相比邮件MSN确实更方便沟通一些。

我理理包，刚要关电脑，我的MSN就跳出来一个新好友申请，ID是"Blue eyes in Hong Kong"（香港的"蓝眼睛"），应该是老总，我想起王姐跟我说过他之前在香港的工作经历。除此之外，我突然发现老总在他不苟言笑的工作形象外还有自恋的一面。

刚进家门，手机响了，一看是Jason，我还没有来得及开口，他就一股脑地问道："第一天工作还顺利吗？"

---

①MSN是一款微软的即时通信软件。

"嗯，很顺利。我刚到家。"

"情况怎么样？"

"还不错，一切都慢慢适应吧。"Jason 接下来还有事情要忙，我们没有聊多久就挂了电话。

2003 年 2 月 10 日

入职第一天，心情感觉就像是坐了一趟过山车。一整天下来，心情随着所有第一次的遇见起起伏伏。紧张、激动、惊喜、感动，好像所有的情绪都要在这一天体验一遍。以后这个客房数三百五十间、员工数将近五百人的酒店就是我要为之发光发热的地方啦。接下来会有怎样的故事发生呢？已经开始忍不住期待了。

22:00 对着刚整理好的工作笔记，忍不住打了个哈欠。虽然没有很多体力劳动，但一天下来起起伏伏的心情也着实是让我有些疲惫，今天就到这儿吧，关灯睡觉。

第九章 总部到访

　　早上 7:00 走在去往地铁站的人行道上，马路两侧的梧桐树还是光秃秃一片萧瑟的样子，一阵风吹来，我又紧了紧大衣的领口，加快了些脚步。2 月底的上海依旧湿冷，8:30 打卡考勤的我很少这个时间出门，所以也难得见到这个时间上海的样子。大多时候都是蹭爸爸的车上班。但今天有十分重要的工作，爸爸出差了还没回来。以防万一，我还是要确保挤上地铁才行。

　　我们家楼下有一个卖生煎的阿奶，七十岁左右的样子，花白的头发，微微佝偻的身躯。妈妈常常光顾她的摊子，说阿奶的生煎皮薄馅大还不贵。刚才出门的时候看到阿奶已经出摊了，我很是吃惊，这么冷的天，她却风雨不改。这时来了一位买主，是位先生拿着锅来买早餐。应该是位相熟的买主，问候间这热腾腾的蒸汽让湿寒的空气泛起些许暖意。听妈妈说阿奶也不为挣多少钱，只是想给每天疲于奔命的来来往往的人一顿格外心安的早餐。

　　是啊，每个人都在用自己的方式去守护这个繁华的城市的每一天。走进地铁站，果然比我想象的人要多得多。没有了座位，但还不至于拥挤，有拿着书默默念着的学生，有靠着扶手或者椅背在补觉的上班族，也有一些早起晨练的老先生、老阿姨。我在门口找了一个可以倚靠的地方，刚才路过小小的早餐摊却让我思绪万千。

　　回想入职后的这半个月，除了熟悉、学习我的岗位工作内容，就是认识我的这群新同事们啦。总秘是一个还挺神奇的职位，虽然职位不高，但看到的、接触到的都是酒店最重要的信息和决策者们。人事总监 Charles 和人事副总监王姐；同样来自香港的市场销售总监 Chris（蔡先生）、工程总监 Andy（何先生）；来自德国的餐饮总监 Robert（昵称：老罗）；来自新加坡的房务总监 Tom（戴先生），除了财务总监老严是上海人，其他的总监都不是中国内地护照。先不说文化差异这么大的一群人是怎么磨合共事的，仅是他们的工作日常，也远没有外行人甚至酒店里一些很少接触他们的员工想象的高薪且轻松。他们身上背负的是业主和压力及对部门员工的责任。每次有大型宴会，老罗和 Chris 总是从早忙到晚。996吗？他们是 seven/eleven（从7点到23点）！特别是在当班 MOD（值班经理）的时候，必须二十四小时留在酒店，随时应对各种突发事件。这是这个职位赋予他们荣耀的同时也赋予他们的责任和义务，他们也是用这种方式，像人们守护城市一样守护着酒店里的每一位员工，激励员工们给客人们带去暖意。

"叮叮"，手机响了，一条短信。"早啊，悦，我快到了，一会儿员工餐厅见。你想吃什么？我先帮你打了。"看到短信，就掩饰不住笑意，脑海里马上就映出了这个鬼灵精的脸庞。"老样子，你懂的。"让我能这么快就进入角色，熟悉这个新环境，一大半的功劳都来自她。

Karen（张小萌），美国纽约大学本科，和阿棋年龄相仿，酒店营运总监 Frank（弗兰克）的秘书〔酒店营运总监就是酒店二把手，传说中一人（总经理）之下，万人之上的位置〕。Frank 之前在东南亚工作了很多年，之后就被集团调来筹备开业这家酒店一直到现在。为什么说她是个鬼灵精呢？我也算是见识了她的交际能力，酒店上下就没有她不认识的人，而且她几乎掌握了酒店里各种八卦，前厅、客房、工程、餐饮，貌似酒店里的各种秘密没有她不知道的。除了八卦技能，小萌也真的是招人喜欢，活泼的时候你拿她没办法却又不讨厌，该严谨的时候也从来不掉链子。毕竟进入职场两年了，比着表妹阿棋还是少了很多孩子气，多了些许沉稳。所以，从认识的第一天开始，我们就一见如故了。

爱上员工早餐的原因，除了真的很美味以外，就是每次用餐时间小萌的八卦环节啦。自从我的早餐有地方接管，老妈也可以多出一些时间去做自己喜欢的事情，养花、画画，也是一举两得。走进员工餐厅，一眼就看到了冲我笑得花枝招展的小萌。先去窗口补刷了饭卡，跟餐厅的阿姨打了招呼。自从我们俩经常一起出没员工餐厅，阿姨就送了我们一个昵称——五楼姐妹花。

面前的面虽很美味，可一想到今天的日程，我还是不禁有些担心，也可能是这几天被总监们营造的紧张氛围影响了，有些提不起胃口。反看小萌，正没心没肺地吃得甚是开心。"小萌，今天芮华集团中国区的黎总来开会，还有咱们酒店的业主参加，你看最近几天我们五楼行政办的紧张气氛，你都不担心的吗？"

"你说黎豪业啊？"小萌压低了声音，"想知道吗？叫声前辈就告诉你。"本来想开玩笑的小萌，抬眼一看我严肃的神情，不忍心再逗我。"其实我也就见过两次，他为人极其严肃，不苟言笑，不对，不对，是基本没见他笑过，只喜欢对着报表看数据，每次开口提的问题都很尖锐。你说总监们能没有压力吗？不过悄悄告诉你，因为肤色黑又很严肃，我们私下都叫他'包公'，哈哈哈。"

"哎呀，你不要太紧张啦，我们就是参会的旁听生，做好记录和跑腿工作就好，其他的有老总和总监们呢，这些问题是问不到我们头上的。"她补充道。

8:45，我们回到办公室，看到好几个总监已经在会议室准备晨会了，今天晨会比往常提前了一个小时。"蓝眼睛"在办公室里噼里啪啦地敲击键盘，不知是仍在继续分析报表数据，还是在修改发言稿。

9点整，会议室，晨会准时开始，"我相信你们都已经把你们各部门的数据烂熟于心，也已经反复演练好了各自一会儿汇报的内容。不过会议中依然可能会遇到我们没有准备过的问题，再强调一下，对于报表数据的最终解释以我和老严的答案为准。还有什么未尽事宜现在抓紧拿出来讨论。""蓝眼睛"没有任何寒暄，直接进入正题。

我环视了一圈，总监们的脸上都带着疲惫，相信昨晚也是个不眠夜，为了黎豪业的到访，大家已经准备了快两周。餐饮总监老罗为午宴、晚宴的菜单已经来回改了十几次了，我在心里默默地为他们每一个人加油，希望今天可以一切顺利。

老严把重要的数据又给大家过了一遍，尤其是关于今年一年的预测数据，最后强调了一下，尽管现在才到 2 月份，但整年整体形势很不错。

房务总监 Tom 收到了礼宾部的短信："机场代表说已经接到黎总和 Coco（可可）女士了。大概 10:40 到酒店。"戴先生分享完了短信内容，依然皱着眉头带着些许疑惑，再看其他总监也是有些惊讶地面面相觑。

"蓝眼睛"也有些许迟疑，但很快反应过来，安排道："Tom，多安排一间客房给 Coco，跟黎总一个楼层。那么大家先各自回去，稍作休整，打起精神，10:30 酒店大堂集合。""蓝眼睛"清楚地布置完，就起身回办公室了。

王姐走在最后，拉着我和小萌叮嘱道："今天你们俩机灵点，老总、总监们交代的事，都记得抓紧时间赶紧办哈。"

我们两个认真地点点头，回复道："王姐，你放心吧。"

"小萌，Coco 是谁啊？怎么感觉总监们的表情都怪怪的。"

小萌神秘地笑了笑，"就猜到你会问，她呀，集团中国区的人事老大，还有一个身份就是'包公'身边的大红人。"那么此处一定有八卦啦。但现在还不是闲下来"讲故事"的时候，我们两个也分头准备去了。

10:40，一部黑色的奔驰车驶入了酒店的车道，总监们都马上迎了上去，等车停稳，Charles 帮忙拉开了车门，一位皮肤黝黑、中等身材、寸头、目光犀利的中年男子走下车来，"蓝眼睛"走上前去握手，问候。

我和小萌远远地跟在最后，小萌偷偷地用手肘碰了我一下，"是不是很像包公啊？"我勉强地笑了笑。真羡慕小萌，这个时候还能有心思开玩笑。

紧接着，从车里下来一位女士，白皙的皮肤与"包公"的黑肤色形成了鲜

明的对比，身材修长，带着标准的礼貌式的微笑。虽然她看着不像"包公"那么严厉，但此处的笑容也透露着满满的距离感。看来能对"包公"口味的红人，果然不是那么好相处的。

短暂的问候完毕，我们一行人就前前后后涌入了酒店大堂。

会议室里的布置早已一切就绪，从昨天到今天，宴会部经理、餐饮部总监、"蓝眼睛"都去亲自确认过。鲜花、咖啡、茶水、糕点、水果、投影仪，适宜的温度，一切的一切不能再妥帖。大家在"蓝眼睛"的示意安排下入座，我和小萌坐在离门口最近的两个位子，方便我们随时进出。

"包公"跟小萌形容的一般无二，没有任何寒暄单刀直入。坐在Coco左手边的王姐，也没有了往日的从容，不自然的表情和略微僵硬的身体语言，暴露了她的情绪，看来她也不是很喜欢这个笑得很有距离感的女上司。而她旁边的Coco却显得自如得多，温柔的目光一直注视着"包公"的侧脸。

等一下！温柔的目光？！我好像明白了小萌没有说完的八卦是什么了。

我偷偷掐了自己一下，赶紧赶走这有些跑偏了的思绪，告诫自己现在还不是走神的时候。

会议从"蓝眼睛"的汇报开始，先预估了2003年比2002年将会有百分之五到百分之八的总体增长的趋势。但当说到餐饮收入的时候，"包公"毫不客气地打断了："为什么中餐收入的预期这么保守？"

老罗马上解释："自从去年12月份中餐主厨离职后，菜单一直没有进行有效的更新，今年2月份，又有三名中餐厨师离职，跟着离职的主厨去了新的酒店。目前我们还没有招到合适的中餐主厨，所以今年的收入就预估得保守一些。"

Charles也紧接着补充道："人事部一直在积极地寻找，广东、香港那边的相关猎头、招聘网站我们都发布了招聘信息。目前已经有几位候选人在面试中了。"

最后老严也补充了一句："如果招到了合适的中餐主厨，我们会马上根据情况来调整整体的预算。"

听完解释"包公"还算满意地点点头,示意"蓝眼睛"继续。

话题结束,老罗摸了摸额头,猛喝了一口水。作为德国籍的餐饮总监,中餐的确是他不熟悉的领域,中餐主厨的重要性可见一斑。

在"蓝眼睛"汇报完酒店的预测数据之后,他看了看时间提议道:"我们要不先去西餐厅用午餐吧?"

"包公"表示赞同,老罗起身为"包公"和Coco做引领。"蓝眼睛"抬眼示意我过去一下,"悦,在我办公桌上有一个灰色文件夹,标注了总部到访,你拿到餐厅给我。下午通知司机待命,他们可能随时要用车。"

"好的,我这就去拿。祝你用餐愉快!"我快步从后门走了出去。

等到"蓝眼睛"再回到办公室,已经是下午4点了,他走到我桌前,"悦,你做的PPT(幻灯片)非常棒,数字很清晰,这次比较顺利也多亏了你的演示文稿。"

"谢谢,这是我应该做的。但是我有一个问题,George。"其实我也不知道这个问题该问还是不该问,但这个问题从制作演示文稿时,就一直在我的脑海里了。

"是什么?"

"很多时候打动人心的往往不是数字,而应该是故事,为什么我们汇报的演示文稿里丝毫没有讲我们的服务故事呢?"我不确定"蓝眼睛"听到这个问题会有怎样的反应,我问出的声音很轻。

"蓝眼睛"显然没想到我会问这样一个问题,停顿了一下,微微叹了口气,"你说的没错,故事总是很打动人,但是有些时候现实是只看结果,没机会给你解释过程。等你再经历些就懂了。"

漫长的一天终于结束了,好不容易在晚高峰的地铁上找了个容身之处。回想着"蓝眼睛"的那句回答,想起了曾经看到过的一句话:"生命中很多事情,

只有结果没有如果。"那么我和 Jason 呢？这半个月里，我们两个都忙成了陀螺。很多时候只能靠邮件知道彼此的消息，但大多时候也都在自说自话。这样的我们真的没有问题吗？"蓝眼睛"的结果论，让我也忍不住思考我和 Jason 的结果。但此时的我已发觉，对于这个结果已经没有了当时那么肯定的答案。

2003 年 2 月 26 日

虽然我已经有些明白了"蓝眼睛"的话，但内心还是忍不住反感着这只看数据不听故事的会议方式。也许等我有一天坐上了那样的位子，才能真的看到他们看到的。但，在这之前我还是会坚持我想坚持的。

那晚，我梦见了 Coco 做了我和小萌的老板，醒来依旧是满满的拒绝，还好只是场梦。

第十章　要疯狂，趁年轻

"童悦，童悦，我太激动了，真的一点也睡不着啊！"

"小萌，请你仔细看看表，已经深夜1点了，你就饶了我吧。你好好想想，要是再不睡，你明天就要顶着一对儿黑眼圈见她了，你确定你要这样的回忆？"

"噢，不，我明天一定要用最好的状态见她，你真的是太好了，提醒得真对，爱死你了，我赶紧去睡美容觉了。"

"那晚安，明……"我对着没说完就被挂掉的电话一阵沉默，刚才还吵着不要睡，这会儿就马上听话去睡觉。果然搞不定的时候还是需要启动偶像的力量。终于把这个鬼灵精哄睡了，我却一时没了睡意。

自从一个月前，销售部敲定了《河东狮吼》影迷见面会在我们酒店举办的各项细节，随着日期的临近，小萌的情绪就变得越来越亢奋。经过小萌一个月不间断的洗脑式信息输出，我现在也可以算是个半影迷了。

有一次在员工餐厅我实在忍不住了问她："你为什么这么喜欢张柏芝啊？"

小萌疑惑地看着我，一副"这么明显的原因，你居然看不到"的表情。

"难道她的容颜没有惊艳到你吗？"

"就只是因为这样？"我不禁哑然，毕竟这是一个我们在通常情况下，描述被一个人吸引时都会选择首先隐藏的原因，通常都会先把善良、有担当、职业素养高这样的原因摆出来。

"这难道还不够吗？"她继续兴奋地说道，"我大一假期回国的时候，跟朋友在一个甜品店里吃东西，店里电视机正好放着《星语心愿》的MV，我看到她的一瞬间整个人都呆住了，回去发动我身边的各种朋友满世界地帮我找她和任贤齐的这部电影资源。终于在我要回去美国的前一天晚上，找到了翻录的录影带。我一口气看了三遍，一晚上都没睡，第二天直接去的机场。"

"后来就开始关注她的各种动态、作品，越了解越喜欢这个活得很真实的人。"

"而且她对我们粉丝超级好，当然我开始做慈善也是受她的影响，但这一切都是始于她的颜值，怎么办？这样很肤浅吗？"

当小萌把这些一口气告诉我，我看着她，感觉她在说这些的时候整个人都在发光。是啊，一定要有一个听起来合适且恰当的原因才不算亵渎吗？难道因为简单原因的喜欢带给我们的能量就不值一提吗？能让人变得快乐，这本身不就是有很大意义的一件事吗？

"你知道你刚才在描述的时候有多可爱吗？"我笑笑。

"就知道你不会像别人一样吐槽我，就知道你最懂我了。那你会介意我喜欢你也是从颜值开始的吗？"

"真的吗？那我开心还来不及呢！"我大笑着说。

6:30果断摁掉闹钟，超级不情愿地爬起来准备上班，真的是熬夜毁所有啊！

一切收拾妥当，妈妈坚持要我一周也要在家吃几次早饭，今天特地准备了小馄饨。

"你爸在这一点上就不如你听话，每次让他在家吃早饭，嘴上答应得好好的，就是没吃两口，匆匆走了。"妈妈吐槽道。

"爸爸要听话哦。"我调皮地对坐在沙发上看报纸的爸爸说。

"越来越没大没小了。"爸爸佯装生气，其实自从我跟小萌越来越亲，上班也和小萌约好了在地铁见面,爸爸专职司机的身份就此隐退了以后,爸爸嘴上不说,心里还是很失落的。所以最近每天早上出门前,跟爸爸的对话里都多多少少能感受到他的一点情绪。

一见面,小萌看我戴着一副墨镜,有点不太习惯,偷笑道:"嗨,是有星探发现你了吗?"我无奈地叹了口气,小萌就是这么不按常理出牌。

小萌很不在意地耸了耸肩,十足纽约客的模样。毕竟今天是她的大日子,她的心早就飞到粉丝见面会的宴会厅会场了。

10:00 晨会上,气氛略显严肃,平时话并不多的销售总监 Chris 却先开口跟大家分享了一个不太好的信息:"预订部上周末注意到一些香港与东南亚的商务活动被取消了,目前虽然还不能确定地说是国际竞争集团星瑞集团导致的,但从劳动节假期之后 5 月份的整体预测比之前下降百分之五,而且还有继续走低的趋势。"

老严问道:"那国内商务客人的预订呢?有批量取消预订的苗头吗?"

"目前数据来看变化不大,国内相对比较平稳,但是也没有增长的迹象。"

"蓝眼睛"看着 Chris 问道:"销售部有计划推出一些短期度假类产品给劳动节假期国内游的客人吗?"

"目前没有,但是我会尽快和销售团队完成方案设计,稍后我还需要跟老罗商量一下配套客房销售的餐饮产品,毕竟餐饮也是度假客人关注的另外一个热点。"

老罗听了很是开心,"好呀,没问题,我们餐饮部全力配合。我们还可以为家庭出游的客人们出一些儿童套餐,毕竟一般孩子开心满意了,中国的父母们也会乐意买单,不是吗?"

大家都被老罗的解释逗乐了,没想到老罗此时会变身为一名中国百事通,连中国父母的心理都分析得头头是道。

会议结束前王姐特别提醒道："大家记得通知各部门来宴会帮忙的同事，按时到宴会厅后场接受培训哦。"王姐还特意看了一下我和小萌，我们回复给她一个大大的笑容，表示没问题。

让小萌异常兴奋的原因还有一个，那就是这个帮工任务。作为酒店的员工，我们有明文规定不允许与明星有正常服务以外的接触、索要签名或者合影。我和小萌作为后线员工本没有机会参与到服务中去，但是这次宴会部的帮工申请，让我们两个有机会去吧台帮忙，也能近距离一睹张美人的风采。

自从各位总监知道了张柏芝是小萌的偶像，也都变身神助攻。

老罗特别安排小萌变身祝酒词后送香槟的礼仪小姐，让她能有机会为她喜欢的偶像送上祝酒香槟。市场销售总监 Chris 也交代美工记得在小萌上台的时候帮她拍张和偶像站在一个画面的照片。"蓝眼睛"知道今晚我和小萌要去影迷会帮忙，会议结束前也和老罗开起了玩笑："Robert 你看，今晚我可是把行政办公室最美的两位女士都借给你了，你可要照顾好她们啊。"

老罗一口答应："放心吧，没有问题。"

会后，老罗走在最后避着小萌偷偷问我："Karen（小萌）喜欢的演员英文名字叫什么啊？""老罗你这是要给她个惊喜吗？"我问道。

"我一会儿问问市场传讯部看能不能帮忙多留一张签名照给小萌。"

虽然员工不能以个人的名义向明星索要签名，但一般明星的管理团队也会为举办酒店留下一些"福利"，方便酒店后期的营销，比如和酒店总经理的合照，还有签名照片这些。留在酒店的这些"福利"后期也可以作为酒店维护老客户的答谢礼。

"老罗你可真好，她喜欢的偶像英文名字叫 Cecilia。"

"好的我记下了，记得要保密哦。"

"你放心，要是让她现在知道这个消息，一会儿她负责的环节估计要换人才行了。"我想象着那个画面，忍不住笑道。

老罗却忧心忡忡,"希望竞争集团星瑞集团对我们的威胁不要越来越严重。"老罗说完就转身回办公室。

他边走还边在小声自言自语:"看来最近的食品采购成本也要跟老严商量,如何更好地控制一下采购量和采购周期了。"看着他担忧的背影,我心头掠过一丝不安。

第十一章 Jorizon——一款属于童悦的鸡尾酒

17:00，我和小萌换上了晚宴服务的制服，我是蓝色的衬衫、黑色的裙子；她是礼仪小姐的旗袍款。我们都按照要求盘了头发，小萌在更衣室照了又照才被我强行拉出了更衣室，不然宴会厅候场的时候一定迟到。

我被安排在吧台内帮忙，小萌完成她的特殊任务后，需要换上和我一样的制服负责在宴会厅内传送酒水。整个宴会厅在搭建的彩色射灯的闪烁下显得异常酷炫，我和小萌到了吧台看到欧阳正在仔细地盘点酒和器皿，"欧阳，我们来报到啦。"小萌看着那么多酒，很是兴奋。

欧阳抬头看到是我们，眼神中露出惊喜，"第一次看你们穿这样的制服，跟平常很不一样的感觉。"

"哪儿不一样啊？"小萌故意问道。

"当然是更美啦。"没想到小萌打破砂锅问到底，欧阳只好匆忙解释。

"悦，欧阳说我们平时不好看。"

我忍不住笑道："他应该是在说你。"

"悦，你太过分了，居然帮他。你还是我的闺蜜吗？以后再也不帮你打饭了。"

"我错了还不行吗，美女饶命。"

欧阳笑着看我们闹了一会儿，看了看时间宴会快要开始啦，正色道："你们进来吧，先熟悉一下酒摆放的位置，方便一会儿配合我们调酒师。当然了，不要光顾着看明星，把给客人的酒拿错了哦。"这话欧阳是对我们两个人说的，但是他却一直看着我。

还记得第一次见面，他的眼神让我慌了神。后来我心里偷偷跟自己说，下一次一定不会再躲，一定要直直地看回去，不能输。这次我没有再闪躲，看着他笑着说："这个啊，你还是多跟小萌嘱咐一下吧。她能把你的酒稳稳地端住就已经很好了。"

"你又笑我，我可是很有职业素养的，公私分明，你看着吧，我一定会好好完成任务的。"小萌不满道。

19:00，到场的人越来越多，满场都是尖叫声。会场的气氛被粉丝们带动得火热，对于粉丝们来说今晚的高潮时刻可能是主持人问到关于爱情问题的互动环节。但对于小萌来说开场祝酒词才是她的高光时刻。但谁也没想到等待着她的惊喜还在后面。

小萌如她所承诺的那样，完美地完成了她的特殊任务。下台后老罗还满意地对着她竖起了大拇指。但是我还是在灯光闪过她的时候看到了她微红的眼睛和下台后才开始微微颤抖的手。看来她是用尽了全身的力气才努力让自己在这上台、下台中保持住表面的镇定。我在心里默默给她点了个赞。你说这样的她怎么会不招人喜欢？

完成任务归来的小萌也没有一心都扑在看偶像上，而是认认真真地做好传酒员的工作，在吧台和会场里来回穿梭，忙得不亦乐乎。我呢，就在吧台里为调酒师们做一些打下手的工作，准备酒杯、冰块、清洗酒具、水果切片这些。刚开始我问出的一些关于酒水调制的问题，欧阳还来得及回答。可是到了后来宴会正式开始，酒水的需求量越来越大，他连抬头的时间都没有，只是看着送过来的单子，一杯一杯地专心调酒。

我看着欧阳调制每一款酒时娴熟的动作，那些器皿在他的摆弄下也仿佛有

第十一章 Jorizon——一款属于童悦的鸡尾酒

057

了生命，跳跃在吧台上。或许是灯光的问题，我忽然发现这样专注的欧阳很是耀眼。

音乐相伴，欢乐的时光总是过得飞快，一转眼，快 21:00 了，老罗拉着小萌去了后台，估计是给她惊喜去了。随着宴会渐渐接近尾声，吧台也渐渐闲了下来，欧阳一边开始收拾，一边问我："悦，怎么样，今天的帮工有让你喜欢上调酒吗？"

"我吗？还好啦，可能是我本身对酒水不是很了解。目前还只是喜欢看着你们调酒，还有喜欢你们做出来的每一杯成品，真的像一件一件艺术品。"

"一会儿结束了，记得先不要走哦，有个东西要给你。"欧阳看着我很神秘地笑着说。

宴会结束，"是什么啊？现在可以告诉我了吗？"我看着欧阳问道。

"想不想要一杯以你名字命名的鸡尾酒？"

"我的名字……鸡尾酒？但是我的名字很普通啊……"这个惊喜有点突然，我一下子没有缓过神来。

"那么我们一起来取个名字怎么样？一杯只属于你的鸡尾酒。"

只属于我吗？心里忽然紧了一下，等我反应过来赶紧安慰自己，这一定是会场的音乐音响太大的后遗症。

他看着桌上的几款酒，陷入了沉思，然后看着我说："悦，你知道吗？人生就像鸡尾酒，酒有烈性的，有酸性的，有苦味的，有甜味的，通过不同的混合、调制、搭配，最终品尝的是甘甜之后的平衡，而且每一个人都有一款属于 TA 的鸡尾酒。"之后就开始了他的调制。

"你没有给自己起英文名字，英文名字 Joy 有悦的含义。我猜你对自己的未来也保持着无限向往和追求。那如果你不介意，这款酒就叫 Jorizon 怎么样？你先来尝尝是不是喜欢。"

欧阳把一款鸡尾酒推到了我面前，橙红色的液体，杯口上面有我最爱的樱桃。

我啜了一口，味蕾品尝到了金酒和桃汁，的确甘、甜、酸交织在一起达到了一种平衡，这款酒让我感觉是一种起点，搭配任何一款菜、一款甜点都适宜。

我很喜欢，接着又喝了一口，问道："这款酒我很喜欢，配方可以给我吗？"

"哈哈，当然不能。"他拒绝得很干脆，不过紧接着补充道："因为你如果想喝，就应该来找我。"

小萌适时地回归让此时的我很是感谢，她冲过来一把抱住了我，"悦，你知道吗？我和我的偶像说话了，她非常有亲和力，我们还握手啦，我的心脏都快跳出来了。"

小萌看我没有太大的反应很是疑惑，不过没一会儿她就反应过来。

"好啊，原来你早就知道，为什么不告诉我，一点心理准备都没有，害得我差点在偶像面前出丑。"

"我可什么都不知道啊。我只知道老罗要给你惊喜，但是是什么他也没告诉我，再说告诉你了还叫惊喜吗？"本来嘛，我只知道老罗准备帮她拿到签名照，见面的这个惊喜我确实不知道，也不算瞒着她。

小萌看到我面前的酒问道："这是什么啊？我能喝吗？快渴死我了。"

"以你现在的状态绝对不能喝酒，以免你兴奋过度。"欧阳一边麻利地收拾器皿，一边贴心地递了一杯苏打水过去。

但是小萌还是趁欧阳不注意，拿了一根吸管，偷偷尝了一口，"这是什么酒啊？怎么在酒吧的酒单里没见过？"

"这是我今天特调的。"欧阳淡淡地解释道。

"那下回我也要一杯特调的。"小萌用渴望的眼神向欧阳申请。

"乐意之极啊。"欧阳痛快地回答。然后他看着我，也看了一眼小萌，"我还记得我的第一个师父和我说过一句话：诗酒趁年华。那是苏东坡的一句词，其实做酒店要疯狂，还是趁年轻啊。"

第十一章 Jorizon——一款属于童悦的鸡尾酒

059

诗酒趁年华，好一句耐人寻味的词啊。

2003年3月18日

酒店是一个实现梦想的地方，能见到自己喜欢的明星，一杯专属于我的鸡尾酒。好美的名字Jorizon，地平线远处的喜悦。

还有那一句耐人寻味的词：诗酒趁年华，所以我也会在这个地方实现我的梦想吗？

今天真的是超长待机的一天，邮箱里还有没来得及回复的邮件，但是现在已经累到没有力气，还是明天再回复吧。

第十二章　该如何开口才好

芮华集团在中国市场最大的竞争对手是星瑞集团，这几年大家都在布局市场和快速扩张。每天晨会，蔡先生的内容里总是少不了星瑞集团，我们也无时无刻不在感受来自竞争对手的市场威胁，无论是价格战，还是会员制，星瑞每一次的策略发布看起来都比芮华集团旗下的酒店优惠力度更大，更为诱人。

4月本是一年里最美好的时候，一切都是刚刚好的样子，刚刚好的气温，刚刚苏醒的绿植，空气里也带有淡淡的清新。但从市场销售总监蔡先生一早匆匆进入"蓝眼睛"的办公室，"砰"的一声重重地把门关上那一刻起，仿佛所有的美好也都一并关了进去。

我还没从关门声的惊吓中回过神来，座机响了，是王姐的分机打来的，"悦，蔡先生是不是进老总办公室了？"她着急地问道。

"是啊，刚进去，看起来情绪不太对，是发生什么事情了吗？"

"今天一早就有很多媒体堵在酒店门口，听说是前几天有个客人在客房的卫生间里悄悄装了一个摄像头，把客房阿姨用一块抹布打扫卫生间洗漱台、坐便、浴缸的全过程拍下来，尤其是这位客房阿姨还用同一块抹布擦了洗漱台上的漱口杯，现在这个视频不仅传到了网上，还曝光给了媒体。蔡先生现在是一个头两个大，他和老总急需商量应对措施，看看如何把负面影响降到最低！"王姐说完沮丧地叹了口气。

"怎么会有如此卑鄙的客人？"我忍不住问道，但一边问一边想这件事儿绝对不是个简单的客人投诉，因为就算是求偿型的客人也会直接跟酒店进行交涉，而不是把视频直接放到网上并曝光给媒体。

"我们目前还不能确定，因为这位客人是用护照登记入住的，不过他是华人，我们推测这有可能是星瑞集团的小动作，但这也只是目前的推测。"

"那有什么我现在可以做的吗？"

"这正是我打来电话的目的，如果有任何媒体打电话找老总，你记得客观冷静地处理一下。比如，你可以说酒店正在调查，待调查结束后公关部会尽快答复媒体的疑问，或者也可以把他们的问题记录下来，稍后公关部会联系回复等等。"

"好的，王姐，我记下来了。"

9点，总监们都神情严肃地陆续走进了会议室，落座以后也没有了往日轻松交谈的氛围，都各自对着各自的报表眉头紧锁，"蓝眼睛"和蔡先生最后一起来到了会议室。

"蓝眼睛"环顾了一下在座的每一位，开口道："各位总监们，对于今日曝光的酒店客房清洁事件，我想你们早上都收到戴先生的邮件了。我们目前无法得知这位客人的真实目的和背景，也无从知晓这是他的个人行为，还是受人之托，但是媒体的报道已经引起热议。在中国，这些年旅游酒店行业发展飞速，我们都清楚一家酒店的口碑对酒店的生存有多重要。我们的订单在不断地被取消，但无论怎样我们都要给大众一个解释一个交代。"

会议室每一个人都低下了头。

蔡先生紧接着说道："根据最新的数字，酒店5月份预订率比今年年初预测的下跌了百分之三十五，6月份下跌了百分之四十五，平均房价下跌了二百九十元。基于这样的预测，员工配比需要下调百分之三十，意味着酒店部分客房楼层要关闭，降低能耗。百分之三十的员工要在5月、6月暂时休无薪假。"他的语速很慢，好像有点不忍心告诉大家。因为他心知肚明，这个数据一旦公布，对于酒店各个部门都是一个不小的挑战。尤其是说到会涉及百分之三十的员工的时候，我看到蔡先生抬头抱歉地看了王姐一眼，王姐听到后，握着笔的手不自觉地抖了一下，无薪假对人事部来说本就是棘手的工作，而且还是百分之三十的员工。

老严补充道："目前宴会取消率高达百分之九十，唯一剩下的几档会议也在和酒店打着延期的名义，实则在计划着取消。我们预计受到客房清洁事件的影响，酒店的三个餐厅、一个酒吧的收入将缩减百分之六十五。"

如果说刚才的氛围是紧张，现在会议室里的沉寂已经让我感到窒息。安静的这几秒钟感觉漫长得好像一个世纪。"蓝眼睛"打破了寂静："呃……我希望你们能够做好思想准备，未来的实际情况可能会比你们预期的更加糟糕。我目前从香港的办公室得知，集团旗下其他的酒店也遭到了波及。"

Charles 抿了抿嘴，深深地叹了口气，然后回复道："我们会做好安抚工作，也会做好最坏的打算。"

最后"蓝眼睛"详细说明了一下酒店将发表的声明，已经由蔡先生起草好了，将由公关部发给各个媒体。

10:40 会议结束了，四十分钟对于晨会本是一个再正常不过的时长。但这四十分钟却像是一个黑洞，仿佛一下子吸干了大家浑身的力气。满满的无力感，当会议结束的那一刻，几乎所有人都把紧绷着的身子往椅背上靠了靠，然后又是一阵沉思和沉默。

虽然心知肚明目前酒店的形势很不乐观，但"蓝眼睛"却不能让大家继续沉浸在这样忧心忡忡的情绪里，毕竟这样的情绪除了彼此负面影响，什么作用都没有。于是，他提议道："从今天开始，晚上 6:00 增加一次会议，6:00~6:30，特殊时期每天都需要汇总信息，悦会记录每天晚上的会议内容，如果有任何的行动计划，悦和 Karen 都会督促大家完成。大家有意见吗？"

看到所有人都很郑重地点点头，士气也稍微回来了一点，"蓝眼睛"也点了点头，说道："那么晚上6点见。"

等大家都离开了，我来到王姐身边，担心地问道："王姐，你还好吗？"

"悦，我们总说员工像家人，你说，对着这些家人我该如何开口才好？该怎么说出'请你先回去休息，并且没有工资'这样的话呢？"王姐为难地看着我，看得我一阵心疼。

于是，我安慰道："如果是家人，那我相信大家也一定会理解的，毕竟这只是暂时的。"虽然我也无法确定未来的走向一定是好的，虽然我也不敢百分百确定大家都能理解，但此时此刻，我真的想能安慰到她，哪怕只是从言语上给她一点点信心也好。

"希望吧，希望吧。悦，谢谢你。"虽然她回复的时候还在轻轻地摇头，但看向我的眼神少了一丝慌乱，多了一丝坚定。

刚坐回工位，小萌拿了几颗大白兔奶糖递给我，美其名曰最近有点苦，要点甜来弥补。"悦，你说这百分之三十的无薪假里会有我们吗？"

"我也不知道啊。"虽然嘴上说着不确定，但其实我们都心里清楚，我们这样的后线岗位包含在这百分之三十的概率还挺高的。

或许是看出了我的担忧，小萌转念又道："要是我们两个都休无薪假，你会利用这个时间做些什么呢？"

"我也只能待在家里啊，或者陪妈妈浇浇花、画画吧。"心里带着对现实的担忧，我也无意去想以后，只愿目前的窘况能尽快好转。

"你可真没意思，看看你的眉毛都快皱成连心眉了。"

我一愣，有吗？赶紧对着工位上的小镜子看。扑哧，哈哈哈哈哈。"你可真好骗。"我才反应过来是小萌又逗我呢。

"你啊，你啊。"

"终于笑了，你看现在多好。哎呀，船到桥头自然直，总会有办法的，不要想那么多，特别容易变老的。"小萌冲我做了个鬼脸，就回去继续工作了。

我也对着镜子给了自己一个大大的笑容，开始工作啦。对啊，想那么多干吗，先干好眼前的工作才是啊。

我在电脑上快速地将《声明》的文本输入到 Word 文档中：

"关于媒体发布的客房员工清洁操作流程的新闻，这位员工的操作流程不代表酒店和芮华集团日常的运营和服务标准。我们酒店始终重视客房卫生和清洁状况，我们已经快速地开展调查。相关客房服务员已经接受了客房清洁流程的培训，并在今后的工作中会接受监督。对于之前视频中未能按照清洁标准进行客房清洁，我们深表歉意。酒店管理层将严格贯彻客房、餐厅、宴会的清洁标准，不遗余力地确保客人的体验和满意度，保证卫生状况符合并高于行业的标准，也非常感谢社会各界和媒体的监督检查。"

"蓝眼睛"签字之后，我交给了蔡先生，他接过去看得很仔细，然后朝我点点头，给了我一个安定的眼神。

下午，"蓝眼睛"把我叫去他的办公室，轻轻叹了口气，有些无奈，也有些失望，跟我交代道："悦，我的太太 Katherine 要回法国一趟。"

"这个时候她不跟您待在一起吗？"我问。

"她很久没回家了，她也的确想回去看看她母亲、家人和朋友。回去也好，你尽快帮她订票吧，上海直飞巴黎的。"

"好的，没有问题。还有其他的事情需要我的协助吗？"

"嗯……"他想了一下继续道："帮我把这套衣服送去洗衣房干洗吧。"

我拿着西服去到地下二层的洗衣房，想着顺便去人事部看看王姐。刚到人事部门口就听到王姐和 Charles 的声音。

"Charles，我们能和业主公司沟通，保证员工的基本福利吗？百分之三十的员工休无薪假，这其实从另一方面也会对公司的形象造成负面影响啊。"王姐

第十二章 该如何开口才好

有点激动。

"可是你要知道，现在我们连业主的利润都不能保证，怎么可能再去要求有更多的福利给到员工呢？" Charles 也很激动，此时的普通话更加不流利了。

"能够给员工一个最低工资也是好的啊。"王姐依然选择尽力争取。

"这样吧，你先查查上海本地的相关规定，我们在不违反规定的基础上，尽量和业主协商。"在本地规则上 Charles 还是非常依赖王姐的，也就先退了一步。

看到办公室里这样的情形，我也就没有再走进去。

到家已经快晚上 8:30 了，妈妈见了我就问："怎么这么晚啊，酒店现在生意不好，怎么反而更加忙了呢？"

"嗯，今天开始每天晚上 6:00 都要开会，应对这次公关危机。"我实在没有力气仔细解释，大致说了发生的事情，回答得有些敷衍。

妈妈看出了我的疲惫，有些心疼道："那我赶紧给你弄点吃的去。"

"妈，不用了，今天下班晚，我在酒店食堂简单吃了点。"其实现在的心情，我也吃不下什么。

今天除了酒店的事儿，还有一件事压在我心里一整天了。工作的忙碌让我可以暂时忽略它，但当我和自己独处的时候，我不得不面对。我转身进了房间，拨通了 Jason 的手机，

"Hello, 悦。酒店的情况还好吗？我看到了今天国内的新闻。"

"除了这些，你没有其他要跟我说的吗？"

他先是一愣，显然没有反应过来我在问什么。

我强忍着情绪提醒道："我昨天收到了 Angel（安琪）的问候邮件，她说你和公司签了正式合同。这是真的吗？"

我话音刚落听到了一声轻叹，和一句轻声的对不起，而后紧接着又是一句：

"悦，对不起，我好几次都想跟你说的，可是话到了嘴边。我又不知该如何开口。"

"够了。"没等他再解释，我就挂断了电话。看着手机屏幕再次亮起的显示屏上的名字，突然觉得好陌生。

安琪是我们在澳洲的好友，我打工的地方是安琪帮我介绍的。也是因为打工才认识了Jason，才有了后来我们的故事。可是，昨天当我收到安琪邮件，看到她因为担心长期异地恋会影响我和Jason的感情，邀请我再回澳洲，但是安琪忍不住告诉我Jason签了公司长期的正式合同时。我的第一反应，竟然是不是她在跟我开玩笑。原来，我和Jason彼此之前牢固的信任，已经在这短短的四个月开始一点点土崩瓦解。呵，是不知道如何开口吗？其实，从头到尾就没想过要与我商量吧，是认定了我会不同意吗？算了。

我趴在桌子上，眼中没有一滴泪。不是不痛，是觉得累了。我现在终于懂了那次路过爸妈的房间，听到爸爸对妈妈说希望我以后遇到一个可以把我放在心上的人，而不是一个看似把我捧在手上的人。是啊，愿意放在心里的，彼此的未来才能有彼此；捧在手上，累了、倦了也就放手了。

2003年4月21日
风波来了，我们也都开始慌了，未来呢？是会好的吧？

第十二章 该如何开口才好

067

第十三章　难，也是要面对的

已经一周没有和Jason联系了，我就自动默认为分手了吧。回想一起在澳洲无忧无虑的那些日子，上学、看书、写论文、打零工，我感谢他陪伴了我人生中一段旅程，也感谢因为他的出现，那段时间里收获了那么多真实存在的快乐。

小萌知道的当天，非要拉着我，说："走，陪我喝一杯。"

我知道她怕我强忍着，想要让我宣泄一下，但又怕我推托，硬是说让我陪她。

一开始我们只是扯些别的。酒店的八卦啊，员工的变动啊，还有如今的分手。

"Frank和我开玩笑说，让你爸妈养你两个月，或者赶紧去找个男朋友养你也行。我说上哪儿找啊。"

"我觉得Frank的提议不错啊，在酒店找不就好了？比如礼宾部的某位。"我忍不住偷笑道。

"哎，你别看他工作的时候那么暖，下班以后高冷着呢，都不怎么理我。"小萌说完才发现自己说了什么，赶紧把眼睛移开不好意思看我。

"哎呀，这么说有人承认啦，我都可还没说是谁呢，就不打自招啦。"

等小萌缓过来，开始反击我："原来我还担心，这下欧阳可有机会啦。"我只有无奈，真的是"多行不义必自毙"啊！

小萌看我的神情，发现我是真的放下了，忍不住问我："真的能这么快就放下吗？"

小萌看起来是个鬼灵精，天不怕地不怕的，但是感情一直是她的软肋。尤其是面对Justin，总会变得一点也不像她。

所以我并不想让我的经历再给她对爱情的勇气打个折扣。

"其实，这些问题早就横在我们中间，我选择忽略，他也选择只字不提。而且这半年，我也在改变，我只能说我们彼此都真心爱过，但又如何呢？当初再怎么放不下的人，当人生的轨迹渐行渐远，便再也回不去了。那些过往也都会随着时光在记忆中慢慢远去。难，也是要往前走的，也是要去面对的不是？"我微笑着看着她，小萌却陷入了沉思。

到底是谁安慰谁呢？

今天上班，我特地选了一件亮黄色的裙子，下午要开全体员工大会，我负责给"蓝眼睛"做现场翻译，希望亮色系的裙子能够在这个灰暗的时期让大家感觉到一丝希望和活力吧。

10:00，晨会上主要讨论王姐的人事方案，经过这几天和营运部门的沟通，已经确定了每个部门无薪假员工的人数、周期以及最低工资的发放数额。

"今天下午George要在全体员工大会上宣布无薪假政策，我建议不需要讲太多的实施细节，业主公司还没有最后批复我们提交的方案。"老严有点担忧地说道，他停顿了一下，抱歉地看了一下大家，"同时，业主要求管理层的工资打八折。"

"蓝眼睛"扫视了一下会议室，"这个消息在'五一'之前宣布，对你们、对员工无疑是不幸的。我已经让严先生回复业主了，管理层的工资从5月1日起打八折，你们可以选择每周休息三天。当然如果你们选择不多休，我将非常感激。"

Frank、老罗和Tom作为营运的三大巨头点了点头，"蓝眼睛"继续道："下

午员工大会我不会宣布太多的细节，我建议王姐、悦、Karen成立特别工作组，你们从明天开始全面负责与员工进行无薪假的协商，有严重的情绪问题，悦也可以及时向我汇报。"

"好的，谢谢George的支持。"王姐舒了一口气。

任务布置下来，我开始觉得心里有点堵得慌，酒店很多员工年龄都可以做我的叔叔阿姨了，我该如何做才能让他们知道这个消息以后好受一点呢？

散会后，王姐让我和小萌留一下，"我知道你们这么年轻，要经历与员工这样的对话，有点棘手。但酒店行业就是与人打交道的行业，我们该面对的终究要面对。看这几天的新闻报道，政府已经采取了一些有效的措施，我相信这些困难都是暂时的。"王姐要负担的、承受的真的太多了，也太难了。

"王姐，我和Karen虽然从来没有和员工谈过话，但是我们会积极配合你的，请放心。如果有员工要找老总，我会尽力去协调的。"我想"蓝眼睛"也应该是这个意思才让我和小萌也加入的。

王姐的眼眶有些红了，"悦，小萌，谢谢你们。"我和小萌回给她一个大大的笑容。

今天的午餐是我和小萌都喜欢的炸猪排，她吃了两块，美滋滋地说要提高幸福度。我胃口不好，大概是因为下午还有那么重要的翻译工作。

"悦，我今天和Frank聊了一下，他说香港的酒店生意比我们这里更惨，入住率已经跌到个位数啦。"

我刚咽下的炸猪排，感觉一下子堵在了胸口，"怎么会这么低啊？"

小萌迟迟没有说话，我顺着她的目光看过去，原来Justin进餐厅吃饭了，他也看到了我们。

"要不你坐过去跟他一起吃，我先去准备全体会议了。"我收拾了起身准备走。

"别闹，现在谁有心情想这些。要以大局为重，我们一起走吧。"嘴上这样说着，离开前还是向杨奕的位置上又看了一眼。

这次的员工大会跟以往都不同，没有精心的布置，没有茶歇，没有椅子，没有等待表彰的喜悦。所有人都在等这个结果，大家私下每天都在议论关心的事情的结果。

"蓝眼睛"这次发言与以往不同，说得很慢，咬字很清晰，声音很低沉。我看着他的台风一阵敬佩。在这样的事情上能有这样的沉着冷静，一定都是基于这些年在这个行业摸爬滚打的沉淀。他发言的风格也在整个过程中影响着我的翻译，让我的语言节奏与他同步沉稳和平静。

"我相信你们每一位都关注了目前酒店行业竞争的压力，这次压力导致的危机给大家的工作与生活带来了巨大的影响，酒店行业也是从1-3月份的欣欣向荣到目前渐渐衰退，我们预测4月与5月的入住率将会下降百分之三十五到百分之四十五，我们正经历着最艰难的时刻。请相信，我们会积极与业主公司进行沟通。

"每一个部门会根据业务需求进行人员与班次的调整，作为管理层，我们将尽力保护你们的职位，平衡酒店财务状况，努力克服收入锐减带来的负面效应，对于无薪假的天数与长度，将会有人事部与行政办公室与各部门进行具体的沟通。

"作为管理层，我将每天都出现在工作场所，如果你们有任何问题，都可以随时联系行政办公室。管理层的工资也将打折，我们与你们一起共同面对第二季度。"

所有来参加员工大会的员工听完"蓝眼睛"的发言，就开始了小声的议论。大家神情各异，有的是预料之中，有的是非常惊讶，有的愤恨，有的失望，有的庆幸，我站在台上看得很清楚。但几百名员工，有各自的背景、家庭，反应各自有别也是人之常情。

我预见到了我们这个特别小组将面临的困难，但此刻我却不再慌张，面对

就好了，一件一件解决就好了，难又怎样呢？

晚上 6 点，会议室里，"蓝眼睛"询问各部门的情况。

Tom 摇摇头说："客服部的几个阿姨情绪不稳定。"

工程总监 Andy："我们的几个师傅也是，说回去无法和老婆交代了。"

王姐表示明天她会去各个部门跟这些员工面谈，我和小萌也一起。

开完会准备关电脑回家，MSN 跳了出来，是 Blue eyes in Hong Kong 发来的："悦，非常感谢你今天在台上的翻译，做得很好，谢谢你在关键的时刻和我一起度过。"

我看了一眼总经理办公室，"蓝眼睛"应该还在里面吧，我礼貌地回复："我的荣幸，希望这一切快点过去。"

他发来一朵玫瑰和一个笑脸。

刚进家门，手机响了，是小萌，"喂，怎么了？"我着急地问，是担心酒店出什么事了。最近这些天最怕有电话，因为一般都不是好事儿。

"Justin 答应和我一起吃饭了，我们约了'五一'假期。"她大声说。

"哦，我记得有人说过要以大局为重的。怎么改变主意啦？"

"童悦，我第一个告诉你，你就这么挤对我，以后我再也不跟你说了。"

"哈哈哈，你记得选个好餐厅啊。要推荐吗？"我脑海中出现了她和杨奕一起吃饭的场景。

"嗯，这次不用啦，我已经想好地方了，下次再问你。还有，谢谢你的'总是要面对的'。"小萌笑着说。

"哈哈，原来特效药是这句啊。"我为她开心，也为自己。

2003 年 4 月 28 日

竞争压力让我对假期失去了期待，可能宅在家里是最好的过节方式吧。回想员工大会上大家不同的表情，突然脑海里映出了欧阳的那句话：人生就像鸡尾酒，酒有烈性的，有酸性的，有苦味的，有甜味的，通过不同的混合、调制、搭配，最终品尝的是甘甜之后的平衡。

下次喝到 Jorizon 会是什么时候呢？虽然，鼓励着小萌，但感情这个东西，其实很多时候也是说不清道不明啊。

第十三章 难，也是要面对的

第十四章　与迷失的距离

"五一"期间，酒店的生意也是非常惨淡，入住率只有个位数。"蓝眼睛"每天会发几条 MSN 给我，大致说一下情况，例如他每天坚持去办公室，也会在酒店各处走动一下慰问员工。他亲力亲为的工作态度也一直是我学习的榜样。

5月5日，6:30我就迫不及待地起床，因为今天要上班去了。人总是这样，工作忙的时候想着什么时候能好好休息一下，可真有机会让你待在家里，也就几天时间就开始觉得浑身不舒服，坐着也不是，躺着也不是。

打开手机，有一条欧阳发来的短信：酒店的酒吧暂停营业，你如果想喝Jorizon，可以来陕西路的 Mademoiselle（法语：形容高贵的女士）找我。看到这样的信息由衷地为他开心，毕竟在这样的特殊时期，不是谁都能找到临时去处的。

"好的，我去之前，一定提前告诉你。"我开心地回复道。

远远地就看到已经在地铁口等我的小萌，她今天穿了一身十分显眼的红色连衣裙。我快步迎了上去，"和Justin的约会怎么样啊？"

"还行吧，过节外面的人也不多，就吃了一个早午餐，感觉他和我在一起还是比较拘谨。而且聊来聊去除了酒店的那些事，就是我在说。他从来不主动说跟他自己有关的事。"能看出小萌眼神里的失落。

"那还不是因为你是他老板的老板的秘书。"我安慰道。

"他还提到了前厅给我起的'八卦公主'的绰号，虽然早就知道，也并不介意。但是我并不想让他这样称呼我。"

"不过……"小萌突然神秘兮兮的，但是神情却明朗了。真的是佩服小萌，刚才还乌云满天，现在又多云转晴了。

"快说吧，大小姐，我已经好奇得不得了了。"我好笑地看着她。

"他告诉我一个黎豪业的猛料。"果然此处有八卦。

"黎豪业那么严肃，还能有什么八卦啊？"

"上次他和Coco来酒店开会，不是住了一晚吗。那天晚上Frank有一份很急的文件要送去黎总的房间，Justin就拿着文件去按门铃了。结果，你猜怎么了？"小萌眼睛转了一下，小声说："是Coco开的门。"

"啊？"我惊讶地停下了脚步，看着小萌，想要跟小萌确认她说的内容。的确开会的时候，我还记得可可那个温柔的眼神，但是"蓝眼睛"让我给他们安排两间房间啊。

"Coco是这么说的，黎总在洗澡，文件我会给他的，你可以走了。Justin道了谢，他看到Coco穿的是浴袍，就很知趣地赶紧走了。"小萌面带着表情，描述的画面代入感真是太强了。

我还是呆站在原地，有点反应不过来，她拉了我的胳膊，"哎哟，是不是颠覆你的三观了？但你要慢慢习惯哦，类似的事情在酒店圈还有很多，只是你不知道罢了。而且可能每个行业里都有一些八卦的。快走啦，好饿哦，我们赶紧去吃早饭啦。"

其实，从一开始见到黎豪业和Coco我就没有什么好感。此时，我很是庆幸我能和"蓝眼睛"、老严、王姐和酒店的其他总监一起共事。这样想来，心里开心了不少，刚刚的别扭一扫而空。

今天的晨会比较特别，"蓝眼睛"选择了四十楼的咖啡厅作为会议地点。以往的早上，咖啡厅人来人往，百分之九十都是商务客人吃了早餐来咖啡厅打包杯咖啡，去开启新的一天。

第十四章　与迷失的距离

075

可今天咖啡厅却只有两个客人,还分别坐在两个间隔很远的位子上。"蓝眼睛"让每个人都点杯喝的,说:"今天我们可以坐在这里开会,你们应该能切身地体会到竞争带给我们的冲击,我相信我们一定能够度过风波,目前的形势只是暂时的。"

我望向对面的恒隆广场,我还依稀记得 AAB 的面试场景,那本《第五项修炼》一直在我办公室的抽屉里,不知道当时面试我的 Jessica 现在怎么样了?

我们喝着手中的饮品,看着老严发给大家的财务预测,经过一个"五一",预测的数字又下滑了不少,整个 5 月、6 月住房率超过百分之二十的天数屈指可数啊,看着大家凝重的表情,手中的咖啡竟一点回甘都喝不出,留在嘴里的都成了苦涩。

"蓝眼睛"看了一眼老严,老严有点犹豫,但还是无可奈何开口说道:"基于这样的预测,我们要继续加大员工无薪假的比例了。请各个部门配合王姐的工作,把每个班次的人员数量再降低。餐饮除了咖啡厅,其他两个餐厅与酒吧暂停营业。"

老罗皱了皱眉头,宴会目前已经全部取消了。餐饮就营业这一项的话,对于餐饮收入是致命的打击啊。他沉思良久,也只好无奈地接受,说道:"我会召开一个餐饮全员会,亲自和员工们说明情况,安抚他们的情绪。"

Frank 从会议开始到现在一直没发言,低着头一直在思索着什么,此时却在老罗说完之后,看着大家开口了:"我主动申请两个月无薪假,有 Robert 和 Tom 在酒店我很放心,我回澳门家里放松一下。如有任何事情,都可以让 Karen 联系我。"

小萌的表情一下子愣住了,眼眶有点红,我估计她是第一次听 Frank 这么说,老外的工资与福利在业主的眼里都是高额的,所以 Frank 这么做,令大家都很感动。特别是王姐,管理层带头休无薪假,这对于安慰员工的工作无疑是注入了一剂强心针,王姐的眼眶也湿润了。

"你们这是什么表情啊，我又不是不回来了。而且我单身汉一个，无牵无挂的。一人吃饱全家不饿，等这波困难过了，我就回来复工。"Frank 看着小萌和大伙儿的表情，耸耸肩说道。

"蓝眼睛"拍了拍 Frank 的肩膀，认真且郑重地说了一句："Buddy（兄弟），我们会尽快让你回来的。"

小萌的心情从"五一"和杨奕的约会，到早上的八卦，到老板的离开，像过山车一样起伏。小萌的自愈能力是很强的，很少会把这样低沉的情绪持续很久，但今天的冲击，是谁也很难快速平复吧。我陪她回到办公室，给她泡了一杯柠檬水。

"小萌啊，别难过了，Frank 平时有多忙，你都知道。难得他可以有这样的机会放个假，也不是什么坏事啊。"

小萌看了看我，抿了抿嘴，实在憋不出一个笑容给我。

看她努力的样子很是心疼，算了，留她一个人静静也好。

这一天过得太过漫长，下午王姐叫我去她办公室，百分之五十的员工要开始休无薪假了，名单已经确定了，我审核了一下信息，放进了信封，一会儿拿给"蓝眼睛"再汇报一下。

"悦，你别看我们有些人虽然都做了十多年，甚至二十几年酒店，但这样的情况也是第一次碰上，也都没什么经验，没什么参考，只能边做边琢磨。也不知道有没有再优的选择。唉，只希望快点好起来啊。"

"王姐，你别这么说，我从你身上学习到很多，你对员工的关心是发自内心的。我相信大家也能感受得到。"我真诚地看着王姐，这段时间忙得她也没顾得上染发，发根能看到的白色也越来越多了。

"如果老总有任何想法，你要像雷达一样地探测，及时和我们沟通。"

我认真地点点头答应了，她才放心地露出了一些笑容。

要像雷达一样吗？这是又给我提了更高的要求啊。不过在这种时候，大家

第十四章　与迷失的距离

077

都在拼尽全力，我也要尽力而为才行啊。

也许是体谅大家的疲惫，"蓝眼睛"让我通知总监们取消今天晚上 6 点的会议。5:50，我发了一条微信给欧阳："现在方便吗？我能过去喝一杯 Jorizon 吗？"

"除了喝一杯，还能吃一点呢。"他回复。

今天没有叫小萌一起，怕她还要故作没事跟我们嘻嘻哈哈。小萌就是这样，我们需要安慰的时候她都在，她需要安慰时却总喜欢一个人默默地消化。真希望出现一个人，让她愿意把悲欢与他分享，杨奕会是那个人吗？

这是我第一次来 Mademoiselle，是非常法式的一家餐厅，庄重中透着富贵，典雅中又添时尚，我看到吧台后面在忙碌的欧阳，走过去跟他打招呼："嗨，怎么样？在这里开心吗？"

"嗨，你来啦，坐呀。"他指着吧台前的椅子，"感觉怎么样？这是我朋友开的餐厅，我休无薪假，所以来帮忙。以前有空的时候就常来，不过那个时候是作为客人，虽然角色转换了，但也没有什么不习惯的。"

"这儿生意怎么样啊？忙吗？"我关切地问。

"现在竞争激烈，生意一般，但是晚上还是有几档客人的。"欧阳回复道。

也是，这个竞争时期，哪儿的餐饮都不好做啊。

看见他开始洗樱桃，我知道他要开始调制 Jorizon 了，没过一会儿，一杯艳丽的 Jorizon 推到了我面前，他看着我，示意我品尝。

不巧手机响了，是一条短信息，Jason 发来的："悦，你应该还在上班吧，我的绿卡申请下来了，有些话我想当面跟你说，你愿意见我一面吗？"

我叹了口气，开始回复："恭喜啊，这才是你一直想要的吧。"

删了，然后再输入："恭喜你，但我觉得可能没有这个必要了。"

又删了，再输入："我们分手吧。"

欧阳看我一直低着头看手机，酒一点也没动，问道："怎么不喝呢？是有紧急事情吗？"

心思本来就有些乱，突然出现的声音吓到我了，身子轻轻颤了一下，抬头看他，手却不小心按到了发送键。

看到已经发送成功的提示，心里一沉，抬头看到欧阳询问的目光，仰头喝了一口，闭上眼睛，的确生活中有的经历像烈酒，有的像甜酒，混在一起，最终是一种平衡，这回是真的都结束了。

"抱歉刚才吓到你了，不过你闭上眼睛品酒的样子很美，像 Mademoiselle。"欧阳认真地看着我说道。吧台的灯光，杯中的酒，还有欧阳的目光，让我有了微醺时的恍惚。

"欧阳，吧台有单子。"门口服务员的声音让我缓过神来，内心有点嘲笑自己，这才只喝了两口。

喝完了这一杯，我就准备买单回家。今天确实不适合多喝，也没有了来时的心情。欧阳却说不用了，也许是看出了我的不在状态，只嘱咐了我早点回家，到家记得报声平安。

回到家，我问妈妈 Jason 有没有来过电话，妈妈说没有。晚餐妈妈硬是逼我吃了很多苦瓜，说是可以齐血益气。也好，嘴里苦了，心里就没有那么苦了。

2003 年 5 月 5 日

Jason，欧阳，欧阳，Jason。这两个人反反复复出现在我的脑海，赶也赶不走，真是快烦死了。

职场的忙碌已经改变了我们生活的节奏、工作的节奏、出行的节奏，还将持续多久？还会有多糟糕？我们所有人都好像要在这其中迷失了，但也在努力挣扎着不愿陷入其中。

第十四章　与迷失的距离

第十五章　一声未落，一声又起

没想到，不到三个月的时间，酒店处理公关危机的举措，降低了成本，媒体的宣传和各种促销手段让生意回暖了。我们又开始忙碌了，我心情大好，于是和爸爸开始"密谋"，准备母亲节给妈妈一个惊喜，而且前一段时间大家也都紧张兮兮的，正好趁节日放松一下心情。

为了预订合适的餐厅，可是没少花心思。看了好多家都不太满意，不是餐单不行，就是环境不行。

最后还是小萌点醒了我："悦，你真是太逗了，明明有一家餐厅就摆在眼前可你就是看不见，可急死我了。欧阳现在兼职的那一家啊！"

"对啊，把 Mademoiselle 给忘了。"

"你不会是不敢去，故意忽略掉的吧？"

"这有什么不敢的，不敢的好像是某些人吧。"我没好气地看着小萌，故意逗她。果然她"嚣张"的气焰一下子就灭下去了一半。

反正肥水不流外人田嘛，决定好了，就第一时间联系了欧阳，请他帮我预订位置。

也特别拜托欧阳，今晚给妈妈调制一款特别的鸡尾酒。还有给妈妈的惊喜。嘿嘿！

刚吃完早饭，正准备打开电视，手机响了。

"蓝眼睛"？周末一大早找我吗？看来是急事，我赶忙按下了接听键。

"您好，George，有什么我可以帮忙的吗？"这句问候语，现在熟悉到已然成为我的下意识的反应，即便在周末也如此。

"悦，不好意思打扰了你的周末。Katherine突然订了机票，今天就到上海。我怕和司机说不清楚航班信息，能麻烦你通知一下接机的事宜吗？"

"好的，没有问题，我拿笔记一下，您稍等。"真是个奇怪的人，怎么又突然回来了呢？真的是去也如风，来也如风啊。

挂断了电话，我就立马拨通了礼宾部的电话。正巧是Justin当班，交代完接机事宜，我居然还问了一句他周末和小萌有没有安排，他简单回复了值班就挂掉了。

这个家伙有时候是挺高冷的。不过他上班时间跟他聊私事也确实不合适。哎呀，看来在酒店工作时间长了，我慢慢也沾染上这个八卦的习惯了。冲着自己吐了个舌头，心想那就下不为例吧。

我要赶紧去帮妈妈准备晚上要穿的裙子。想想都开心，而且晚上又能喝到Jorizon了，还真有点想念那个味道呢。

"真的需要这么隆重吗？"妈妈看着这件纯白底色、蓝色花纹的长款旗袍，感觉有些过于隆重有点不好意思，但是脸上还是笑得非常甜。妈妈其实一直都喜欢旗袍，但却很少穿，所以今天我和阿棋说什么也要让她再穿一次。

"当然了，今晚首席调酒师要亲自为你调酒呢。"

"首席调酒师？男孩子吗？你什么时候认识那么厉害的人了啊？"从妈妈眼神中看出了一丝八卦的意味。对于Jason她一直没有像爸爸一样表明态度，但我心里明白她一定跟爸爸是一个战队的。所以听到我认识了其他男孩子她也乐见其成。

"哈哈，那是。所以您要打扮漂亮一些呀。"我调皮地笑道。

"大姨，这个颜色的旗袍又素雅又大方，哪里有你说的那么夸张。再说了，

第十五章 一声未落，一声又起

081

看在我和童悦挑了这么久的分上,今天您说什么也要穿的,走走走,我们快去换上。"阿棋不等妈妈再犹豫,拉着她就往卧室走。

我正准备跟上,手机又响了,"蓝眼睛"?看来我这个老板对老婆大人也是重视得不行啊。就安排个接机的工作这么不放心吗?真奇怪,跟他平时的作风真是一点也不一样啊。但我还是接起了,耐心地回复道:"您好,George,接机的事情都已经安排好了,你放心吧。"

"蓝眼睛"停顿了一下,发现我会错意了,接着压低了声音很严肃地说道:"我不是担心接机的事情,我是想告诉你,如果有任何人和你提起有关Katherine的问题,你都不需要做任何的回答。"

"哦……Katherine?好的。"我虽然嘴上答应了,但心里忍不住想这是什么嘱咐啊?没头没脑,没前没后的,真是百思不得其解,一般没有人会向我问及她啊。酒店职场虽然八卦常在,但总监们通常不会讨论这位总经理夫人,她总是保持一种拒人于千里之外的状态,跟大部分法国女人给人的感觉有过之而无不及,虽然优雅精致但也冷艳高贵,只可远观罢了。

"好的,谢谢。抱歉再次打扰。"听到肯定的答案后他便挂了电话。

因为阿棋明天要回学校上课,今天就跟我们一起过了。因为这件事,小姨电话里还笑着跟妈妈吐槽,阿棋都快变成我们家的女儿了。

妈妈听了高兴得不行,说:"我巴不得又多一个女儿,只要你舍得就好。"其实阿棋周五就回去杭州看小姨了。提早回来,一是因为我约她陪我去拿给妈妈订的旗袍;二是因为从小萌的嘴里得知我们要去欧阳工作的餐厅,她说什么也要跟来。

这两个人啊!我当初为什么要介绍她们两个认识呢?她俩倒是一见如故了,我呢?只有每次被她俩合起伙来挤对的份儿,感觉她俩才是亲姐妹。不过我也不是那么容易认输的,嘿嘿,毕竟她们的痛点我也都一清二楚。

Mademoiselle餐厅的菜单让妈妈喜出望外,有她最喜欢的法式汤、牛排和奶酪蛋糕，只是看着价格有点心疼。爸爸安慰地拍了拍妈妈的手，意思是我们现在不比以前了，不要在意这些。妈妈微笑着了然地点了点头。我和阿棋看着爸妈相视一笑，暖暖的。

曾经阿棋跟我说过，很羡慕我爸妈之间这么好的感情。不像她们家从小听着爸妈的争吵长大。有时候阿棋还会吐槽说，都是一个外公外婆生的，怎么姐姐这么温柔，妹妹那么火爆。其实，阿棋不知道的是，我爸妈年轻时的艰难，妈妈不顾一切的坚持。谁说她们姐妹不像？她们是太像了。虽然爸妈很少跟我提起他们以前的故事，但是小时候我总是缠着他们跟我讲，零零星星也知道了一些。当年的个中曲折、滋味只有他们两个最明白，所以他们也一直珍视彼此。

我安慰她："好啦，你不也总是嫌弃小姨夸我妈妈吗，你这不是变成只许州官放火，不许百姓点灯了？再说我们都没参与他们的过去，他们自有他们的相处方式，我们只需要好好爱他们就好了。小姨就是刀子嘴豆腐心，心里多疼你，你又不是不知道。哪次跟我妈聊天不是拐着弯儿地问你好不好！"

欧阳看到了我们，从吧台来到餐桌旁主动帮爸爸推荐了几款菜，然后又根据我们的菜，还有爸爸要烈一点、妈妈要柔一点的特别需求帮我们配好了鸡尾酒。整个点菜过程中阿棋表现出一副无所谓的样子，反正她都不挑，她主要是来看人的。

我看着丝毫不掩饰上下打量欧阳的阿棋，轻咳了几声，提醒阿棋收敛一点。

阿棋一脸好笑地看着我，冲我挑了挑眉毛。但却听话地移开了视线专心看起了菜单。

而我，就不用选择了，本来就是来喝 Jorizon 的。

等欧阳离开后，妈妈合上菜单，笑看着我说："这个小伙子我看着不错啊。"

"妈，你又来，我们只是同事啦。现在恰逢无薪假，他来这里帮忙，等酒店生意恢复了，他要回酒店上班的。"

"嗯嗯，确实比杰生帅。"阿棋也趁机偷噎我。阿棋自从知道了我和 Jason 分

第十五章 一声未落，一声又起

083

手，以前对杰生的好印象一扫而光，再也不叫路远哥了。她不问对错，只一心偏向我。

"我女儿肯定是抢手的，你们两个不要在这里轻易下结论，这八字还没一撇呢。"爸爸一副也就还好吧的表情，也不知道什么样的男生在他眼里是满意的。"而且你和杰生分手是好事，我一早就不看好。"

"好啦，好啦，今天的主角不是我，你们就饶了我吧。而且我已经说了就只是同事，只是这家餐厅的菜品很赞，环境也好，给妈妈过个节，你们不要多想了。"真是拿他们没办法，还都是我惹不起的，只好认怂求饶。

"好好好，今天谢谢你们，那我们今晚就多喝几杯。难得遇到这么好的调酒师。"还是妈妈好，出面算是帮我解了围。

"没问题，那我来买单。"爸爸听到允许喝酒，答应得很是痛快。

欧阳调酒真的是鬼斧神工，每一款的杯子、颜色、用料、味道都不一样，爸爸点了三杯，妈妈也破例喝了两杯。用餐接近尾声，"惊喜"终于要出场啦。欧阳推着摆好蛋糕和香花的送餐车，向我们走来，耳边是那首对他们很重要的《恰似你的温柔》。妈妈惊喜到说不出话，但是因为有我和阿棋在，她是有些不好意思，所以努力控制自己的情绪。我看他们仿佛回到了年轻时的样子，很是为他们开心。阿棋也在一旁看得红了眼眶。

我朝已经返回吧台的欧阳看去，正好他也在看向我。我给了他一个大大的笑容表示感谢，欧阳回了我一个笑容，耸了耸肩是说别客气。

回到家里，可能是因为酒精的作用，我已经有些困了。这时手机突然响了，是王姐，真是奇怪，这大周末的这么多人找我。

"悦，你现在说话方便吗？"她语气有点急促。

"方便的，刚吃完饭回家。"我边说边往我的房间走去。

"你知道Katherine今天回来了，对吧？"

"是的，George早上让我帮他安排了接机。"

"我不希望你明天上班，才被告知这个惊人的消息。所以我想作为朋友，先打这个电话告诉你。"

王姐叹了口气继续说道："Katherine 和 George 吵得非常厉害，然后她投诉到总部 Coco 那里，说你和 George 关系暧昧。"

"王姐，你说什么？投诉我什么？"我真的一下子没有反应过来，本来刚喝完酒脑袋还有一点不清醒，这一下全都醒了。

"她登录了 George 的 MSN，给了 Coco 一些你和 George 的聊天截屏。"

"我们没有聊什么啊。"听完王姐的解释，我觉得更莫名其妙了。

"我完全相信你，不然也不会给你打这个电话。但是你知道法国女人，唉……估计 Coco 会来和你谈话。"王姐说到了重点，我此时也明白了为什么"蓝眼睛"今天第二通电话会有这样的叮嘱。

"他们两个吵架，为什么要牵扯到我？我也没什么好说的，George 是好老板，我很敬重他，仅此而已。"我控制不住地激动起来。

"你别急，Coco 只是例行公事。我想让你有个心理准备，否则对你太不公平了。刚才 Charles 和我电话里说了这事，我就马上决定要告诉你。"

我做了个深呼吸，调整了一下情绪，刚刚不应该迁怒王姐，有些不好意思地说："王姐，对不起，还有谢谢你。"说着我有点哽咽了。为什么是我？凭什么是我？

洗完澡，我无力地躺在床上，怎么会有这样的事情？的确"蓝眼睛"喜欢用 MSN 和我沟通，但是我们的交流，没有任何出格的话题、表情、措辞，Katherine 交给 Coco 的对话截屏是什么样的内容呢？今天真的是够"惊喜"了，"喜"是爸妈的，"惊"留给了我。

2003 年 5 月 11 日

酒店生意回暖了，但是 Katherine 的归来让我的生活再起波澜。

不知道等待我的是暴雨、细雨还是雨后天晴，但不管是什么，没有做

过就是没有做过，有什么可怕的，不管有什么我都会坦然面对，明天，我仍然要抬头挺胸美美地走进办公室。

第十六章 "蓝眼睛"的坦白

今天我选了一套蓝色的套装，一直觉得蓝色可以让我感受到大海与天空的宽广，可以让我更平静地面对躲在海岸线那边正悄悄向你走来的暴风雨，或许可以帮我转危为安吧。

小萌已经在地铁口等我了，"昨天给阿姨的惊喜怎么样？"她笑着问，"欧阳的表现叔叔阿姨还满意吗？"

"嗯，挺好的，我爸妈都挺开心的。"因为心思完全不在这个话题上，回复得有些敷衍。

"你怎么了？"小萌疑惑地看着我，显然已经发现了我的状态不对。

"被疯狗咬了。"我大致和她说了一下 Katherine 的投诉。

"什么鬼？这个女人到底想干什么？平时就一副额头只对着天花板的样子，怎么还会去翻看老板的 MSN 呢？呵，我以为她不屑干这种事，真是疯狗乱咬人。"小萌听完气不打一处来。

我拉着她的手："你说，Coco 是不是真的会来和我谈话。"

"Coco，她啊，你可不要忘记她的八卦，她确实很有可能把人都往那个方向想的。她八成会来，但我们也不用怕她，没有的事，她也不能硬把没有的说成有。"小萌十分不屑地说道。

走进办公室，看到"蓝眼睛"已经到了，耷拉着脸，看着电脑屏幕。如果

不是因为王姐昨晚的电话，不知道的人还以为他是在为酒店的数据担忧。

"早上好，George。"我还是选择强作自然地先问候。

他抬头看了看我，略微思索了一下说："早上好，悦，你能进来一下吗？"我走进了他的办公室。他低声地叮嘱道："不好意思，这次请麻烦关门。"这是我入职以来第一次听到他有这样的吩咐。

"悦，请坐。"他用手示意了一下，但接下来却有点吞吞吐吐，"我……我不知道怎么开口说这件事情，但请相信我，我也从未碰到如此窘迫、如此棘手的事情。我的太太在4月酒店出现危机之后选择了回去法国。她回去之后，仅过了一周……她的妈妈就因心脏病突然去世了……当时酒店正处在一个非常时期，我无法去法国陪伴她处理后事。她情绪很低落，也有些抑郁，并且因为时差，我能陪伴她的时间也不多。"

我很认真地听着，这是他第一次对我讲起和Katherine之间的事情。"蓝眼睛"是个公私很分明的人，也很注重个人隐私，所以不管什么场合，很少有人听他提起私事。如果不是因为这件始料未及的投诉，他也不会向我说到这些。

"她在这段时间变得非常敏感，然后她就企图登录我的MSN账号。想要看我每天在干些什么，和谁在聊天，为什么总是没有时间给她。但是这段时间我们的压力有多大，每天除了开会，哪还有时间能做些什么？恨不得二十四小时都放到工作上，只希望能让酒店的数据有些改善。"说到这里"蓝眼睛"有些无奈，也有些激动。

"但，也许是因为隔着那么远的距离，她看不到我每天的工作，也听不进我的解释。就越发没有安全感。当她看到，我会在MSN同你说些话，当然我也会表达对你的欣赏和感激。她就受不了了，疯了一样认为我不愿意去法国陪她是因为不愿意离开你。"说完，他痛苦地闭上了眼睛。

他平静了一会儿才能继续。而我越听心里越发忧，手也越来越凉。整个事情怎么会这样？原来人失去了理智会是这般模样。是不信任吗？是太在乎了吗？

还是只是想泄愤？说实话，不管是什么原因我都不能理解，为什么明明是两个人的纠缠，却要伤及无辜。

"然后……她把我和你对话的截屏发给了 Coco，因为她知道 Charles 不敢管也管不了这事。Charles 非常清楚酒店的情况，也知道我们的关系非常清白。Katherine 投诉的理由，是作为一名总经理与秘书之间不只是纯粹的工作关系，她希望的结果，是集团能够将你调去上海另外一家酒店。"

听到这里我的心一沉，这不仅仅是无中生有！如果我同意被调离，就等同于我承认了或者默认了不纯粹的工作关系，这简直就是指鹿为马、颠倒黑白啊。

"这简直太荒谬了！"我握紧了拳头，毫不客气地对"蓝眼睛"表达我的情绪。

"对于 Katherine 给你造成的伤害，我表示深深的歉意。""蓝眼睛"有点惊讶于我毫不掩饰的情绪表达，但也表示理解地真心向我致歉，毕竟这次的风波是因他而起。

突然我心里有一丝不安飘过，但应该不会吧，急忙问道："所以今天谈话的意思是要把我直接调走吗？"

他连忙摇头，"怎么可能呢！悦，今天找你说这些只是希望认真地给你道个歉。绝不是要把你陷入更难的境地。我会尊重你的一切选择，你那么优秀，没有你，总监们的情绪会更加波动，你也是 Wang（王姐）的好助手，更是我的工作合作伙伴啊！"

我抬头用感激的目光看着他，我相信他的这番话是发自真心的。

"Coco 可能今天会从香港来上海，今天晚上或者明天她会找你谈话的，但你无须害怕，坦然面对就好。我想她不会为难你的。""蓝眼睛"的语气很坚定，他的态度对我无疑是至关重要的，我长舒了一口气，有点庆幸我遇到的是这样的老板，不然我就真有可能有理说不清。这也算是不幸中的万幸了。

"好的，我会准备好的。"我看了一眼手表，"我们要开晨会了吧。"

他站起来，扣上西服纽扣，"走吧，他们应该都到了。"

我还没有走进会议室，王姐和小萌就关切地看着我，现在除了手脚还有些僵硬之外，总体感觉还好，毕竟"蓝眼睛"的坦诚让我心里踏实了不少。

会后，王姐让我去她的办公室，我刚坐下，王姐就拿出了龙井，给我泡了一杯。但其实我们工作的时候一般没有这样的闲情逸致，就只谈工作。

"悦，我给你泡一杯龙井，你暖暖手，我看你哆嗦。"王姐怜爱地说道。

的确，5月了，已经进入初夏了。可是这突如其来的风波，让我真的感觉像第一次面试那天一样寒冷，从里到外冻得透透的。

"我相信你的坚强，每一件事情背后总是有这样那样的原因，你没有做错也会被牵扯进去。会觉得委屈冤枉，但很多时候，职场就是千丝万缕、错综复杂。但是一定要记住一点，当你不确定的时候、迷茫的时候，还是要做对的事情。在我看来Katherine已经有点迷失了，可能她自己都不知道自己在干什么。"

"我能理解她的丧母之痛。"我叹了一口气，可恨之人，有时想来也有可怜之处，"这场风波，很多不确定的因素都混在了一起，人心会变得更加复杂。"

"是啊，我做人事的，看得最多的就是人心的变迁啊。很多时候我们看不清楚人心，不是因为都隐藏得太好，是还没有遇上让自己失控的事情。但我希望，无论生活如何对你，你都不要变成连自己都不喜欢的样子。"此时，王姐温暖而带着鼓励的眼神让我温暖了不少。

不要变成连自己都不喜欢的样子吗？回办公室的路上脑海里一直在回想王姐说的这句话。

16:45，"蓝眼睛"来到我的工位前，跟我说今天Coco应该不会来找我谈话了，然后提醒我今天早点下班，好好回家休息。

17:00，当我准备关电脑的时候，桌上的分机响了，是Charles办公室打来的。

"你好，我是悦，有什么可以帮助你的吗？"

"悦，Coco 约你明天早上 9 点在人事部的会议室谈话，你明天可能来不及参加晨会了，你自己和 George 请一下假吧。"

"好的，谢谢 Charles 。"

我和"蓝眼睛"汇报了明早和 Coco 的会议，他看着我说："悦，无论你怎么去面对，去回答，我都不会怀疑你的真诚、你的智慧，我也一定支持你的任何决定。"

"谢谢，我很幸运能和你共事。"这一天经过坦白、道歉、安慰、关切，现在的我反而轻松了不少。

小萌想陪我，但我没答应。

我也没有马上回家，在恒隆外面的咖啡店买了一杯咖啡，拿在手里，沿着回家的路走着，我想一个人静静。

身旁有很多上班族走过，有和同事有说有笑的，有夹着公文包行色匆匆的，有神情疲惫的，有戴着耳机表情很忘我的。看来每个人都不知道，这一天的工作会带给自己的是什么，可每个人也都能努力地在这浮浮沉沉中去找寻自己的价值、梦想和未来吧。

明天早上和 Coco 的对话将会如何开展？或许她提的问题会故意带有指向性，但除了坦然面对，我也没办法再做些什么了。那就做好自己吧，也没什么好怕的。

2003 年 5 月 12 日

无论生活如何对你，都不要变成连自己都不喜欢的样子。

第十七章 "善意"的提醒

"姐,你们公司这些家属都是什么妖魔鬼怪啊?"阿棋在电话的那端愤愤不平地嚷道。

6:00,今天早晨不是被闹钟叫醒,而是被阿棋的电话吵醒的。

"小祖宗,你这一大早的干吗啊?等一下,你怎么知道的?"我突然反应过来阿棋在问什么。

"这你别管了,我担心了你一晚上,昨晚怕影响你休息,硬是憋到了今天早上才给你打电话,已经很够意思了。"

"唉,真的是好事不出门,坏事传千里啊。你不说我也知道是谁说的了,但是这事就到你为止了,你要敢跟我爸妈说漏一个字,我可饶不了你啊。"

"姐,都什么时候了,你还担心大姨和姨父知道,你怎么不先担心担心自己啊?"

"有什么可担心的,不就是谈话吗,谈就谈呗,没做过的事怕什么?"我努力睁开眼睛。

"等一下,记得谈完话一定给我打电话报平安哦。"

"我可还要工作的,下班给你打可以吗?"

"那都要等到几点了,你也不心疼我,我可一直担心着呢!"

"那我谈完话给你发个信息总行了吧?"我笑着问她。

"这还差不多，勉强放你走了。"

我一早跟小萌约好今天不要等我。

7:45，这个时间行政办公室都还没有人来，"蓝眼睛"也还没有来办公室。打开电脑，先查收了邮件，打印好晨会需要的报表。

酒店的生意也逐步恢复，入住率已经回升到百分之五十左右，我们的员工应该也很快要陆续复工了，欧阳也应该回来了吧？

"悦，早上好，你今天还好吗？""蓝眼睛"的问候扯回了我因为报表飘远的思绪。

"早上好，George，我蛮好的。这是今天开会的报表，还有什么需要我准备的吗？"

"谢谢，我这里目前没有什么需要帮助的了，你看着时间就可以去人事部了。""蓝眼睛"接过了报表，本来要离开，又转回头对我说："Coco 这个人不怎么会笑，看起来会有点严肃，但你不需要紧张、害怕。"

"好的，我明白。"看到"蓝眼睛"有些担心的叮嘱，我给了他一个微笑示意他放心。

虽然这场突如其来的风波给我带来了很多的困扰，但这些天身边人的陪伴、"蓝眼睛"的态度还有特意早来办公室的叮嘱，都让我更能用一个理性的心态去看待这件事，也成长了。不会再像深陷泥潭一样，抓着"为什么我要遭受这些"不放，而是懂得了，既然事情已经发生，说清楚、解决它才是能继续往前走的方法。所以面对这件事、面对"蓝眼睛"我也才能更平和。

8:50，我拿着笔和本子来到了约定好的会议室。说是会议室，其实一般是用作人事部面试的面试间。王姐已经泡好了龙井等我，她招呼我先坐下，"你在这里等一下。记得要放轻松哦。"

"谢谢王姐，有你的茶就不会紧张啦。"我给王姐一个笑容。

"还有你今天的白色裙子真美，配上刚才的笑容真是好看得让人移不开

眼。"说罢，王姐还在继续打量我。

"哈哈，谢谢，这是表妹和我逛街时她给我挑选的。"

虽然知道王姐这样说是有想转移一下我的注意力、让我心情能更放松一点的成分在，但王姐也很少这么直直地打量人看，看来阿棋今早的电话来得很是时候。等这件事结束一定要好好请她吃顿饭。

"嘎哒、嘎哒……"我们都听到了高跟鞋的声音由远及近传来，鞋子和地面瓷砖接触发出的声音，在空空的走廊里回声更响，Coco 到了。

果然不到一分钟，Coco 走进了会议室，她穿着白色衬衫，黑色的阔腿裤，我起立和她握了握手，她点头让我坐下，王姐给我一个加油的眼神，轻轻地带上了会议室门。

"悦，你好，我想你应该知道我这次找你谈话的目的了。"她用非常生硬的普通话开启了谈话。

我曾不止一次地想过她开启谈话的方式，但未曾想到会如此生硬地开场。看来是我想多了，对于我这个级别的员工，在她眼里应该不用考虑如何开场才是更合适或者稳妥的吧。

"George 和我聊过，您是一名人事的高管。对于这次的谈话我不想先做出任何的揣测，我还是想知道一下这次谈话的目的。"我用很坚定的目光直直地看着她，没有一丝犹疑和退缩，静静等她的答案。

她有点惊讶，可能是没想到我的状态和态度，停顿了一下说："是这样的，George 的太太 Katherine 把你和 George 在 MSN 上的对话截图发给了我。并且她判断说你和 George 有超过了总经理和秘书之间的工作关系，有些对话看起来很亲密，她希望集团能把你调离这家酒店。"

"既然她把截图发给了您，那么您应该看过我们的对话了，您的观点呢？"我继续直视她的眼睛，虽然她的港式普通话让我听得浑身不舒服。

"这么说吧，感情的东西是很主观的。"资深人事果然很老到，不会在最开始很明确地表明自己的态度。

"那么，我想告诉你的事实就是，虽然我认为George是一个优秀的总经理，带领大家走出了酒店面临危机最艰难的时刻，也尊重他，以他为榜样，但我们之间就只是上下级的关系。"我一口气把这些说完，也没有再多的解释，静等她接下来的反应。

她没有看我，低着头沉默了几秒，然后突然问道："George有没有在下班后约过你吃饭？"

"除了今年新年的团建聚餐，我和他没有一起吃过第二次晚饭。"看来她也觉得事情到现在已经很清楚了，因为这个问题实在是在走形式。

又停顿了一会儿，涂着玫红色口红的嘴巴再次开口问道："George有没有任何的言语或者行为让你误会他的意图超过工作关系？"

"没有！"我立刻回答道，但又跟着补充了一句，"我有男朋友的，在澳洲。"这句话说完，我才意识到，情急之下，我撒了谎，可能是潜意识里太想让这个面谈尽快结束吧。虽然不怕什么，但是面对着她的每一次对话都让我很不舒服。

或许是因为她的那张打过肉毒杆菌、因为过度保养失去了本真笑容的脸吧。

上次见面，可能因为离得远，小萌跟我说的时候，我也没觉得有什么。但这次面对面……

"那么如果集团给你找到一家上海其他酒店的工作机会，你会考虑内部调动吗？"终于，她亮出了底牌，这才是她真正想问的问题吧。

"我无法给您一个确定的答案，因为您说的是如果。"因为小萌告诉我的那个关于Coco的八卦，我回答得也很谨慎，虽然内心的答案是拒绝的，但还是不要得罪她为好。毕竟疯女人我已经见识过一次了，还不想这么快再见识第二次。于是我又补充了一句："当然了，如果有合适的机会，我也是愿意考虑的。"

"机会肯定是有的，我会和George和Charles说的。"这句话说完我感觉她有了一种如释重负的感觉，好像任务终于完成了一般，原来这才是她今天的目

的。不是来探寻真相，而是问我愿不愿意离开，毕竟我离开了，麻烦才算是真正结束了，而如果我还在这儿，就有可能变成个定时炸弹，不知道什么时候还会再来一次。

我内心有点好笑，看来她也不想再被这个法国女人继续纠缠下去了。

"好的，那么现在还需要我做些什么吗？"

突然，她有点恶狠狠地说道："不要再和George MSN了。"因为语气，让她的脸看起来更狰狞了，有一点吓到我了。

"还有，我善意地提醒你，有好的机会，可以考虑调动。"她说这句话的时候没有看我。我看着这张脸，突然觉得可悲，这肉毒杆菌是为了谁打的呢？值得吗？她说这句话的心态又是什么呢？或许她也遇到过类似的事情？

我起身，"好的，谢谢，我会考虑的，那么我先回去工作了。"就走出了会议室。

回想起来整个会谈也就不过半个小时，我觉得很无趣，也很无奈。为了一个可笑的理由，让一个高管从香港飞来上海，那么高的成本，并不是为了调查什么，只是像解决一件麻烦一样劝我尽快离开。或许正是因为大公司才有这样的事情发生，可能公司大了，发生什么样的事，什么人有什么样的态度都不奇怪了。其实，虽然我每天都在酒店上班是集团的一员，但并没有感受到我们这个集团到底有多大。

看来，每天与人打交道才是职场的真正意义所在。今天的这次面谈，让我切身体会到了我们真的是一家大公司啊！

我坐在位子上正出神，小萌给我递来了一杯咖啡，"赶紧喝，热的，快抚慰一下你今天被Coco折磨的小心脏。"

"还好，其实她的大部分问题也都是在走过场，除了最后一个。"我叹气道。

"她就是一个很奇怪的人，别理她，最后她问了什么啊？"

"她说如果其他酒店有合适的位子，想要把我调走。"

"什么？这可不行，你哪里都不能去。你要是走了才是说不清了呢！"小萌大声叫道。

"你轻点，她只是说如果。"

"好吧，好吧。对了，今天晨会上有好消息，百分之八十的员工基本都可以回来上班啦，我向Robert打听了一下，欧阳也快要复工啦。"小萌对我挤挤眼睛。

"那……你和Justin怎么样了？"想到可以继续在酒吧见到欧阳，我心情顿时又明朗了一些。

"一个部门的谈恋爱不是太好，我看Tom好像不喜欢我老是去大堂。"小萌无奈地耸耸肩。

整个下午，我都在想其他酒店有机会，那会是什么机会呢？我还能做哪些职位？通常，总秘的空缺并不是常有的，正想着，听到"蓝眼睛"叫我。

"悦，你能来一下吗？今天我都在和销售、财务开会，酒店的生意恢复得很理想，所以我和Coco只简短地聊了一下。她和你提到了其他酒店的职位，对吧？"

"是的，但是她没有说哪家酒店，什么职位。"

"我看了一下，目前没有什么理想的职位给你。不过我很明确地告诉她一定要有合适的职位，一般的职位就不要发给我了。"

"George，感谢你为我做的一切。"这个时候，我也不知道该说什么好，只好问道："Katherine情绪稳定一些了吗？"

"她不闹了，因为我很严肃地和她谈了一次。她也认识到投诉到总部的举动有点过分了，人在悲痛中会做出一些出格的事情，也请你理解。当然如果你不理解，我也理解。"一说到Katherine，"蓝眼睛"总是有点吞吞吐吐、语无伦次。可能他还是觉得很对不起她吧。

"我虽然没有结过婚，但是我理解女人缺乏安全感。"希望我这么说，能让

他好过一点。

2003年5月13日

一场闹剧，就这样落幕了。很多人很多事也许不能避免，但从另一个角度去想，这也是一种磨炼，有时候我们很难说这到底是谁的错，但大家也真的都受到了伤害。之前我不愿意离开是因为怕真的说不清楚，但事情已经结束了。或许，是时候去另一家酒店了，毕竟总秘也不能干一辈子，路还很长，未来也很远，我要继续向前走下去。

第十八章　初见，再见

我和小萌在地铁口相遇，看到彼此都是红色系的衣着时，笑得格外开心，看来英雄所见略同啊。盼望已久的酒店复工的日子终于到来啦，今晚"蓝眼睛"要在酒吧举办一个管理层重聚团建活动。

"快说，今天这么明艳动人有没有因为要见到某人的元素。"唉，小萌又开始了。

自从知道我恢复单身，她就开始热心地撮合我和欧阳，时不时地就把一些有的没的信息传递给我，比如那天母亲节吃饭欧阳有多上心，我陷入乌龙事件欧阳有多担心。有时候，我会吐槽小萌，这么帮着欧阳，到底谁才是你的朋友？

其实不用小萌说，每次从欧阳好不避讳的眼神我都看得出。但真正让我意识到我也开始想要靠近他，是因为每次当我遇到事情内心有起伏的时候，他都能让我很快地平静下来，不会给我任何压力。知道我有男朋友时不避讳对我的欣赏，却保持着适当的距离；知道我分手时，约我到店里调好 Jorizen，不问也不安慰，就静静地陪着看我发呆；知道我要带父母去吃饭时，细致又不殷勤；知道我受了委屈，递给我一杯长岛冰茶，喝完了送我回家叮嘱我早点休息。说实话我心里默默地期待着今天跟他的再见面。

我神秘兮兮地凑近小萌的耳旁，然后猛然大声地说道："你猜？"说完我就

笑着跑开了，背后是小萌的鬼叫。

今天晨会上的气氛真的是这一个多月以来最愉快的一次。Frank 回来复工，给我们带了澳门的老婆饼和猪肉脯作为手信。老严笑他没有老婆的只能买老婆饼满足自己。Frank 也只是耸耸肩完全不在意，一副你开心就好的表情。

我和小萌拿了猪肉脯，毕竟肉才更符合吃货的味蕾。我们说着笑着，有点把晨会开成了茶话会的意思。

看着我们都满足地吃着，"蓝眼睛"说道："今晚在四十楼的酒吧我们举行管理层的答谢派对，届时会有一些姐妹酒店的总经理来一起庆祝，集团下属的酒店生意都慢慢有了起色，是时候邀大家一起喝一杯啦。"

老罗忍不住内心的激动带头鼓掌，作为餐饮总监，餐饮生意一落千丈，惨淡维持，每天的运营报表都不忍心看，老罗带领团队一直顶着压力终于守得云开见月明了。我看着老罗的高兴劲儿，也真心地为他开心。我嘴里咬着猪肉脯，也加入了鼓掌的队伍，还给老罗竖起了大拇指。

其他的总监们也很久没有像今天一样这么开心了，特别是 Frank 估计在澳门憋坏了。我们都问他空闲的时候有没有去赌场试试手气，他笑说没去，解释说总不能工资没有，再把家底赔进去吧。但是今天回来再见到我们，比真去赌场赢到钱还开心啊。

我们就笑他说，估计以前去赌场他没赢过，所以就不敢去了。

开心的时候，时间总是走得悄无声息。一转眼已经下午 4:00 了。打开包，拿出粉饼准备补个妆，又看到了 Jason 的信。信是今天一早妈妈买菜回来帮我带回来的。看着桌上的信，碗里热气腾腾的小笼包都不香了。草草吃了两口，把信塞到包里就匆匆出门了。我是现在看还是晚上看？犹豫了一下，算了还是晚上再说吧。

5:30，大家都陆续到了四十楼的酒吧，欧阳在吧台后忙得头都没时间抬。黑压压的几十个人一下子就让酒吧变得热闹非凡。"蓝眼睛"还没有到，可能是

100

去一楼大堂接姐妹酒店的老总了吧。因为今天本身就是庆祝活动，想让大家都放松一下，接人的工作"蓝眼睛"就没有让我再跟进，自己亲力亲为了。

"悦，你来一下。"欧阳从背后叫我，我一转身，看到他，给了他一个大大的笑容。

"今天，你很美。"他还是这么毫不掩饰地表达。

"这杯是你的，我今晚多放了一些酒，可以让你稍微 high 一些。"他朝我眨眨眼。

"哈哈，谢谢啦。"我看着 Jorizon 的樱桃，心里有一丝甜蜜。

"George 来了，你去招呼吧。我也先去忙了，一会儿有时间再聊。"

果然，我转身看向电梯口的方向，"蓝眼睛"、Frank 和一个个子超高的老外一起走进来了，估计这身高要有 190 厘米以上了，比"蓝眼睛"都要高很多，三个人迎面走来好像一堵墙向我移动过来。

"悦，我来介绍一下，这是我的好友，John（约翰），L 酒店总经理。""蓝眼睛"兴高采烈地给我介绍道。

L 酒店是芮华在上海管理的另外一家高端品牌，酒店建筑外观看起来十分宏伟大气，建筑外部装饰灯光是紫色的，业内戏称"紫柱酒店"，原来这家酒店的总经理和"蓝眼睛"是老相识啊。

"John 你好，我是悦，非常高兴认识你。"我左手拿着 Jorizon，右手伸过去跟他握手。

"悦，你好，认识你我也很荣幸，George 一直在跟我赞扬你，说在危机期间你是他最得力的助手之一啊。""大个子"的英文是非常标准的英音，浓厚的伦敦腔真是好听极了。

"George 过奖了，这是我们整个团队共同努力的成果。相信您酒店的生意也好转了吧。"我要仰着脖子才能看着他的眼睛跟他说话，早知道今天穿一双高一点的高跟鞋了。

第十八章 初见，再见

"是的，所以今晚我们要一起庆祝啊。"

Frank 把"大个子"带去吧台，我看到欧阳也露出些许惊讶的神色，估计也觉得这个"大个子"实在是太高大了。

"蓝眼睛"低头看着我杯中的酒，"颜色不错，非常女性化的一款鸡尾酒。"我笑着点点头。偷偷地向欧阳的方向看了一眼。

"悦，有个信息我要给你分享一下。""蓝眼睛"看着我说道，"John 刚才和我提到，他们酒店有一个培训经理的职位空缺，我们都认为这是对你非常好的一次机会。"尽管周围的声音非常吵闹，我还是清晰地听到了他说的每一个字。

培训经理吗？这的确是一个不错的职位。但是我并没有马上答应，毕竟这个消息来得有点突然。"George，谢谢你和 John，但可以给我一些时间让我考虑一下吗？"我看着杯中的酒，一下子觉得有些口渴。可能人在面临未知和选择的时候都会多少有点忧虑和紧张。

"当然可以，我和 John 认识很多年了，我们都来自英国，而且不得不承认他比我看起来要亲切得多。"虽然 John 是看起来更亲切一点，但总感觉"蓝眼睛"有点急着要推销 L 酒店给我。

"希望我也能给他一个良好的第一印象吧。"我非常礼貌地回答，并没有急着表明态度。

"好啦，那你好好考虑，今晚就不要想啦。今晚就尽情地放松一下吧。那么我也去让欧阳给我调一杯。"他搓搓手，说完就离开向吧台走去。

也不知道小萌跑哪儿去了，半天了都没看到她的人影。

我仰头喝了一大口，今晚的这杯 Jorizon 确实有些烈，感觉不像以往那么甜了。又或许是经历了这么多事情，让我认识到职场的确不像我之前认为的那么美好。

今晚的每一位都很放松，从大家的状态看得出来，这真的是这么长时间以来，大家第一次完全从内到外真的轻松下来，大家相互聊得很是开心。

小萌也终于出现了,傻乎乎地拉着我看着我笑。

Charles 让大家稍微安静一下,"我们欢迎总经理 George 说几句。"

"蓝眼睛"把威士忌换成了香槟,来到酒吧中间,"感谢大家来参加今天的答谢派对,我们刚刚共同经历了非常困难的时期。这是酒店从开业以来生意最低迷的阶段。但是你们在减薪的情况下仍然无怨无悔地和我一起承担,每一天都在关心员工,关心业务,关心服务质量,我在此对你们表示由衷的感谢。"听到这里大家都忍不住热烈地鼓掌。

"蓝眼睛"看着大家,等掌声有些落了才继续,"现在我们又一起看到酒店的生意稳步增长,员工也都回来上班了。我今天在大堂看到客人也多了很多,员工又开始繁忙了。这让我感到非常欣慰!今晚,请你们互相感谢,互相祝贺,也感谢姐妹酒店的总经理 John 的到来,与我们一起庆祝这艰难过后的胜利时刻。""蓝眼睛"举着杯子望向我们,大家都互相碰杯。答谢派对,从开始嗨到了结束,好多人都有点喝多了。

我也有点晕乎乎的,小萌拉着我的手走向地铁站。一边走一边笑,两个人也没有什么其他的话,就一直拉着手,一直走,一直笑。我还没有告诉她培训经理的职位呢,我怕她听了会激动。

晚上,趁着酒意,我还是打开了 Jason 给我的这封信:

我最亲爱的悦:

当我看着你的身影在悉尼机场渐渐远去的那刻,我知道我们终究不能走到一起。我们在澳洲度过了最纯粹的时光,就是打工、学习,但是踏上社会就相当残忍。我不得不承认我的自私。因为自私,我一直隐瞒你,我来澳洲留学的目的就是为了拿绿卡。因为如果没有这一张纸,我就要背负不孝的罪名。但如果告诉你,我就有可能更早地失去你,我真的舍不得。尽管我知道国内有很多 IT 行业的机会,但是很遗憾我不敢冒这个险。其实,也许外人看起来你是依赖我的,但我

第十八章 初见,再见

一直都知道你比我有着更多的勇气和自信。以你的能力、你的性格、你的魅力，我知道你一定能在上海找到你的职业发展方向。所以我知道，一旦你离开，是真的不会再回来了。可能你不知道，我一个人的时候有时会想，在我面前偶尔你会刻意地隐藏自己的光芒。或许离开这样的我，对你真的是一件好事儿。我理解你不想再见我的心情，只是我还有一些放不下，因为我还欠你一句"对不起"。

我知道我们之间有过太多太多的美好，但是我也知道我们的爱情被定格在了悉尼。悦，你以后一定一定要幸福。能和你相遇，是生命给我的恩赐。我曾经那么怕把你弄丢了，但是最后还是把你弄丢了。如果有一天我们能再见，希望我们还能够像朋友一样相互问声好。

你的路远

眼泪还是不争气地流下来，以前在悉尼的场景又一幕一幕重现在我的眼前。我把信收起，放到床头抽屉的最下层。从最开始的愤怒，到寒心，到现在的释然。路远，我不知道，再见的时候会不会还能像朋友一样，但我也真心地祝福你，未来的路能如愿，还有，再见啦。

第十九章　是机会也是挑战

恰逢端午节假期，街上、店里都洋溢着节日的氛围，很是热闹，美中不足的是上海此时的天气，闷热而潮湿，让人感觉有点喘不过气来。距离"蓝眼睛"跟我分享培训经理的职位机会已经半个月了。经过仔仔细细的考虑，我给了"蓝眼睛"肯定的答复，请他帮我联系去 L 酒店面试培训经理的时间安排，时间定在了端午过后的第一个工作日，也就是今天。那天"蓝眼睛"听到我的答复，一方面是松了一口气，一方面有些遗憾，好的助手有的时候也确实可遇不可求。

起初我真的很犹豫，下不了决心。想了两天还是决定问问王姐的意见，我知道王姐原来就是做培训的，但我并不想在酒店里跟她聊这件事，虽然这涉及人事变动，但这多半是我的私事。上上个周六我和王姐约在了她家附近的咖啡厅。我也不藏着掖着，跟王姐直接说出了我的顾虑，其实最让我犹豫的是这个我不熟悉的领域，适合我吗？王姐认真跟我分析了前前后后、现在未来，但还是她最后的一段话点醒了我。其实无论什么时候，对于前景未知的机遇都既是机会也是挑战，适不适合也只有去尝试了才真的清楚。旁人的经验再丰富也不一定适合你，如果心动了，何不一试？

今早的面试，L 酒店的人事总监钱小姐和我约在了上午 10:00，钱小姐的英文名字叫 Emily，但是她更喜欢别人称呼她为钱小姐。我到酒店的时候，她已经在大堂等我了，寒暄片刻就把我直接带到了位于酒店二十五楼的大堂吧。我

点好了喝的，便从包里取出简历递给她。

她笑眯眯地看着我说："嗨，不用啦，John 和我打过招呼啦。"钱小姐小眼睛，笑起来弯弯的像一弯新月，还有点像卡通人物，很是可爱。"不过既然你带来了，我就收下了，正好也需要你的个人信息。能有这么高学历的新成员加入我的部门，真是太开心了。"

当王姐知道我决定来面试时，专门发了一条长长的短信为我介绍了钱小姐的背景。钱小姐虽然是旅游酒店专业的大专学历，但工作非常拼，从人事部的实习生一路晋升为人事总监，擅长劳动法规，不擅长员工关系处理与培训，公共演讲技巧不太好，会紧张，主要可能是语言上面不自信，英语是她的短板。看来酒店就一个圈，工作的时间长了，可能会发现身边不同酒店的同事都相互认识。

"悦啊，今天的面试你不用有任何紧张，走个过场罢了。"其实钱小姐这个人本身给我的感觉就让我觉得很放松，比起 AAB 的 Jessica，比起 Coco，她真的十分随和。

"那你之前在 R 酒店有负责过一些培训相关的工作吗？"

"钱小姐，具体的培训工作我没有负责过，但是在那场风波期间，与员工进行谈话、开会、处理投诉倒是参与了不少。"

"王姐说，那个时候你作为特别小组的成员帮助她安抚员工，调整人员结构，她对你评价非常高呢。"钱小姐笑着补充道，"王姐还跟我抱怨，说我把她酒店的大宝贝抢走了。"

"哈哈，王姐过奖了，整个危机期间，我从她身上学到人事方面的知识才多呢，安抚员工，让他们在前景未知的情况下休无薪假是一件极其困难的事情。王姐很会用共情的方法调整员工的情绪问题。"说到这，突然意识到，在未来的老板面前猛夸其他人好像不太明智，要适可而止啊。

我稍微停顿了一下又继续道："不过对于人事工作王姐一直很欣赏您，她跟我说你在人事工作方面的经验有多丰富，培养人事方面的人才是一把好手。还说我在这里，你一定会让我发挥所长，会更好地为这个行业发光发热的。"果然，听我说完，钱小姐的眼睛笑得更弯了。

"哎呀，哪里啊，哈哈，你学历高学习能力强，很快就能上手的。"说着她看了一眼时间，起身说道："你稍等一下，我去请John，他特别嘱咐了我一下今天要见见你。"

我没想到"大个子"也要见我，本来以为只是和钱小姐面试。有点出乎意料的同时，正好趁着没人在身边，我赶紧再临时准备一下。环顾了一下四周，我发现L酒店与R酒店最大的不同是定位，L酒店是潮牌、前卫的设计风格，大胆地运用抽象视觉艺术。大堂里的艺术品简洁到看不懂，灯光都是冷色调，外墙也是用的紫色。员工的制服颜色鲜艳，款式也相对休闲，可以不用系领带。总之这个品牌充满了年轻的朝气与活力。

"你好，悦，让你久等了。你还需要来点其他饮料吗？或者是甜点？"大个子微笑地看着我。

"谢谢John，不用了，咖啡已经很好啦。"

终于可以坐下了，John超高的个子，站着交谈确实很是吃力。他点了杯红茶，果然和"蓝眼睛"一样的英国人习惯，然后才开启了谈话："悦，George把整个事情的经过都和我说了，我听完非常惊讶，知道你经历的一切有多不容易。George的为人我不能再清楚了，非常好的一个人，是值得大家尊敬的。"他喝了一口红茶继续道："但是我想事后让你换一个环境，或许是一个更好的主意，而且培训经理的职位你完全可以胜任，你的高学历和快速的学习能力让我对你有足够的信心。"

他继续说道："我们酒店的员工人数比较多，共超过五百名，而且培训是我非常重视的环节，Emily的强项是人事，不是培训，所以我对你的期望是落实语言、领导力、沟通和处理问题的培训，我发现这是很多新入职的员工很欠缺的

部分。"

我点点头，表示赞同。"大个子"说话比"蓝眼睛"慢，但是语气非常坚定，是个言出必行、头脑清晰的老板，我对于这样的安排感到一丝庆幸。

"请你不要把今天的谈话当成面试，请不要紧张，今天只是让你了解我，了解酒店的情况，认识 Emily，我很期待你的加入。你有问题需要问我的吗？"说完，他一歪头，露出了一个非常希望回答问题的表情。

其实我对于培训更多的是参加，不是执行，为了能更快地接手这个新的工作，问道："我想从现在到入职还有一个多月的时间，有哪些我是可以在 R 酒店提前学习的呢？我想这样也可以帮助我更快地接手这个新的工作。"

"之前听 George 说你非常负责、敬业，现在我已经真实地感受到了。我会让 Emily 和 Charles 对接一下，然后让 Charles 安排你在不影响总秘工作的前提下，去培训部交叉培训。你觉得这样可以吗？"

"那真是太好了，感谢你，John。我很期待加入您的团队。"我脱口而出，仿佛之前的犹豫从来没存在过一样。看来信心有时候也是需要外界激发的，就像此刻的我一样，对于这个新的领域反倒有些兴奋和期待了。

整个谈话很是愉快，没想到出了电梯，钱小姐在一楼等我。

"悦，感谢你今天的时间，我会尽快安排你的录取通知书，下个月你就可以来正式入职了。"

"也非常谢谢你，今天的谈话很愉快，还有咖啡真不错。"

我看了时间还早，心想要不去恒隆吃个午饭再回酒店吧。刚走进恒隆商场的咖啡店，目光就撞到了一个熟悉的身影，是 AAB 的 Jessica。正犹豫是不是要上前打个招呼，她的目光也正巧对上了我的。不过她的眼眶非常红，显然是刚哭过。既然看到了，显然她也记得我，我没必要装不认识，于是我走上前去打招呼："嗨……Jessica 你还好吗？"

"没事……你怎么在这里啊？"她说话还是让人不舒服。

"我来这里吃个午饭。"

"哦，不好意思，我今天心情不好，说话有点冒犯。"或许是她意识到了刚才自己的唐突。

"我不介意，是因为工作上的事情吗？"

"嗯……是的……我的同事升职了，我觉得那个职位本来应该是我的。"她长长地叹了口气，不愿回想地闭上了眼睛。

"你要坐下来边吃边聊吗？"我好像问了个不该问的问题，突然觉得有点尴尬，只好转移话题。

"不用了，不用了。"她摆摆手拒绝了，逃也似的离开了。

我回想起面试时她提问我的《第五项修炼》这本书，不禁有些唏嘘。职场啊，几多欢喜几多忧伤，看着恒隆来来回回的所谓的白领、金领，其实每个人都是提心吊胆的。我一直觉得恒隆的大堂冷，而我现在终于知道那其实不是温度上的冷，而是现实的冷酷，是一种命运的不确定，而谁又能够修炼到第五项呢？

2003年6月9日

从第一次面试到第三次面试，职场的确扑朔迷离，面对这样的职场，我能做的是什么呢？

完全做自我吗？肯定不是！

做老板想要的？很难啊！

可能唯一坚守的是正确的价值观，L酒店，等待我的是什么样的挑战与机遇呢？

自己的犹疑尘埃落定，但总还是要面对告别的感伤，我是要好好想想怎么处理，特别是小萌，还有欧阳。

第二十章　你也要走

闹钟的响声把我从噩梦中拉回了现实世界，梦里 Katherine 穿着一身暗黑系的装扮，把我逼到房间的角落，恶狠狠地一直逼问我："是不是你，是不是你，是不是你！"

惊醒的我按掉闹钟，长长地舒了口气。谢天谢地，今天是我在 R 酒店的最后一天，以后再也不用和 Katherine 有任何接触了。

小萌今天像是一个泄了气的皮球，一见到我，就拉着我用可怜兮兮的语气说："今天是跟你共事的最后一个工作日了。唉，一想起来就伤感。以后又要我一个人上班，又要每天去市场销售部看看，谁没跑业务的，约着一起吃午饭，悦，你就这么狠心，舍得下我啊？"

"我也舍不得，但你可以这样想，如果没有我在，你是不是就可以名正言顺地每天约 Justin 一起吃午饭啦。而且你以后可以来 L 酒店吃饭，我也可以回 R 酒店吃饭啊，多好。"要是一个月前，听到小萌这么说，我也一定很是伤感。但这话在这一个月里几乎每天都会听到，到现在也算是成功免疫了。

"悦，你学坏了，我舍不得你，你还笑我。还说得好像自己出嫁了，R 酒店是你娘家似的。"

"你还说我，真是一点亏都吃不得，都要讨回去。"

小萌假装不理我气呼呼地自顾自往前走，我看着她的背影有点无奈也有点好笑。

"蓝眼睛"有意不再对外招秘书了，他和人事部都认为可以提拔小萌。所以我们一早就开始交接了，业务上我是一点也不担心她。

突然小萌回头问我："你说你调走之后，这个法国贵族妇人是不是会正常些呢？"

"你不生气啦。"我笑道，虽然小萌嘴上没说，但我知道自从我们交接工作开始，这个问题一直在困扰着她。

我走过去，挽住了她的手轻轻地拍了拍，示意她安心。

"我准备今天下午和 George 谈一下，毕竟我需要正面去表达一下我对整个 Katherine 投诉事情的看法。"

小萌感激地看着我："我的救星，谢谢你！"说完就给了我一个熊抱。

"大姐你轻点，我快喘不上气来了。"

晨会，"蓝眼睛"宣布了我要离职的消息。

"今天是悦在我们酒店的最后一个工作日，她从下周一起就要入职 L 酒店，担任培训经理一职。我们感谢这段时间，悦在工作上给予我们每一位的帮助，尤其是危机期间协助大家度过了最艰难的时刻，我相信我们大家都舍不得她的离开。但有相遇就有离别，我们就一起祝愿悦在 L 酒店的新职位上能够取得成功，也祝她的职业发展越来越好！"

大家听完都笑着用热烈的掌声表达对我的祝福，我看着大家的真挚目光，眼圈也微微泛红了。

一直以来晨会上我都属于很少发言的，因为毕竟自己的职位比总监们低，很多时候也不便主动发言。

但此时此刻，我有一些话必须要说："谢谢 George 能够让我加入如此优秀的团队，我从你们每一位身上都学习到很多。我很难想象如果没有你们，危机期间我会多么恐慌与焦虑，感谢你们对我的信任，给了我一次次的机会，让我

与员工谈心，让我上台发言，让我参加业主会议，让我与总部的人交流，我会带着你们的祝福在 L 酒店更好地为芮华集团服务。"

虽然听起来都是感谢的话，但都出于真心。

"还有一点要拜托大家，我希望大家能够像支持我一样支持 Karen，她聪明伶俐，我相信她未来也一定能够帮助管理层迎接更多的挑战。"各位总监爽快地答应，有的点头，有的竖起大拇指，有的继续鼓掌。小萌先是惊讶然后万分感激地看着我，对着我一个劲儿地点头。

散会前老罗特别提醒道："今天下午 4:00 在四十楼的酒吧，给悦举行隆重的欢送会，你们叫部门经理都来哦，不要迟到啦。"

Chris 也补充道："来的时候大家记得整理一下服装造型，我让公关部安排好摄影师，给大家多拍点照片。"然后又特别看了看我和小萌，示意两位主角一定要特别打扮好。

这个惊喜有点出乎意料，好在挑的服装还挺上镜。万幸万幸，不然就辜负了 Chris 的一番美意了。

午饭过后，我看见"蓝眼睛"在办公室里审批一些财务报表和采购单，等他处理完了，听到他叫我进去："悦，单子我都签了，请你帮我拿给严先生，谢谢。"

"好的。"我走进办公室，但是拿到单子后我没有马上离开，"George，你现在有时间吗？我能和你说几句关于 Katherine 的事情吗？"我压低了声音，因为没有关门，所以我不想让路过的同事听到又传些谣言。

他点点头，示意我坐下。

"一开始发生了那件投诉事情，我感觉很愤恨，也很委屈，觉得全世界都亏欠我。但等我冷静下来，也慢慢觉得 Katherine 的出发点虽然激进，但是她也有她的苦恼。"我停顿了一下看着"蓝眼睛"，他很认真地听着，"我希望我的调动能够让她找到平衡，如果她想要参加烹饪、美术、音乐班，我这里都有很好的资源，也随时可以推荐给您或者她。"

他听到这，神情有些惊讶，可能他想到了我能理解，但是没想到我已经完全释然了。

"最后，谢谢您对我的栽培。Karen 肯定是一位很好的助手，说不定 Katherine 会和她成为姐妹呢。"我故作轻松诙谐地说道。

"蓝眼睛"沉默了片刻，"Katherine 在上海很难找到真心的朋友，这是因为文化的差异，是我忽略了。你的提议很好，我会和她商量的，你说的那些也是法国女人比较热衷的兴趣爱好。"

"好的，那没什么事儿我先出去了。"我站起来，拿着单子走出了"蓝眼睛"的办公室。正巧，桌上的分机响了，是酒吧打来的。

"你好，我是悦，有什么可以帮助你吗？"

"我是欧阳，16:00 是你的离职派对哦。"我猜想此刻的他是不是已经开始准备了。

"哈哈，是的啊。今天辛苦你又要忙啦。"

"你一会儿能稍微早点来酒吧吗？我有一件事想要当面告诉你。"

"要当面告诉我吗？"会是什么事呢？不会是……我赶紧摇摇头，刹住了自己的脑洞，"好，我知道啦，那我 3:30 上去吧。"

挂断电话看了一下表，下午 2:30，时间还够。准备去一趟王姐那，她应该还能和我讲讲培训的一些流程，顺便把单子给老严送去。

王姐很高兴又看到我来，拿出了龙井，说最后一次泡给我喝，我说不要如此伤感啊，又不是以后见不到了，我们以后私下也可以约啊，她笑着答应。

其实我不是不伤感，我是怕他们把气氛带起来我就更难控制了。所以每次我都先转移话题。

"悦，其实培训啊，没啥窍门，说白了整个酒店行业都没啥大窍门。唯一的诀窍就是一颗真诚对人的心。时间长了你一眼就能看出，有的员工，就是缺

心眼；有的员工，就是马大哈；有的员工，就是掏心掏肺地会对人好。而你要做的，就是用不同的方法对待不同的他们，但是也会遇到一些没有心做服务的员工，这样的是怎么劝都没有效果的，所以趁早劝他们转行即可。"王姐说话就是这么直接、干脆、一针见血。

看着王姐很是欣赏，我答道："我记住了，但是我担心的是有些服务技巧是我也不熟悉的，我怎么培训呢？"

"你虽然是培训经理，但并不是酒店所有的培训都需要你来做。部门里有部门的岗位培训。有他们的师父带他们，教他们办理入住、打扫房间、烧菜等，你要培训的是公司文化，品牌服务理念。"

她看着我微皱的眉头，停了一停，"不要害怕，你有一颗善良的心，我相信你可以做到，你不是总说王姐看人很准的。你也要给你自己信心啊。"

王姐又在电脑上给我演示了一些与培训有关的文件，比如培训的目标、如何搜集培训的需求、制作培训时间表、培训的反馈表，等等。

我们正说着，桌上的分机响了，她接听之后说了几句好的、知道了，就挂了电话。

看得出这个电话让她有些惊讶，王姐也看得出欧阳对我的欣赏，也没瞒我："欧阳刚刚向 Robert 提交了辞职报告。"

"什么？"我一下子没有反应过来，所以他要我提早上去，是要当面和我说辞职的事吗？我还以为……

"Robert 要我和欧阳谈一下，欧阳马上下来。"

"那么我先回去了，我们一会儿见。"我收拾一下，仰头把最后一口龙井一饮而尽，走出了办公室，看来龙井还是适合慢慢品，此时嘴里有说不出的涩啊。

欧阳辞职，为什么啊？那他辞职了以后要去哪里呢？他辞职是因为我的离开吗？

我拿起手机，发了一条信息给他："我们还是 3:30 在酒吧见吗？"

"不好意思，悦，我刚准备给你发信息。我现在要去一趟人事部，你的离职派对后，我请了假。我们在 Mademoiselle 见吧，我定了晚上 7:30，两人位。"

今晚？两人位？Mademoiselle？

我下意识地回复了："好，到时候见。"但是心里一直忍不住在想，他到底想要跟我说些什么呢？

第二十章 你也要走

第二十一章 我以为的爱情还是没来

时间临近了，大家也都到场了，轻扬的音乐，大大的落地窗。看着窗外的车流人流，看着屋内小萌赶场式和不同部门的同事们合照，心中的不舍一点点涌上心头。

"哎呀，你想什么呢？大家都等着你拍照呢！"小萌把我拉进人群。热闹的氛围，让我刚萌生的伤感一扫而空。

工作中的欧阳，总是异常专注。这也是他最吸引我的地方，在我眼中，他赋予了手中这些器具生命，而这些器具又给他整个人披上了光芒。

因为今天我是主角，还没有顾得上和欧阳说话，就已经被Charles请到了酒吧的中央。

"感谢各位今天齐聚一堂给悦开欢送派对，相信对于她的离开大家都很不舍。因为她对我们的帮助大家都看在眼里。尤其在危机期间，悦和我们人事部一起，与各部门的员工进行了有效的沟通，降低了他们的负面情绪。请让我们用热烈的掌声对她表示感谢。"

我笑着看着Charles，看着在场的每一位表示对他们给予掌声的感谢，其实Charles很少在公开场合表扬人，他能给我这样的评价，我内心既满足又感动。

"请允许我代表大家将这幅写满大家祝福的酒店外观照片送给悦。"

"悦，这是大家对你满满的祝福。"

"谢谢大家。"我有点激动，这比我入职那天收到的明信片还惊喜。都说职场相聚容易，离别难，这其实不是说离职的时候会有多么不舍，而是职场离别大多很难体面。而我人生的第一次离职，除了不舍就是满满的感动，这是何其幸运。虽然离职派对是酒店圈常见的行业文化，但是真心送行还是草草应付，离职的员工心中自然非常清晰。

我从 Charles 手中接过相框，仔仔细细地看。一张半月酒店的外观照镶嵌在相纸中间，相纸四周留出的白色区域，都被大家写的祝福语和签名填得满满的。这时"蓝眼睛"也走了过来，和我们所有人一起拍了一张大合照。

老严处理完几个紧急的财务单子才匆匆赶来，合照的时候他站在最后一排。合照完老严没先去拿喝的就径直走向我，看来是有话对我说。

"悦啊，王姐和我说了一些关于老总夫人的事情。严叔真是对不起你啊，当初答应你爸爸好好照顾你的，可是到事情上是一点忙都没帮上。你还得自己照顾自己。"

"严叔，您别这么说，我平时的工作您没少提点我。再说这件事谁也没预料到，除了我，你们也都不好干预，还有严叔，拜托您这件事千万不要告诉我爸。"

"哎，真的是长大了，看到你有这样的成长我是既欣慰又心疼啊。"

接着他压低了声音说道："你去的这家新酒店啊……怎么说呢！……"看着严叔这样欲言又止，我突然心里有点慌，不会又有什么难相处的人等着我吧。

"严叔，没事的，您直说就好。"

"那这样说吧，你要去的酒店老总是非常好的，但就是他们的业主……很麻烦……尽管培训经理不常和业主打交道，但是如果遇到需要打交道的时候你自己也要小心。"

还好，只是业主有点难缠。心里的石头落了下来。我知道作为财务总监的老严和业主的关系一直很密切，看来他和芮华集团其他酒店的业主也很熟悉啊。

第二十一章 我以为的爱情还是没来

117

我点点头答应:"您说的麻烦是指他们的业主对利润看得重吗?"

"他们的业主代表很强势。不仅利润看得重,所有跟钱有关的都把控得很严,采购流程非常复杂,导致一部分工程质量也存在隐患。"老严一股脑儿说了出来。

我的天,工程质量吗?那这一出事可就是大事啊!难道"大个子"就这么听之任之吗?

他看出了我的担忧,"当然了,总经理有时候也要跟业主代表周旋,但结果并不是每一次都尽如人意。不过哪个酒店没有些问题呢?我就是提醒你一下,也不要过于担心,你那么机灵,常常察言观色把看到的都放在心里,就不会有大问题。"他拍了拍我的肩膀,示意我放轻松。听完虽然心里有些担忧,但是想到"大个子"对我的信任,我还是对这个新的酒店新的职位有很多憧憬的。

"对了,记得向你爸爸问好。有空,约他喝酒。"他笑着说完,走向吧台拿酒去了。

派对持续了近一个小时,欧阳没有特地给我调制Jorizon,我也就只喝了一杯香槟。我把杯子放回吧台时,他提醒了我一遍仿佛害怕我会爽约一样。

"晚上7:30哦。"他小声说道。

我虽然笑着点头答应,但心里装的却满是各种猜想。

回到办公室拨通了爸爸的电话:"老爸,今天方便来接我一下吗?"

"巧了,我就在你酒店对面呢,今天见一个客户,要一起回家吗?"

"我晚上有个饭局在陕西南路,我今天不是离职吗,想让你帮我把一些个人用品先带回家。"

"是要同事聚会吗?那我送你过去好了呀,那你等我一下,我到了给你发信息。"

"好的。"如果让老爸知道只有我和欧阳两个人,估计他会赖着不走。还是先不要让他知道了。

上了车,我把相框放在后座,"爸爸,一会儿回家你把这个放在书房吧。上次给妈妈过母亲节的那个餐厅你还记得位置吗？我就去那个餐厅。"我笑着撒娇说道。

"好的。你啥时去 L 酒店报到啊？"

"下周一就去报到了。"

"怎么也不休息几天呢？"

"年轻嘛，也没什么可休息的。哦对了，严总向你问好，说有时间约你喝酒。"

"哈哈，好。"爸爸听到这句话，笑得特别开心。

"严总今天还特别提醒我说 L 酒店的业主有点难缠。"我轻叹了一口气，还是被爸爸听到了。

他扭头看了我一眼，"哦，是吗？那个酒店我不熟，但我可以去打听一下他们业主的情况。"说着，爸爸打了右转向灯，已经到了。

"这些你就先别管啦，好好开心地过好今天。那个英语怎么说的？Enjoy，是吧？"爸继续说道。

"哈哈，爸你可真逗，我知道啦，谢谢爸爸，你回家路上注意安全啊！"

目送爸爸离开，走进了 Mademoiselle，前台的服务员把我带到了欧阳订的位子，才 18:50。

时间还早，不过正好白天有太多人和事的纷繁打扰，现在终于可以静下来想想欧阳辞职的事了。他是要来这家餐厅工作吗？

我在酒店观察到，酒店的餐饮决策其中一个很重要的环节就是分析客源，然后根据客源来制定菜单，比如日本客人占比很大时，会选择在菜单上增加几款日式菜品。但是社会高档餐饮不会为了客人去修改菜单，而是相信自己的菜单就是吸引客人的原动力，所以这里可能给欧阳更大的空间展示才华吧。这家餐厅的客源跟酒店相比就更加多元化，酒单菜单也都紧跟潮流，客单价与酒店的自助餐厅差不多。但是这里不收取服务费，可能就让很多客人觉得性价比高

第二十一章　我以为的爱情还是没来

了不少。

"需要推荐吗?"欧阳看见我手上拿着菜单,却迟迟没有翻页。

我追着声音看过去,突然有些恍神。第一次见到不穿制服的他,穿着白色的短袖T恤,多了很多学生气和少年感。

"我在想你为什么要辞职呀!"我认真地看着他。

他刚想坐下,拉着座椅的手顿了一下,"谁告诉你的?"

"老罗打电话给王姐的时候,我正好在她的办公室。"

他坐下了,松了一口气,"我不希望你是从其他人嘴里知道这件事……是的,我辞职了。我要参加一个国际著名的鸡尾酒比赛,要准备大约一个月的时间。酒店的工作让我无法专心备赛。"

"那比赛之后呢?"

"比赛之后,我会来这家餐厅工作,这里的老板已经让我入股了……哈哈,很少的股份,但是感觉还不错。"他言语之间对未来的打算已经很清晰了。

"那恭喜啊!预祝你在比赛中获得好成绩。"

"啊呀,这样的场合怎么能没有酒呢?我来点菜点酒。祝我们两个都离职快乐!"

晚餐期间,他都在和我聊他备赛的事情,兴奋且踌躇满志,只要一说到调酒,他就是那个专注的大男孩。可我也存着心事,听得并没有那么专心。

2003年7月11日

原来不是表白,虽然有些失落但也松了口气。如果他真的表白,我也不敢确定我是会答应还是拒绝。虽然我们彼此欣赏,但也许还不够了解。我以为的爱情还是没来,未来的我们还有机会走到一起吗?我们还是就此错过了?

下周一我要去迎接新的酒店工作,新的老板,新的同事,新的环境,还有新的……业主!期待也忐忑!

第二十二章 培训经理上线

7月14日是我在L酒店的第一个工作日,我这个培训经理也就此上线了。L酒店的人事部也是在地下,位于地下一层,刚走进办公室,钱小姐就一眼看到了我,笑着从她办公室出来迎我,"悦,入职快乐,我们都盼望了好久了。"

"Edith(欣妍),Bill(小王),你们来一下。我来介绍一下,这是Yue,新报到的培训经理。Yue,Edith是我们的人事副总监,Bill是人事主管。原本还有一位同事,但刚辞职,加上你,我们人事部就还是四位。"

"你们好,我是童悦,很高兴能加入这个团队。以后请多多指教哦。"

小王个子很高也很帅气,阳光型男一枚,而且一看就是经常跑健身房锻炼的体格。欣妍也是美得不行,白皙的皮肤,看起来很温柔且文静,就像刚上映的《十七岁的单车》高圆圆扮演的潇潇给人的感觉。看着他们两个的颜值,我不由得感叹我这个新老板对员工颜值的要求。好在我也不差,不然面对他们可能偶尔也会有一种拉低团队颜值的担忧。

Bill热情地跟我打招呼:"Welcome on board.(欢迎入职)"听口音他应该是个海归,这句英语问候纯正且流利。

"我们早就期盼着你来了,钱小姐一早就跟我们分享了你的很多信息,听完我们就更迫不及待要见到真人了。"欣妍笑着对我说,她一定是个南方人,说话的语气太温柔了,我感觉任何员工见了她,再急的事情都可以坐下来慢慢商

量了。

"来，我带你看看你的办公室。"

我还有自己的办公室啊，还以为是跟以前一样在开放的办公区域办公。虽然空间不大，一排柜子，一张书桌，三把椅子。但有了独立的空间，办公也能少了很多干扰，已经很满足了。

"这些是常用的文具，你先看看，如果有其他的需要再和我说。IT 的同事已经约好了，10 点会过来给你设置邮箱和登录密码。"

之后欣妍给了我一叠文件就先离开了，让我慢慢看。她整理得非常仔细，与培训有关的资料都有。翻看着这些资料，心里很是庆幸，集团内部调动最大的益处就是很多资料、格式都是通用的，所以学习起来更容易上手。如果是新的集团，可能真的就要从头学起了。

"咚咚咚"响起了敲门声，我抬头看去，是钱小姐。

"悦，今天跟我一起去下晨会吧，跟总监们也都见个面。"

"好的，稍等我一下。"晨会对于我不再是陌生的，稍微收拾一下，拿上本子和笔就跟钱小姐出发了。

可能是怕我紧张，路上钱小姐解释道："今天主要是 John 提出一定要欢迎你，平时，你只要参加我们人事部的例会就可以了。"我冲她笑着点点头表示明白。

L 酒店的酒店布局跟 R 酒店不太一样，在这里一层到二十层是商城和写字楼，二十五层到五十八层是酒店。所以 L 酒店的行政办公室安排在二十五层，大大的落地窗本来可以看到外面的美景，但可惜全都被遮光帘挡住了，也许是大家都怕紫外线照多了老得快吧。

本来还有点羡慕行政办公室的办公条件，但这么一看也没什么可羡慕的，都一样是不见天日。

我走进会议室，"大个子"已经在了，总监们也都到了。一屋子西装革履的高管都抬头看我。

"大个子"起身过来和我握手，"悦，欢迎，我让 Emily 今天带你来，主要是认识一下管理团队的成员，先来认识一下苏先生吧，我们的业主代表。"

业主代表吗？老严的提醒让我顿时打起了十二分精神。苏先生是个身材魁梧、皮肤黝黑的中年人。我刚想开口问好，他却抢在了我前面："欢迎美女。"

他说这话的时候很是敷衍，面有不悦之色，看我的目光也冷冷的。是对我的到来不满意吗？我很是疑惑，但记得老严的叮嘱，多看多听多观察再做判断。

我调整了一下情绪赶忙接道："谢谢苏总，我叫童悦，以后请多多关照。"然后给了他一个非常甜美的微笑。

他愣了一下，然后也笑了一下，"哦……好。"看来这个情绪不是冲我，松了一口气。

"苏总，很高兴认识你。"下面的这一句，笑得就更加自然了。

"大个子"接下来为我一一做了介绍。

财务总监袁先生，香港人，个子不高，发型像上海的老克勒。

餐饮总监 Gordon（哥顿），香港人，长得像哪位 TVB 的明星，但是我一时对不上号，他应该是餐饮总监兼总厨，因为他穿着黑色总厨的制服。

房务总监陈小姐，马来西亚人，瘦小的身板，但非常干练，灿烂的笑容，感觉客人看到这样的她很少会有投诉吧。

市场总监 Fiona（美女张），是一位像"白骨精"的美女，极白、极瘦、极短的头发，看起来也很高冷。她比我高半个头，也或者是因为那双恨天高的高跟鞋。

工程总监 Eric（林工），上海人，一位对穿着很讲究的男士，他握手的时候，我看到他的衬衫袖口印着名字的缩写。

还有这里的总秘 Cherry（小萌已经偷偷告诉我绰号——卷发妹），她身材微胖，头发烫成了很密的小卷，她应该比较内向，我和她握手的时候，明显感觉她手心在冒汗。

"悦在 R 酒店的表现非常出色，我相信她的加入，会帮助我们更好地提高员工的服务水准，让我们的客人更加满意。真正体现集团'员工是家人，客人是朋友'的文化。"

钱小姐在我耳边低声道："悦，时间差不多了，你可以先回办公室了。你认识回去的路吗？"我点点头，退出了会议室，在我关门的时候，我看到苏总在看我。他看到我也看着他的时候，给了我一个浅浅的微笑。苏总这个人有点意思。

回到办公室，只有欣妍一个人在办公室，我禁不住走进了她的办公室，其实也是为了多了解一些信息。"Edith，我刚才认识了一下总监们。"

"感觉怎么样？"

"还行，就是那个业主代表苏总有点……与众不同。"

"唉……他呀！"她叹了一口气，"怎么说呢？他和老总的关系比较微妙，他代表业主方，与酒店的利益关系会有冲突，但是老总一直很尊敬苏总。"

我忍不住问道："是关于什么方面的冲突呢？"

"从开业开始，就有各种艰难的谈判。最近貌似为了工程改造也有矛盾。酒店非常重视维保，尤其是消防，但是业主认为开业时间不到五年，不怎么想花钱。"

酒店管理集团与业主之间的分歧是一直存在的，双方关注的点有相同也会有不同。业主总是希望用最少的投资换最大的收益，但是对于酒管集团来说收益却不是唯一的重点。虽说我入行时间很短，但是也能理解各方的立场。

"那我们与业主打交道的机会多吗？"要聊就干脆聊个彻底，有些信息还是早点摸清楚的好。

欣妍看了一眼门外，然后压低声音说："我们很少跟他们打交道，我们和行政办公室、业主办公室的沟通基本都是钱小姐负责，但是……"她停顿了一下，又看了看门口说道："但是也有不顺的时候。她知道你之前是老总的秘书，特别期盼你来，希望你能在关键时刻搭把手。"

我有点惊讶，看来这里的业主关系着实复杂，那关键点是在苏总呢，还是业主公司呢？可能这需要以后边走边看再慢慢理清头绪了。

"对了，老总很喜欢在对客区域和客人、员工交流。所以对待培训，他一直都很重视的。这也是你今后的工作重点哦。"欣妍补充道。

"欣妍，谢谢你的信息，人事部对我是比较新的领域，还有很多东西需要学习。我会多来找你问问题的，不要嫌我烦哦。"

欣妍温柔地回复道："怎么会，随时欢迎。"

我从欣妍办公室出来，正好看到小王在门口送来谈话的员工离开，好奇道："Bill，人事部一般每天都多少员工来访啊？"我玩笑式地问他。

Bill也玩笑式地回答："多的时候几十个，少的时候有几个。反正不会没生意，天天都能开张。"

"哈哈，那你主要负责什么工作呢？"

"员工关系、员工活动之类的。"也许是谈话坐得时间太长了，他站起来边活动边说，果然对自己的身材是非常执着了。

"如果可以，以后有机会我也想参与。"我看着他，认真地说。

正说着，钱小姐开完会回来了，"悦，你来一下我的办公室。"小王向我吐吐舌头，意思是老板找你，祝你好运哦。

"悦，请坐。今天晨会上，陈小姐提到第二季度酒店客人满意度下降了，她想让你下午去一次前台，讨论一下员工对客服务的培训计划。"

"好的，没有问题。"芮华集团的客人满意度会有内部的排名，这个我是知道的。虽然我不确定这家酒店第二季度排在第几，但是一直以来客人满意度都是酒店品质重要的衡量指标，在上海市场上R酒店和L酒店也都在努力地争抢前三的排名。

"还有一个事情我要跟你说一下。业主总公司有一位客人昨天入住，前台做了卖重房。今天早上苏总点名批评了陈小姐。"

卖重房！我听完心里一紧，怪不得见苏总的时候，他看起来不高兴。这个问题有的时候对于前台来说是致命的失误，是酒店前台要竭力避免发生的事情。如果你是一个客人打开房门，看到一个你不认识的人已经入住在房间里，只是设想一下这个场面就已经尴尬至极了。

"这的确是一个重大失误啊。"

"是啊，陈小姐也是一脸愁容，可是没办法，事情已经发生了，John 一会儿亲自陪客人用午饭以示赔礼道歉。要不然苏总的脸色会更难看。"

这么看来"大个子"比"蓝眼睛"要更加亲力亲为，以前的客人投诉，"蓝眼睛"基本都是交给 Frank 处理，当然其中也有 R 酒店业主没有参与太多酒店运营的原因在。这里是有业主代表，没有二把手，这样的配置对于总经理来说就会更辛苦。因为没有了帮手，还多了一个监督人。不知道 Cherry 是不是一个得力的助手呢？不过转念一想，我还是先管好我的培训吧，在这胡乱担心别人干什么！

"好的，我明白了。我下午去一趟前台找陈小姐仔细聊一下。"

我脑海中浮现出魁梧的苏总和瘦小的陈小姐，我能怎么帮到她呢？

第二十三章　和传说中的不一样

下午 2:00 的二十五层大堂，陈小姐已经在等我了。和早上强打精神不同的是，此刻她的脸上更显眼的是紧锁的眉头，看来卖重房对于房务总监来说也不是能那么快消化的工作失误啊。

"悦，不好意思，你第一天报到就让你过来。但前台的培训有点紧急，我们不得不提上日程了。"

她带着我边说边向她办公室的方向走去。

"苏总说要我们制订整改计划，每周向他汇报工作进度。"

陈小姐的办公室布置得很温馨，办公桌上放着她和她妈妈在马来西亚双塔前的合影。她看我一直看着这张照片，解释道："我妈妈，她现在一个人在马来西亚，我每次一有时间就回去陪她。"她看着照片眼神温柔，但也流露出些许歉意。这也许是离家在外打拼的子女心里共同的牵挂。想到这突然觉得气氛因为这个话题也变得有些沉重。

"嗯，那你对计划有什么想法吗？有什么是我这边需要配合你完成的呢？"我回归正题。

陈小姐也收回了目光，正色道："苏总对营运部门的要求非常高，常常给老总、我、Gordon 施压。"

她叹了一口气，"昨天是前台员工 Lisa（丽萨）的疏忽，她有点低烧，但人

手不够也没有人替班，也就没敢说请假去看医生。结果把苏总的客人卖重房了，苏总的客人一开门，看见房间里坐着个老外。老外在和同事开电话会议，看到有个人突然开门进来，双方都一愣。发现是前台的问题，苏总的客人马上冲到前台，对着 Lisa 大吼。我听到，马上从办公室出来，立刻给他安排了一个套房，亲自陪他去了房间。"没想到这还真是头脑发热造成的失误啊！

想起来早上苏总开会时对我的态度，我一个无关人员都被波及了，已经能脑补出晨会苏总对陈小姐说话的语气了，想想都感觉后背发凉。

"Lisa 在前台工作多久了？"

"她不是个新员工了，来了一年了，平时表现挺好的，也肯吃苦。"

"这样啊，那这就不是对客服务态度问题，而是工作流程的问题。你现在需要培训的重点有哪些？"我边问边打开本子准备记录。

"我希望每天都能有一些培训，加强流程的肌肉记忆，具体怎么安排，我也没有完全想好……"

还没说完，她的分机电话响了，"嗨，John，我明白，好的，我马上安排。谢谢。"

挂了电话，她松了一口气，看来是事情解决得还算顺利。

"John 和苏总的客人用完午餐了，客人和老板聊得还算愉快，目前客人已经得到了安抚。昨晚的房费给客人免了，事情也算是告一段落了。不过 Lisa 是少不了要吃一张警告信了。本来想着再过一段时间给 Lisa 晋升一级，唉，这下最少要等到警告撤销了才有可能了。"

酒店的警告信是根据工作失误的不同分为不同的级别，一般有口头警告、书面警告和最后警告，类似卖重房这样的错误，一般会给一个口头警告。不要觉得口头警告就很轻，这些记录都会直接影响员工的升迁、年终奖金的获得。

看到陈小姐一脸疲惫，继续谈也不会有更明确的结果，"那这样吧，你的意思我明白了，我先回去做一份培训计划。做好了尽快发邮件给你审核。你看这样可以吗?"

陈小姐感激地看着我,"那先谢谢你了。"

从陈小姐办公室出来,我看到苏总在前台陪他朋友办理退房。他正好抬头看到我,我冲他点头微笑打了个招呼,就径直向电梯厅走去。

没想到他却叫住了我,"悦,你等等!"我有点意外地回头看着他,害怕听错了想再确认一下。

"你等我一下。"看到苏总肯定的眼神,是在叫我无疑了。可是为什么呢?苏总把他朋友送进电梯,道别,然后朝我走来,"一起喝杯咖啡吗?"他笑着说。

喝咖啡?我和业主代表?我只能先点点头。虽然苏总是笑着对我说的这句邀请,但我却比早晨见他时更紧张,他要找我说些什么呢?不会是不欢迎我,先来个下马威吧?传说听多了,我心里还是有些忐忑。

"两杯拿铁吧。"还没等我出声,他已经帮我做了决定。

"我想女孩子比较喜欢拿铁吧。"好一个霸道总裁。

"悦,恭喜你入职,也欢迎来到我们酒店。"听到这里我松了一口气,看来不是"鸿门宴"啊!我坐姿也放松了不少。

"陈小姐和你讲了昨天的投诉吧?"他看着我的眼神比早上温柔不少,语气也柔和了,说到这我也算是完全放松下来。不管接下来说什么应该都不会是要为难我。我点点头,"是的,陈小姐跟我讲了事情的前因后果。"

"我发脾气不是冲着陈小姐,也不想为难前台的员工。刚才我替我的朋友把账给结了,尽管酒店说免除费用,但是我还是个人出钱结了账,我不想因为这件事给酒店造成损失。但是如果这个客人不是我的朋友呢?你想想后果是不是会更严重。"

其实我不得不从心底赞成他的说法,前台的流程从这次事件中暴露了很多问题,但也多亏了这次有惊无险的失误,让我们正视问题,有机会在问题更严重之前改正掉。

"我很看重酒店的运营，特别是服务。我今天找你也是希望你作为培训经理，能够帮助营运部门加强服务意识的培训，让我们的服务留住更多的客人。你之前当总秘的时候一定也知道，酒店间的竞争现在何其激烈，不仅拉新客户难，留住现有客户也不容易啊。一个失误，丢失的可能就不止一个客人。"

我认真地点点头，从过往的工作经历中我明白，开拓一个新客户的成本是回头客的六至七倍，作为营运部门是应该把重点放在现有的客人维护上的。

他看到我认真思索的表情，怕吓到我似的轻声问道："是不是听完觉得有压力了？"

我怔了一下，回复道："没有，苏总，我明白，您说的这些我也是打心底里赞同。培训本就是我的职责本分，我会尽快制订出相关的培训计划。同时，我对发生在您朋友身上的这件事表示歉意。"我很真诚地看着他一字一句说完了这番话。我也不是想表忠心保证什么，只是想能努力做得好一些，真正能帮到大家。

他点点头，喝了一口咖啡，若有所思地看着我："你今天早上走进会议室给我一种很不同的感觉。"

啊？这是什么意思？吓得我差点把刚喝到嘴里的那口咖啡吐回到杯子里去，还好忍住了，强咽了下去。看来跟领导谈话时刻都要提高警惕才行啊。

他看我有点惊慌失措的样子，有点好笑地说："你身上有一种亲和力，这通常在其他海归身上很少见到。"

原来是这样，吓死我了，还以为是什么。"谢谢苏总，那看来我还是比较适合做酒店、做人事的。"我当是领导夸我，笑得格外真诚。

说完他递了一张名片给我，"这是我的名片，上面有我的手机号，有事情可以随时找我。"

我双手接过名片，道谢，然后站起来，"苏总，谢谢您的咖啡，那我先回人事部啦。"他点点头。

我在电梯里看着这张名片，心想，除非是工作原因，我绝对不会联系他的。

毕竟，虽然上次的乌龙事件早已过去，但是教训在前，不敢不好好保护自己了。

下午余下的时间，我脑海中一直在琢磨怎么设计前台的培训流程。我把客人从到达酒店大堂到抵达房间的全部过程中的服务细节仔仔细细地在脑海里过了好几遍。一遍一遍地思考，一并在 excel（电子表格）上记录下来。这是一个类似清单表一样的工作流程检查清单，简单来说就像机长再如何熟练操作飞机各种系统，每次起飞降落也都需要按照清单一一检查一遍才能下开车指令。当然，办理入住与飞机驾驶确有区别，因为办理入住需要根据客流去调整办公速度，但这样的系统培训可以让员工把清单上的内容形成肌肉记忆，这样在保证速度的情况下就不会遗漏重要的步骤了。

快 17:00 了，我想还是把这份反复看过的初稿计划发给陈小姐吧，免得她担心。

到家了，妈妈赶忙出来问："第一天感觉如何啊？"

"我太重要了，感觉这个酒店以后离不开我了。"我开玩笑地说。

"看来状态不错，那离不开小姐，洗手换衣服就可以吃饭了。"还是妈妈最懂我了。

2003 年 7 月 14 日

L 酒店的氛围与 R 酒店很不同，这里的节奏更快，更加关注对客服务，也或许是我开始真正接触到运营。苏总是一个很有意思的人，他跟传说中的有些不一样，他对待酒店运营的解读我都很认同，他身上其实有着成熟男人的魅力！所以很多时候也不能只听人说，到底怎么样真正相处了才能知道。

说实话今天让我感受到了虽然我身上的责任很大，压力很大，但我的这份工作意义也很大。

童悦，加油！

预感，我和欣妍能成为很好的朋友，她身上的温柔真的太吸引我了！

第二十四章 由不得你

忙碌的时间总是过得飞快，这已经是我在L酒店工作的第四周了。我已经可以独立主持完成给新员工的为期两天的入职培训了。关于芮华集团的历史、文化、发展、愿景，也都能用自己的方式更好地传达给这些新员工们了。我渐渐发现培训的乐趣，也逐渐爱上了给员工培训，每天都充满热情，欣妍说我像打了鸡血。现在的培训对于我来说不再是挑战，更像是对热爱的事业的一种停不下来的探索。我也终于能把那些在我还是总秘时就深受触动的服务故事，讲给这些新员工听。应对公关危机的故事、欧阳和我关于鸡尾酒的故事，只是故事里的"我"换成了一名重要的客人。通过一次次的实践，我更加确信，比起数据，故事才是更能打动人心的，也是能给人影响更久的。因为每当看到他们因为故事被深深吸引的神情，我就知道未来他们对待工作也一定能被这些故事深深激励着。

这段时间，我每天下午还有一个特殊的任务，就是参加前台的班次交接会，听他们的工作汇报，给他们每天讲述一条服务贴士，同时再强化入住、退房的流程清单。陈小姐对清单的设计很满意，我和她解释说其实灵感来自机长的清单。这一段时间的频繁接触，还有前台服务质量的提升，都让我们的相处模式更朋友化了。中间她还神秘兮兮地开玩笑，问我这么熟悉不会是和飞行员谈过恋爱吧。果然，女人之间熟了以后，八卦技能就使用得更肆无忌惮了，也是没办法。

也可能是因为总经理的风格比较亲民，所以在这里员工之间、总监之间相处的界限感少了很多，气氛也更为轻松。至于苏总，他对员工的确很严厉，酒店的很多人在传他和"大个子"不和。但在我看来，他并不是故意为之，为了立威而严厉，他只是从酒店的利益出发，为了酒店能有一个更好的发展。他是一个十分清楚自己要什么的人，什么可为什么不可为，作为员工，跟着这样的领导其实是件好事，而且在我眼里他和"大个子"更像是一个唱红脸一个唱白脸的好搭档。不过苏总也确实是我到这个酒店之后让我最头疼的人了。

8月6日早晨是被短信叫醒的。

小萌——"亲爱的，生日快乐！下班赏脸吃饭吗？"

Jason——"Happy birthday Yue. I hope all your dreams will come true!（祝你生日快乐！愿美梦成真！）"

"蓝眼睛"——"Yue, hope your birthday is full of joy and love!（悦，愿你的生日充满快乐与关爱！）"

阿棋——"姐，生日快乐！我猜你是有人约了，不过要是小萌姐，记得带上我，礼物一早就备好了，万事俱备只等你。"

欧阳——"悦，今晚如果有空，老地方等你，给你庆生。"

还有苏总——"祝狮子座的你，生日快乐！苏朝阳。"

等一下，他是怎么知道我生日的？哦对，是酒店的每日快报！Bill每天都会将酒店的入住率、VIP客人、新闻、第二天员工的生日更新在每日快报上，然后下班前会将电子版本发送给总经理和总监们。

我正准备开始一一回复，又有一条短信进来了："晚上有空的话一起吃饭吧？地方我来订。苏朝阳"然后我就"石化"了，有些事情总会偏离你的预期发展，不过好在苏总单身贵族一枚，没有家室也没有女友，虽然不会再有像上次"蓝眼睛"的法国太太那样的误会，但毕竟是同事，我才刚来，并不想再次成为大

第二十四章　由不得你

133

家谈资的中心。不过苏总好像丝毫不介意。唉，真是头疼。

这可怎么办呢？该怎么回复呢？有时候没有选择是最好的安排，太多选择反而让人犯愁。就只能把好回复的先回复了，欧阳和苏总的信息还是再等等吧，让我先消化一下。

刚进入办公室，就看到小王站起来，"Happy birthday！惊喜在你办公室。"

"这么神秘啊，谢谢 Bill 。"

走进我的小办公室，桌上有一束鲜花。还有一张写满祝福的卡片，酒店的所有高管和我们部门每一个人的祝福。双手捧着这张卡片心里暖暖的。但是看到苏总祝福语结尾画的心，突然觉得卡片一阵"烫"手，掉在了桌子上。

听到钱小姐和欣妍敲门，我赶紧整理了一下思绪。"悦，生日快乐！这是我们给你准备的礼物。"

我打开盒子，一副非常精致的耳环，"这也太好看了吧，太爱你们了。你们真会选礼物。"

钱小姐笑着看着欣妍，"都是她选的。"我拥抱了一下欣妍，然后迫不及待地换上了新的耳环。

等欣妍从我的办公室出去，钱小姐没有离开反而把门关上了。难道还有礼物要单独给我吗？

"悦，有件事我要跟你商量一下，昨晚 Cherry 提出了辞职，她说因为压力太大。"卷发妹是总秘，我想起来她昨晚快下班的时候来找钱小姐谈，到我和欣妍下班都没有聊完。

"辞职？"我手上的耳环差点掉在地上，内心满是不解，为什么啊？"大个子"那么亲切的个性，对下属一定很好啊。

"名义上她是 John 的秘书，其实她要负责两个老板。尽管她不是苏总的秘书，但是行政办公室就一个秘书，苏总有些事情也需要她帮忙处理的。有的时候 John 和苏总之间会有一些复杂的沟通。每到这时候，她就开始发怵，不知道如何处理。"

钱小姐也是有点犯愁，"John 也很尊重员工的意见，说如果 Cherry 想走就让她走吧，而且他也一直希望有个办事更成熟的秘书，比如你。"

"我？"我再次惊讶，"John 的意思是想让我从培训经理再调回去做总秘吗？"

"怎么说呢？"钱小姐看着我，"他希望……当然如果你愿意的话，这个还是要看你本人的意愿。目前是这个职位也不好空缺，如果你不想调岗，那在找到合适的新员工之前，你可以去支援一下吗？John 还提到，苏总对你印象也很好。所以他们两个都点名要你。"

"那么培训呢？"我问得有点着急，说实话，我是有点拒绝的，我很喜欢我现在的工作内容，完全没有调岗的想法。

"培训还是可以继续做的，但是因为要兼顾两边，工作量是要减少的。我会让欣妍也分担一些。行政办公室毕竟是酒店的大脑区域啊，你以前也做过，那里一天没有秘书，老板肯定会有很多工作不便的地方，毕竟他每天要处理的事情太多了。"钱小姐这么说显然是想帮"大个子"说服我。

"我会尽快让 Edith（欣妍）面试候选人的，接下来的这个月能不能辛苦你一下？"她很无奈但是非常渴望理解地看着我。

我只好点点头，给了她肯定的答案。

"那么你准备一下，一会儿我们一起去开晨会。"钱小姐如释重负地走出了我的办公室。

我看着手里还没换好的耳环，努力想着还有没有其他的办法。因为我真的不想放弃培训，说是一个月，可只要一天没找到人，我就还要兼顾下去。

从我第一次见卷发妹到现在她辞职，我和她交流的次数很少，她给我的感觉就是太不自信，手心经常冒汗。想来压力大很可能是不自信造成的，但我读过她发出来的邮件撰写过的备忘录，她的英文文采其实非常好，用词也很恰当。辞职，说实话我觉得很可惜。

第二十四章　由不得你

那可否让卷发妹来做培训主管呢？我在想什么啊？我自己都还是个新员工，就想要为自己物色主管了？我的天，是不是疯了？不行不行，赶紧打消这个念头，但是她的文笔功底实在优秀，唉，还有什么办法吗？

我一路想着，就和钱小姐来到了二十五楼会议室，这是我第二次走进会议室参加晨会，以后的一个月每天都要来了，怎么没有看到卷发妹，就算辞职也需要交接的，不可能这么快啊。

"生日快乐！""大个子"走过来给我一个拥抱。我的眼神却跟苏总撞了个正着，他直直地看着我，好像是在提醒我他还在等我的回复，我赶紧收回了目光。

"欢迎悦参加晨会，从今天开始她会在行政办公室先帮忙一段时间，直到 Emily 找到合适的总经理秘书。以后请大家配合悦的工作。""大个子"开门见山地说。

会上，餐饮总监 Gordon（哥顿）和工程总监 Eric（林工）汇报了厨房安素系统（安素系统就是厨房自动灭火系统，是整个厨房最重要的消防设施之一）改造的相关事宜。看起来很紧急，目前项目只进入了招投标的流程，进度有些慢，苏总回复说这件事也在和业主公司进行持续沟通中，应该会于下周批复。之后两个人稍微松了口气。

陈小姐今天心情不错，前台的服务质量改善了，今天入住率达到了百分之九十八。连同销售部的 Fiona 也一起喜形于色。财务老大袁总监同时带来了大家这个月到目前为止每天收入都超过预算的好消息。看来老天还算怜爱，生日当天没有让我经历风雨洗礼，就这么愉快地开完了晨会。

散会之后，我跟着"大个子"去了行政办公室，卷发妹人不在，但电脑开着。

他看我凝视着卷发妹的空桌子，解释道："Cherry 出去办事了，我想让你和她谈一次，看看移交的重点。""大个子"示意我坐，"她是一个不错的秘书，文笔很好，但是遇事太紧张了。"他摸摸额头，貌似很无奈。

"John，谢谢你对我的信任，Cherry 的文笔是我学习的榜样，她写的备忘录我每次都忍不住要多读几遍，我非常愿意在她辞职的时候来行政办公室帮忙，我也希望能够继续做好培训。我今天早上一直在想有没有两全其美的办法。"我停顿了一下，"大个子"很认真地期待我继续说。

"我在想有没有可能让 Cherry 去人事部做培训主管，这可能是她职业的另一种发展。"我看到"大个子"没有反对的意思，我大胆地继续说："在找到新总秘之前，Cherry 可以分担培训的事情，而我也可以有更多的精力放在行政办公室的工作上。说实话我很喜欢培训，我并不想放弃培训的工作。"

"这是个不错的主意。""大个子"走到电脑前，"我来发邮件给 Emily，就这么定了，这样还能减少员工流失率，我让 Emily 立刻找 Cherry 谈。那你下午再来吧，你先回去人事部忙吧。""大个子"开心地说道。

"谢谢。"我站起来，走出办公室。耶！我都有点佩服我自己了，胆子真不小，不过什么事都要争取过才不会后悔啊，虽然有着越级的风险。

"对了，再次祝你生日快乐！""大个子"说，我笑着答谢。

正高兴呢，出门就碰到了苏总，刚才他还不在呢，怎么那么快回来了呢？

"晚上是已经有安排了吗？"他压低声音问我。

"啊，还没有。"我慌乱间脱口而出，但其实不是没有安排，只是还没有决定。

"那，晚上见，地点稍后我发你手机。"

"哦，好。"苏总看我狂乱的眼神，笑得更戏谑了。

没办法，我找出欧阳的短信，回复道："欧阳，晚上有事，下次再去喝 Jorizon 吧。"

"嘀嘀"，苏总的信息进来了："外滩八号，晚上 7 点，苏朝阳订位，两位。"这么快，我在想他是不是早就已经订好了位子，他就这么确定我会去吗？不过好吧，事实胜过雄辩。

第二十四章 由不得你

137

"嘀嘀",欧阳回复:"那么你有空,随时过来。我还有几款比赛的酒,也一起尝尝。"

好吧,我期盼已久的二十五岁生日居然是和苏总一起过的。

第二十五章　有点慌了

我刚从二十五楼回到办公室，就看到 Bill 神秘兮兮地看着我。

"你干吗这么看我，我脸上有东西吗？"我有点疑惑。

"刚有快递给你送花，你男朋友追得真紧啊，都送到办公室来了，'狗粮'撒了一地啊。"

"啊？男朋友？我哪儿来的男朋友？"我好笑地看着他。

顿时，Bill 脸上不再是看热闹的意味深长，而是挂上了些许尴尬。

"不是啊，抱歉。我还以为……"

听着小王似有似无的自言自语，我也忍不住开始琢磨，会是谁呢？是欧阳吗？正想着就听到钱小姐叫我，我赶忙走进了她的办公室。

"我收到了 John 给我发的邮件，你的想法很好，我怎么没有想到呢？"钱小姐若有所思地看着我。听着她这么说我略微有些紧张，毕竟她是我的上级，心里还是有些担心这么做会不会让她觉得我越级汇报了。

"Cherry 昨晚和我聊的时候也表达了不舍，但是我就没有想到这样两全其美的做法。"

"你感觉这么安排妥当就好，我早上和 John 聊的时候也是随口一说。没想到，他一下子就同意了。"我显然不能说，这个念头晨会前就已经有了。

"那么你下午和 Cherry 做一下移交，然后你们两个就自己安排好了，近期

你可能要多放一些时间在行政办公室，让她帮你负责一些培训事务吧。"钱小姐的立场，我也算是有了一些了解，万事以两个老板为重。

从她的办公室出来，第一件事就是要弄清楚这花是谁送的。一大束红色郁金香，典型的狮子座女孩子的花，很是喜欢，这么懂我，不会是爸爸吧。

"生日快乐！苏朝阳"！！！苏总，我吓得又看了一遍卡片上的留言，生怕是自己看错了。

苏总，他这到底是要干吗啊！是对我展开追求的攻势吗？又是送花又是吃饭的，可在酒店他就一点都不避讳一下的吗？明目张胆得让我觉得有些为难。而且他马上要成为我的直属上级了，晚上我一定要跟他好好聊聊才行。我迅速把卡片藏进包里，免得让其他同事看到传些不实的八卦。

跟欣妍吃完午饭的时候，她看我兴致不高还忍不住问我，怕我是因为要去行政办公室了压力大。但是细想来这样说也没错，唉，我现在的压力是很大啊。

吃完饭，回到办公室，就看到卷发妹已经在我的办公室等我了，"悦，谢谢你，John和我说了你的提议，我一直对培训很感兴趣呢。"她语气中有掩饰不住的激动。"哦，还有生日快乐！"她看着我桌上的两束花，神情中有些羡慕。

"谢谢，其实你的文采那么好，不做培训、不写文案真的太可惜了。"

"但是你看我的身材，我从不敢想站在那么多人面前讲话，又怎么敢想做培训呢？"她低着头，咬着嘴唇，声音越来越小。

我很认真地看着她，"Cherry，胖和瘦不是培训的本质，我也入行很浅，但是我认为培训是激励员工热爱工作，在这件事上，用心比其他的所有外在因素都重要得多。"

她突然抬起头看我，"真的吗？"我看着她很确信地对她点了点头。

"其实John和苏总对我很好，虽然他们要求高，但是都是合理的要求，只是我……不太自信，做事犹豫不决，所以我真的觉得，我可能不太适合给老总做秘书。但是对于酒店，毕竟工作了这么长时间很有感情，说实话对于选择离开我真的考虑了很久。悦，真的谢谢你。"

说完这些，她反而看起来坚定了不少，拿出文件夹，专心地跟我交接工作。

"这是我整理的工作要点，他们两个都非常看重酒店利润、客户满意度、业主返利、员工满意度。"

"这是老板们应该关心的指标啊，毕竟这与他们的考核息息相关。"

"但是苏总更看重成本控制。"她着重强调道。

一听到苏总，我眼神中马上多了一些慌乱，还好她低头看文件，并没有发现。"苏总除了看重成本，还有其他我需要注意的吗？"我忍不住问道。

"嗯，没有了……但是John对消防安全极其关注，而且集团对于所有酒店在消防安全上的要求都极其严格。"卷发妹思索了一下回答道。

的确，消防安全是芮华集团要求各个酒店总经理肩负的最重要的责任，比如消防通道的畅通、定期的消防疏散演练、设备的保养，等等，总经理都会亲自过问的。

一下午的时间，我们都在商量每天怎么协调行政办公室和培训部的安排，核对各种表格数据，等把这些内容理清楚，已经快6点了。本来卷发妹约我一起去员工餐厅吃晚饭，但是因为有约就谢绝了她的好意。下班前，把整理好的协商结果和接下来的工作安排，以邮件的形式发给John过目，希望他能对结果满意。

6:30，出酒店时天还亮着，微风吹来，非常舒服，告诉了的士司机地址，就开始看着窗外的风景神游，那应该是一个很高级的餐厅吧，之前听"蓝眼睛"提起过。

下车，眼前是一栋老式洋房，暗暗的灯光，穿着旗袍的迎宾小姐，很有老上海的感觉。我报了苏朝阳的名字，她带我去二楼，来到窗边的一个两人位，入座。窗外正好看到黄浦江，东方明珠绚烂的灯光，美得让我移不开眼。去年生日还是在悉尼达令港和Jason一起吃的海鲜，没想到今年会在外滩和认识不

到一个月的老板一起用餐。人生的未知数，不断地给你惊喜，也让你捉摸不定。不过每天会有不同的故事，也让我对未来的每一天都充满了期待。

"风景不错吧！"我看着窗外有点入神，居然没有注意到他已经到了。

"是啊，美得好不真实，像一幅收藏在博物馆里的画。"

"是吗，我却觉得美得很真实，就在眼前。"他说这话的时候，不是看着风景，而是直直地看着我。

我定了定神，鼓起勇气说："苏总，谢谢你的花，但以后类似的事情不要再有了，可以吗？"

他先是一愣，然后问道："是不喜欢吗？"

"不是，是觉得有负担。"我觉得我需要让他知道我最真实的感受。

他接过服务员递过来的凉毛巾低头擦手，没有说话。等他抬起头，很认真地看着我说了句："好，我知道了。"然后给了我个笑容，没有任何的不开心。

果然，说出来了我心里反而轻松了许多。

"你有忌口的吗？"他接着问道。

我轻轻地摇摇头。

"那么我就来点菜了，顺便再来点红酒吧。"从他点菜的熟练程度，可以看得出，这里他经常来，懂应酬，也懂交际，和爸爸有点像，估计酒量也很厉害。

自从说开了，和他的相处我也少了很多负担。整个晚上，我们都没有聊太多的工作，但多数时候也都是他在说，我在听。从他为什么去英国读硕士，到为什么他回上海之后，在业主公司的投资部门就业。后来业主公司开了蓝柱酒店，需要派一个代表，董事长觉得苏总比较机灵，就委任他过来了。他细细地讲着，我认真地听着。

他刚开始完全不懂酒店行业，为了了解这个领域，从开业前一个月入住酒店，在酒店住了整整三个月，用尽办法把酒店各个部门仔仔细细、从里到外摸了个清楚。尤其对销售，他笑着说Fiona当初把他视为恶魔，见了他能躲就躲。

不过也是在他的魔鬼领导下，酒店的生意在开业之后的两个月就非常不错了，也是个奇迹。

还有他的爱好是打羽毛球，但是现在工作忙，没有更多的时间去运动，所以他说身材目测有提早发福的趋势。他喜欢旅游，每年都会休假一个月去一个国家深度游，他说去年去了埃及，在五千年历史的地方他感受到了人的渺小与历史的伟大。不知不觉，在他一段一段的故事描述里，我好像离他越来越近了。

虽然嘴上没说，但或许他是想用这样的方式告诉我，他并没有看起来的那么有距离，也没有我想象中的喜欢"胡作非为"。

外滩八号的菜美味且精致，景色醉人。苏总真是挑了一个用餐的好地方。吃完蛋糕后，我举杯说："苏总，谢谢你的款待，今晚非常开心。"

"悦，你开心就好，明天就开始给我做秘书了，如果我脾气不好，还请多担待啊。哈哈……"他一口气干了杯中的酒。

"我喝了酒，今晚没有开车，我打车送你吧。"他买完单之后说。

"不用了，谢谢。也不顺路，我自己打车回家就好了。"

"那到家了跟我说一声。"

"好，一定。"

回到家，桌上放着一个很小但是非常精致的蛋糕，妈妈听到开门声，"生日快乐！快点，我们许愿，吃蛋糕。"

其实我已经吃得很饱了，但是这个蛋糕也是必须要吃的，哪怕只是一小块，减肥的事就留给明天吧。

"我到家了。"这是我主动给苏总发的第一条信息。

"晚安，好梦。"

2003年8月6日

如果说欧阳像一款鸡尾酒，那么苏总更像一杯干红，浓郁、醇厚、热烈。

第二十五章 有点慌了

鸡尾酒或许不会伤害到我,干红如果真的喝多了,那么结果是不是会醉了呢?

明天我要回到行政办公室工作,这次是伺候两个老板。祝我好运吧!

第二十六章　预料之中，意料之外

今天一睁眼，就看到妈妈拿着一套白色的裙装站在我面前，"你一大早的怎么也吓人啊！"我睁大了眼睛。

"这是我昨天看画展回家的路上，路过一个小众设计师品牌店，给你选的国货，货便宜但质量真好。"妈妈得意地看着衣服。

洗漱完毕，画了淡妆，这套衣服上身还真的很显气质，我不由得感叹妈妈具有艺术家的眼光。

今天是要去行政办公室上班的第一天，我提早了半个小时出门，一出门就和灿烂得不行的阳光撞了个满怀，回想了一下，早上天气预报显示今日最高气温38℃，忍不住一阵叹气，不过又有点庆幸，还好最难熬的温度我都在酒店的庇护中度过。

刚走进二十五楼的办公室，就听到苏总房间里有争论的声音传出，"苏总，厨房安素系统的改造非常重要，采购单已经提交有半个月了，我想知道为什么迟迟不批？"Gordon 的语速很快，听起来非常焦急。

"苏总，目前厨房存在安全隐患，如果不及时改造，酒店的生意一直这么好，我怕……"林工没有说完后面的猜测，毕竟这是酒店最忌讳发生的，谁都不想这样的事情发生，哪怕只是想象。

"业主方的采购部一直在比较三家供应商的价格，我也已经催了两次了，

要不今天我去一次业主总公司吧。"苏总作为酒店和业主的中间人，很多时候也有他的无奈。

我看着眼前的状况，犹豫着没有再上前，而是等待着一个打招呼问好的适宜时机。谁知，这个时候"大个子"吹着口哨推门进来了。

"早上好，悦，今天好吗？"他看起来心情不错，显然他还没有注意到苏总办公室里的情况。

听到声音的苏总、Gordon 和林工，看向我们这边，他们三个看到我也在的时候，眼神明显都愣了一下，显然是没反应过来这个时候我为什么出现在行政办公室。

被动地站在那里"听墙角"，我心里十分心虚和尴尬。正在此时，"大个子"救了我一命。

"你今天的衣服很漂亮啊，不错不错，给我们行政办公室增色不少啊。"

林工和 Gordon 也随声附和，我赶忙提起精神，一边问好一边致谢。

"谢谢 John。"我一边心里感谢 John，一边感谢妈妈选衣服的眼光。

等我们都回到自己的工作地点，他们才继续刚才的话题。

"苏总，这个星期能不能给个确切的答复呢？"哥顿依然坚持，毕竟是总厨，对厨房的要求可能会超过一般的餐饮总监。

"没问题。"苏总用广东话俏皮地回复哥顿。哥顿和林工这才放心地离开了苏总的办公室。

"这是今天的报告。"我把晨会的报告整理好，打印出来递给 John。

正准备给苏总也送一份，一转身就看到苏总端着一杯咖啡，站在我工位旁边。

"今天的衣服格外美啊，来我们这办公还让你破费了啊。"这句话虽然他是笑着说的，但总觉得有点酸。

"是吗，那看来我回家要好好谢谢妈妈了，都是她的功劳。"我把报表递给他解释道。

他不置可否地挑了挑眉,一副你说什么是什么的态度,但明显笑意更浓了。哎,其实苏总有时候也是有点幼稚啊。

L酒店的晨会与R酒店风格不同,"大个子"的风格比"蓝眼睛"更加活泼。他喜欢在会上让大家更多地分享服务案例,不管是优秀的还是被投诉的,而不是仅仅读一下报告上的数据。我想陈小姐的口才应该在这家酒店得到了很大的提升,她每天都会用英语分享两三个故事给我们。其实在酒店的对客服务部门,一个非常有效的服务技巧或者说是沟通技巧就是感同身受。也只有当你能学会用语言还原事实,才能更好地体会到当时客人的痛苦、焦虑、烦恼,处理问题才能和客人共情。我在本子上认真记录着每一个故事,因为这些都是给员工培训时最好的案例,而且身边的故事才更有说服力。

苏总汇报了下午去一趟业主总公司,跟进厨房系统采购事宜的工作安排。

散会之后,我去了趟人事部,把我的想法和卷发妹仔细沟通了一下。

"我今天听完陈小姐讲的两个对客服务的故事,尤其是昨晚对客服务经理把5501房间食物中毒的客人送去医院的故事,深深地被触动了。我们可否在以后的培训,或者……在每日快报上,做一个故事专栏?"我若有所思地说道。

"这个主意真不错啊,那这个交给我吧。我以前听了那么多故事,怎么就没有想到呢?"卷发妹搓着手,一副跃跃欲试的样子。

"你的文笔也终于可以让全酒店的员工欣赏了。"

"那也要多谢你的提议啊。"被表扬的卷发妹笑得眉飞色舞,所以说自信的人最可爱,看着现在的卷发妹,我也忍不住为她开心。

我们快速协商了一下,因为行政办公室还有很多工作等着我。以后我负责记录然后编辑初稿发给她,她进行进一步编辑、润色、排版,然后发布在酒店的每日快报上。

"那今天故事你已经知道了,我就直接交给你啦,加油。"说完,我站起来,

第二十六章 预料之中,意料之外

和欣妍、Bill 寒暄了几句，便拿着资料与本子走出了人事部。

咦，怎么两部员工服务电梯都显示"暂停服务"啊，好奇怪啊，一般工程部不会同时保养两部电梯啊，这让厨房、客房需要运送东西的同事怎么办啊？

我只好走楼梯去一楼大堂，准备坐客梯上去。还没出去楼梯间就看到，有好些员工陆续从楼上下来，有大堂酒吧、前台、餐厅、厨房的员工。不对啊，今天晨会上没听说有消防演习啊？再说真有演习，一般也是安排在下午酒店生意不太忙的时候。直到后来看到有客人也从楼梯间出来，才反应过来不对劲儿。我正思索着，突然听到"大个子"的声音，抬头一看，他正气喘吁吁地看着我："悦，我们三十楼中餐厅有火情，我先去和安保部总监会合，你留下来帮忙。"

我顿时愣住了，有些没明白他在说什么。脑海里又回想了一遍他的话，中餐厅？火情？出事了？！看着陆续从消防楼梯门出来的人流，我意识到应该立刻引导客人去安全疏散点。在大楼一侧的花坛前，有一片空地，随着人流逐渐少了，我也来到了空地。此时室外的温度已经高得吓人，所有人都汗流浃背。客人们有些慌慌张张地出来，还穿着拖鞋，有的带着孩子，还在哭闹，有些拽着员工的衣服一个劲儿询问情况。可很多员工也是一头雾水。为了安抚大家，保安部总监 Jonathan（昵称：保安老大）一边抹掉额头上的汗，一边拿着扩音器，一遍一遍喊着让大家排队核对身份，"请大家排好队，我们过会儿会一一确认你们的身份，请大家不要惊慌，火情是由三十楼中餐厅的厨房引起的，现在已经将火扑灭了，但是由于一开始火蹿了出来，所以触发了整个酒店的火情报警系统，为了大家的安全，所有人都必须进行紧急疏散。"

看来哥顿和林工的坚持是对的，他们的确是发现了隐患，才会催着苏总要尽快批复。但是等一下，为什么我在人事部没有听到消防警报呢？整个地下室为什么都没有报警？我吓得手都在抖，但是提醒自己要镇定，我立刻打电话给钱小姐询问，让她带领人事部的同事来疏散点，并且打印一份今天上班的员工名单。

正当我打电话之际，林工跑了出来，对着保安老大点点头，保安老大继续大声地解释说："我们已经排除了险情，电梯已经恢复了运作，请大家陆续走进大堂休息，我们有前台的员工在那里为各位确认身份。如果因为天气炎热，您感到不适，请联系我们。刚才大家从那么高的楼层走下来，辛苦了，我们致以最诚挚的歉意。"

我相信很多客人心里憋着一肚子火，但是外面实在太热了，大家可能都想尽快降温吧，所有人都接受了目前的安排，配合地陆续走进大堂。钱小姐看着满眼是人的大堂还没有完全平复下来，我和欣妍、小王、卷发妹拿着名单在大堂与员工进行核对，大家都热得有点无力了，所幸欣妍都能叫出几乎所有员工的名字，所以核对过程还算顺利。

"大个子"和陈小姐在大堂不断地和客人说抱歉、对不起。有要求投诉的客人，他们也都先一一记下了房号，让客人回房间先休息，等客人休息好了，下午他们会在大堂等候客人，进一步处理和协商。"大个子"沉着冷静的应对，还有真诚的态度让很多烦躁的客人都安静了下来，他让陈小姐安排给每位疏散客人的房间送去凉茶与果盘。

"悦，你打电话给苏先生。""大个子"在间隙吩咐我。

我立刻拨通了苏总的电话："苏总，我是悦。"

"悦啊，怎么半天看不到我，就开始想念啦？"显然他对酒店发生的事情一无所知。

"刚才中餐厅发生了火情，John让我告诉你，你看要不要尽快回来。"我没有心情和他开玩笑。相信听完他也不会再有心情。

"什么？中餐厅？……怎么就那么不巧呢？我都几乎搞定了，唉……不说了，我马上回来。"

我向"大个子"汇报了苏总马上回来，同时我也提了一句："John，火警之前我在人事部，那里的警报系统没有响，地下室不在疏散范围之内吗？"

第二十六章 预料之中，意料之外

刚才还非常镇定的"大个子"一下子愣住了,"那么你和人事部是怎么上来的?"他惊讶地问。

"我当时正好处理完那边的工作要回二十五楼,然后看到员工服务电梯都停止工作了,我走楼梯从地下一层到了大堂;而 Emily 他们是我通知才上来的。"

"Eric, Jonathan,你们要彻底查一次为什么地下一层没有报警。""大个子"转身对着他们两个大声说,他们听到也是眉头一紧,因为他们很清楚这个问题的严重性,两个人飞奔到楼梯间下去查看。

我的白色裙子里面的里子已经完全被汗水浸湿了,此时我们每一个人都因为这场突如其来的火情狼狈不堪,但我十分明白,后续的处理还有我们接下来要面对的暴风雨,只会更猛烈。

第二十七章　彻查

下了车，苏总几乎是用百米冲刺的速度赶回行政办公室的，这个人看着有点玩世不恭，但是真有事还是极其上心的。他甚至都没有跟我打个招呼，就冲进"大个子"的办公室，然后顺手把门关上了。

半个小时之后，他和"大个子"才出来，让我召集袁总监、陈小姐、钱小姐、Gordon、Eric、Jonathan立刻去会议室。接到通知，大家陆续赶来，找到自己位子坐下，想必大家都知道这次火情的严重性，都低着头思索着，没有一个人开口说话，连简短的问候都没有。会议室气氛凝重得有点让人窒息。欣妍告诉我这是开业以来第一次全酒店的真实火警疏散，起初她也被这个消息震惊了。小萌听说了消息，也赶忙打电话给我，问候我的平安。消息传得这么快，想必今天之内不仅是上海地区，整个集团都会知道我们酒店的这次火情。可想而知，在座的每一位身上的压力有多大。

等人都到齐了，"大个子"说："今天非常不幸，发生了开业以来的第一次火情。在这样的气温下，我们的客人还有员工从几十层高的消防楼梯走下去，这样的经历实在是糟糕透了。大部分的客人和员工我们目前都已经做好了安抚工作，现在我们的工作重点是要彻底查明原因，在向总部汇报前做好自我检查，深刻反省，还有制订出下一步的整改计划。请Jonathan先汇报一下整个事情的具体情况。"

保安老大手上拿了一沓报告，根据芮华集团的要求，但凡酒店发生火情，都要把整个事件的前因后果，特别是各个关键时间点发生了什么，上传到一个专用的平台给总部进行进一步的审阅，因为集团最重视员工与客人的生命财产安全。

"中午11:40分，接到三十楼中餐厅厨房报警，我和Eric，还有前台一名对客服务经理立刻赶到现场，灶头油锅已经起火，厨房的员工正在用灭火毯控制火势，疏散警报当即被触发。在油锅起火前，厨师在灶台上工作，因为有服务员询问菜单，在没有关火的情况下，去和服务员核对菜单。据他回忆，差不多离开十分钟。全酒店范围除了地下一层都听到了警报，虽然事先没有通知任何消防演习的计划，但客人们与员工警觉性和自觉性都非常高，他们都纷纷丢下手上的事情，寻找附近的逃生楼梯，往一楼走。"他稍微停顿了一下，吞吞吐吐有点难以开口，但又不得不继续道："地下一层的报警系统我和Eric查了一下，是因为……开业一年后有一次报警装置的改造……而那次改造业主公司没有支付尾款，所以供应商就没有激活报警系统，导致地下一层的报警失效。"他很艰难地说完，摸了摸脑袋，小心地看了苏总一眼。

到现在还没有支付尾款？我简直震惊，这个酒店有多少尾款因为业主的原因而没有付啊，我现在深刻体会到老严对我说的话，的确隐患不少啊。

"大个子"看着苏总，苏总此时也是眉头紧蹙。

"苏先生，这次火灾让酒店对于消防安全采购方面的问题曝光得很彻底，幸亏平时的消防培训还算有效，厨师们及时控制了火势，否则后果将不堪设想啊。"

哥顿的两只手交叉抱在胸前，神情凝重，他最担心的事情还是发生了，当时在火灾现场的厨房同事正让Bill陪着去医院做检查呢。

"我已经向董事长汇报了整个事件，业主公司对这次事故表示歉意。我们会请所有与消防设施有关的供应商明天到酒店，进行排查、整改，所有费用都由业主公司支付，并马上落实。"苏总的这番话十分真挚，说完他满是歉意地看着大家，对于自己没有做好这个中间人的工作，很是自责。但其实，大家都知道，业主方的很多决定光靠苏总的周旋也是无济于事。

财务总监袁总监接着问道："我已经把报告发给保险公司了，他们会预估并启动理赔程序，地下一层有没有人员与财产的损失？"

保安老大摇摇头，说："地下一层没有，目前是三十楼中餐厅厨房的灶台与墙面有严重的损坏。"

袁总监看着陈小姐问道："客人那里的情况怎么样？"

"一共有27间房间，火警报警系统警报时是有客人在的。"陈小姐回复说，L酒店百分之六十至百分之七十都是商务客人，白天在房间里的客人不多，现在想来这是不幸中的万幸了。"目前他们都回到房间里休息了，凉茶与果盘已经陆续送到了，有五间房间的客人坚持投诉。最严重的一位客人是位七十岁的老太太，她说她走下去后关节疼得难受。我们准备等她稍微好些了，安排车送她去医院做一次检查。"

"好，接下来继续追踪这些客人的诉求，处理好客人投诉，安抚好他们的情绪。""大个子"对陈小姐叮嘱，然后转头对苏总说："让供应商他们明天一早就到，我们晨会后你就陪着他们彻查。"他说这话的时候很是严肃。

最后他看着大家："根据芮华集团的规定，一旦发生全酒店的火警疏散，集团总部必然派人来进行面谈跟进。目前我已经收到了总部的邮件。8月15日，黎豪业先生和Coco会来进行事件调查，具体的细节我会以邮件的形式发给各位。请大家提前把那天预留出来。8月15日，是下周五。好了，后面的工作还很重，大家先去负责好各自目前重点的工作。有任何问题，必须马上跟我汇报。"

这么快，这才几个小时，总部就已经知道了。而且是"包公"亲自来，还有Coco。我脑海中立马又浮现出在R酒店第一次与他们见面时的场景，Coco

第二十七章 彻查

看着"包公"的眼神令我至今难忘。当时是为了业绩考核，这次是为了 L 酒店的火警事件。

我在工作簿中用红色记号笔特别标注：8 月 15 日，黎总和 Coco 就火警事件进行调查，具体细节与 John 跟进。

散会之后，钱小姐拉着我，她貌似心有余悸，紧张地问道："悦，你还好吗？"

"谢谢关心，已经冷静下来了，你放心，后续的工作不会有问题。"

"那就好，当下你的两个老大心情一定不好，你自己悠着点。"她小声提醒道。

怎么变成我的老大了呢？我只是来帮忙一个月的啊？我的职位完全没变啊，她是我的老大才对啊。算了，她说什么就是什么吧，看她还没有缓过来，我送她到电梯口时，安慰她，让她喝点咖啡压压惊。

"嘀嘀"，我的手机有短信进来，又是小萌，"你们酒店也太不安全了，你要不申请调回来吧，我们这里也需要培训经理啊。"

"哈哈，放心，我还没有那么脆弱，这就把我吓跑了。我在这里蛮好的，也可以多学习一些应急预案啊。"

"听说下周 Coco 和黎总要去你们那里啊，你自己多加小心哦，那个女的，你懂的。"小萌的消息真的是灵通，我们酒店的消息这么快她就都知道了，肯定是"蓝眼睛"告诉她的。

"好，我一定打起十二分的精神应对，唉，我感觉又是一幕大戏要上演了啊。"

"嘀嘀"，欧阳的短信也来了，"听小萌说，你们酒店出事儿了，你还好吗？怕你在忙，就没给你打电话，看到了抽空给我报个平安啊。"

"谢谢，放心，我还好。你最近还好吗？比赛开始了吗？"

"我现在在广州，比赛昨天开始了，感谢挂念，目前的成绩排名第一。"

这是今天目前为止听到的最好的消息了，厉害哦，看来他的状态不错，"恭喜啊，加油，保持住，等你的好消息哦。"

"谢谢，等我拿了第一回来，陪我一起庆祝吗?"

"当然!"

19:00了，"大个子"从办公室出来看我还没走，让我赶紧下班回家休息。今天实在是太多的始料未及，"大个子"开完会后也一直在办公室接打各种电话，一直没出来过，连洗手间也不曾去过。我担心他随时需要帮手，就一直没下班。第一天回到行政办公室就遇到这么大的事儿，也不知道该说我这人是幸运还是不幸。我现在特别渴望马上脱掉这身"美丽的"衣服，洗澡，躺到床上，敷个面膜，这一天可算是要过完了，只盼今晚不要做噩梦才好。

2003年8月7日

太过慌乱的一天，但"大个子"的沉着，苏总主动承担责任的勇气，都还是让我相信，L酒店有了这两位老板，未来这些一定都会好的。

唉，下周又要见Coco了，希望不会再有什么始料未及的幺蛾子出现。

第二十七章 彻查

第二十八章　问责

闹钟还没响，我就被短信提示音叫醒了。起床气刚想发作，一看是欧阳，这么早！

"悦，可能你还没起床，但太想第一个告诉你这个消息，这次比赛我总成绩排第一名。今天晚上就回上海，晚上你有时间吗？"

确实是个好消息，也许是今天内唯一的好消息了，可是今天还真不知道几点能下班。

"这也太棒了！不过今天真的不行，'大个子'专门强调今天'包公'来，让大家把今天空出来。不过周末都有时间，到时候一定给你庆祝。"发完短信，起床。多谢欧阳一早的好消息，起码可以让这个早晨变得明媚一点。

今天一早就要去大堂迎接"包公"和Coco的到来，他们一早的飞机从香港到上海，10点左右到酒店。自从发生了这次火情，业主也不得不关注起酒店的消防设施，采购流程顺畅了很多。几乎每天都会有消防用品方面的供应商来查验设备，和工程部、保安部一起列出问题，提交整改方案，有些方案内容还需要我进行翻译。这段时间，我已经无暇顾及培训的工作了。卷发妹在欣妍的带领下，加班加点地学习如何给新员工做入职培训，好在每日快报上的服务故事我还来得及跟卷发妹对接更新。感人的故事每天都在酒店发生，最近的一个故事就是关于因为火情投诉关节疼的老太太的后续，苏总为她找了一个特别厉害的中医，每天下午给她的关节和小腿进行两个小时的治疗，老太太说她现在恢复得很好，走路也比之前轻松了不少，也不生气了，还一个劲儿地感谢我们，嘱咐她儿子说以后来上海只住 L 酒店。

看来，很多时候客诉没有那么可怕，客人也大多不是洪水猛兽。当客人还愿意向你抱怨的时候，说明还有挽救的余地，真正的不可挽回反而是再不愿多说扭头就走。

10 点，我和所有的总监都已经在大堂就位了，钱小姐站在我旁边，紧张地拉着我的手，她手冰冷，手心在冒汗，看来对 Coco 的到来是有些畏惧的，我轻轻地拍了拍她的手背递给她一个安慰的眼神。

她给了一个还算能看的笑容给我，看来安慰还是起了一点作用。

反观"大个子"，他倒是丝毫看不出紧张的情绪，神情自若，还时不时地和过往的客人打招呼，问问他们入住的情况。在他看来，做好当下，比担心上级的审查要实际得多。而且他打心眼里十分重视客人的体验和员工的安全，从这些天他和消防用品供应商开会的细节看来，他严谨得几乎是要把酒店的安全系统重建一遍。

正想着，一部黑色奔驰缓缓驶进了酒店车道。陈小姐看到后，赶忙走出门外迎接。钱小姐也赶忙跟了出去，我犹豫了一下，还是决定就站在大堂，不去凑这个热闹了。可能是因为天气太热，"包公"的西装外套拿在手里，只穿着浅色的衬衣衬得他肤色更黑了些。"大个子"上前握手，和一旁的 Coco 打招呼。走进大堂的时候，Coco 看到了我，眼神顿了一下，钱小姐看到马上解释说："Coco，是这样的，因为目前总秘职位空缺，所以安排童悦在行政办公室先帮忙一段时间。"

我笑着向 Coco 点头问候，她一张涂着玫红色口红的嘴张了张，好像要说些什么，但好像最后又咽了回去。这有点不寻常，吞吞吐吐不是她的风格，她这样反而让我有些紧张起来，这个女人总是给人不舒服的感觉。

第二十八章 问责

"我先带你们回房间吧,房间都已经准备好了,两间挨着。"陈小姐边按电梯边说。

　　挨着?我看了一眼陈小姐,又看了看大家的表情,没有人露出诧异的神色,看来这里的每一个人,对于这个八卦也是清楚得很啊!不过,这个挨着,是不是说得有点太明显了。

　　"包公"好像没有丝毫介意,只是点点头,和Coco跟着陈小姐进了电梯。等他们离开,我们一行人一起往会议室走去。

　　会议室桌上已经放好了开会需要的全部资料,为了准备这些资料。我昨晚加班到10点。电脑今天一早我就已经调试好了,演示文稿也已经复制在桌面上了。所有人都准备就绪,静等他们回来,等待的时间总是过得异常缓慢。

　　终于传来高跟鞋由远而近的声音,来了。"大个子"站起来,其他人都赶忙跟着站了起来,陈小姐走在前面一步远为他们开门,请他们两位先进。"大个子"招呼"包公"和Coco入座,然后他自己坐在电脑旁的位子。

　　"大个子"环视了一下会议室里的人,算是给大家打了个气,才开始讲道:"大家早上好,非常感谢黎总和Coco来酒店调查发生在8月7日火警疏散事件的相关事宜。通过之前邮件的沟通,今天的会议日程安排如下,首先由Jonathan汇报火情发生经过,袁先生汇报保险理赔的跟进,陈小姐汇报客人投诉的处理,Emily汇报厨房员工的近况,最后也是最重要的——目前消防系统的排查、整改和重要时间节点。"

　　"包公"点头示意开始,整个汇报他听得非常仔细,不时打断汇报的总监提问,比如厨房员工当时离开的原因、如何核对客人的信息、员工受伤情况、赔偿总金额计算方式,等等。在整个过程中Coco都在做笔记,并时不时地看着"包公"。

　　最后一个环节是由苏总陈述的,消防系统的排查与整改,包括地下一层、厨房安素系统、报警联动、中央监控,等等,需要整改的报价在五十万元左右,苏总很诚恳地传达了业主公司会全额付款，并在一个月内全部完工。从苏总的整个讲解看得出，他最近一定频繁地在过稿子，内容讲得十分翔实，衔接也十分流畅，中间一点废话都没有。"大个子"非常满意，我也在心中为他点赞。

可是等苏总发言结束，会议室也静了下来，没有一个人开口，"包公"微皱着眉头没有开口的意思，所有人紧张的情绪一下子就上升了一个级别。没想到最后是Coco先打破了沉默："这个事件很大，影响非常恶劣，芮华集团是最重视客人和员工的安全的。我们这次过来，是要发现问题，并对过失者进行处分的。"

这么说，如果还不明白就太傻了，原来，这次他们来的重点在这儿——要找出整个事件负责的人，并给予相应的处分。我心头一紧，通常这样的事件，总经理是跑不了的，所以他们会怎么问责"大个子"呢？

Coco冷冷地扫视了会议室一圈，目光最终落在了"大个子"的身上。真的要处分"大个子"吗？我的心就这么一直悬着，但此刻我只能盯着面前的本子干着急，会场里的总监们也大都如此。

这时，苏总突然站起来，语气十分坚定地对Coco说："如果一定要处分，请处分我吧。"他话音刚落，所有总监齐刷刷地抬头看向他。

"厨房安素系统的采购单酒店给我几周了，是我没有引起重视，业主公司没有批复，我也没能及时跟进，是我的失误。"Coco惊讶万分，她看着苏总一时不知道如何作答。

"包公"却开口接下了苏总的话："既然苏总认错态度这么好，那么Coco会出具一份书面警告给你。"接着他不紧不慢地说道："今天的调查，大家都很配合，我看到了你们团队很好的精神面貌，也相信在John的领导下，你们的生意会马上扭转，走上正轨。"

之后，"大个子"就宣布散会，他陪着"包公"和Coco去餐厅用餐了。

回行政办公室的路上我和苏总一起，我看着他，想要开口又忍住了。毕竟

刚受了处分，现在问等于揭人家的伤疤。

苏总注意到我的欲言又止，却笑了，故意表现出一副破罐子破摔的可怜样子。

"想问什么就问吧。"

我又看了看他的神情，确认真的没事，便问道："苏总，你刚才为什么这么做？"

"的确是我的问题，不是吗？"

"但是 Coco 说那些话的时候，是看着其他人的。"

"我不管 Coco 看着谁，我只知道我应该负责，你放心，我是业主代表，他们不会炒我鱿鱼的。还有，谢谢你的关心，我很开心。"说完，他还给了我一个 wink（抛媚眼）。

我没好气地看了他一眼，就径直走了，苏总却笑得更开心了。这个苏总，明明是认认真真的对话，一秒钟就能让他带跑偏了，我也是自找的，没事担心他干吗啊。

回到工位上，我感觉自己快虚脱了，胃发来的信号，总是最先提示你身体需要补充能量了。约上欣妍、卷发妹一起吃饭去，先把肚子填饱再说其他的。刚打完饭坐下，她们就忍不住向我抛来了各种问题。我压低声音把苏总的"壮举"绘声绘色地跟她们描述了一遍。

"苏总原来这么 man（男子汉）啊，之前都没发现。"卷发妹钦佩地说，"之前和他一起工作，总感觉他比较随性，没有想到关键时刻，他真是能担当。"

欣妍说钱小姐开完会回来，在办公室还一副紧张兮兮的样子，她也就没敢去问。钱小姐应该是担心 Coco 找她聊其他事情，毕竟 Coco 是她的大 Boss，她琢磨不透 Coco 的脾气，也不知道如何迎合她。我回想今天开会时，Coco 看着"大个子"的那个眼神，的确是让人不寒而栗，比上次她调查我和 Katherine 事情的时候还要凶残。

我心里默念，还好，他们明天就走了。

整个下午，我都在忙着整理会议记录，然后把开会的文件和演示文稿修改整理、翻译之后发给"大个子"，他要转给"包公"。快下班的时候，欣妍打来了电话，"悦，你下班了吗？"她压低声音说。

"还没有呢，还有几个邮件要发，怎么了找我有事吗？"

"下午Coco来办公室找钱小姐了，她们关门聊了几个小时，出来之后，我看到钱小姐的眼圈都红了。"

"啊？聊什么至于聊到哭吗？"不过，Coco气场本来就在那，钱小姐胆子又那么小，被吓到了也是有可能的，但她这心理素质也确实不太行啊，怎么说也是一个部门的老大不是。

"我猜应该和工作有关，具体的我也不清楚。我们就多留点心，先静观其变吧。"欣妍有点担心，感觉她们这次聊天是凶多吉少啊。

下班到家，我看到妈妈在画画，"如果所有女人都像你一样温柔就好了。"

"妈，你说为什么一个女人看上去总是高冷得不行，跟人格格不入，看上去也没什么朋友？"

"还能是为什么啊，缺爱呗。"妈妈回答得理所当然，丝毫没有过多的考虑。

会是这样吗？不过我还是很相信妈妈看人的眼光的。

2003年8月15日

都说可怜之人必有可恨之处，那可恨之人是不是也有可怜之处呢？唉，其实从某种角度看，Coco也挺可怜了。不过这也是她自己选的。

不过，女人何苦为难女人呢？

Emily胆子小，但是我觉得她算很努力的了，事事也尽力，希望Coco不要为难她吧。

第二十八章 问责

161

第二十九章　改变命运的相遇

　　距离酒店火情事件发生已经不知不觉一个月有余，明天就开始"十一"黄金周了。夏日炎热悄悄退去，秋日的微风阵阵袭来，心情也跟着少了很多烦躁，多生出几丝惬意。随着酒店消防系统完成全面整改，9月份的生意与去年同期相比还增加了百分之五，虽然看似没有因为火情事件造成太大的影响，但每天晨会大个子还是会一再反复强调对客服务的重要性，让一线运营部门千万不要放松警惕。

　　欧阳获奖让我们R酒店四人组(我、小萌、欧阳、杨奕)又聚在了一起，顺便也带上了拖油瓶阿棋。我给欧阳的礼物是一早选好的袖箍，虽然当时并不知道最后的比赛结果会是如何，不过一直都对他很有信心。比赛过后欧阳也如约加入了Mademoiselle餐厅，也因为他的加盟，餐厅的酒水生意非常好。他们餐厅最新的创意是用每一款主菜品都搭配上一款鸡尾酒，有时客人还会为了想要品尝鸡尾酒，选择对应的菜品。这样的组合销售方式吸引来一拨儿又一拨儿的年轻人，所以餐厅的菜品销售也不用担心了。在上海这样的城市鸡尾酒消费不是很普遍，欧阳的确引领了一个潮流。我们也从此多了一个聚会的好去处。那天聚会欧阳还很兴奋地告诉我，他在筹划出版一本与鸡尾酒有关的书，希望能够让鸡尾酒变得更普及，可以让感兴趣的人自己在家里也可以调制鸡尾酒。

　　我无意中把这个消息带回了家，听到这个消息最兴奋的是妈妈，说等正式出版上架了，她要买几十本，让欧阳签字，然后送给她的朋友们。说以后她们姐妹再聚会也可以尝试自己调酒喝了。没想到妈妈对调酒也感兴趣，不过也开心看她每天的生活都那么充实快乐。

最近我一直关注钱小姐面试总经理秘书的进度，虽然中间她推荐了几位给"大个子"面试，但最终都没有录取，当初说我来行政办公室帮忙一个月的，现在期限到了也还没有个看得见的结果，或许今天是该找个机会和"大个子"聊聊了。

今天的晨会内容相对轻松很多，销售部汇报了"十一"长假的入住率，从百分之九十五回落到百分之六十到百分之六十五，虽然有所回落，但也属正常，毕竟L酒店以商旅客人为主，假期的入住率不如平时，周末不如工作日。另外陈小姐宣布了从10月1日到10月5日的值班经理名单，目前酒店预测的入住率不高，"大个子"强调尽量让能够休息的员工回家度个假，特别是家在外地的员工。值班经理一般都是各部门的总监，如果出现休假，会由部门经理顶上，但因为"大个子"的特别强调，这次的值班全部由总监负责。我注意到当陈小姐念到10月5日是钱小姐值班的时候，钱小姐露出了紧张的神色。我记得之前听欣妍说过，钱小姐非常不喜欢与客人打交道，一方面因为她的英语能力弱，另外一方面钱小姐看到客方公司的高管，就会抑制不住地紧张。

但是10月5日的入住率只有百分之六十左右，前台、客房、餐饮压力都不大，应该不会出什么乱子，更何况各个部门的负责人也都在。

散会后，我想了想，还是上前敲了敲"大个子"办公室的房门，"John，您好，我想今天约您谈一下总秘招聘的事宜，不知道您什么时候方便？"

"大个子"抬头微笑地看着我，好像已经看透了我所有的来意，没有丝毫推托，说道："现在就可以，跟我来吧，我非常愿意和你聊聊。"

这下子反倒是我蒙了，难道不是应该请我坐吗？这是要去哪儿？虽然满心疑惑，但还是跟着他走出了办公室，因为他个子高，步伐大，刚才又愣了一会

儿神，我在后面只能一路小跑。苏总看到我们一前一后走出行政办公室，路过的时候，隔着办公室的玻璃窗，朝我挥挥手，做了一个鬼脸。这个苏总，不过我也只能朝他摆摆手，就赶忙追"大个子"去了。

等大个子站定，我才反应过来他带我来到了一楼大堂。站在宽敞明亮的大堂里，他指着酒店大门说："悦，我入职酒店业的第一份工作是门童，那是几乎三十年前的事情了。"他是要向我讲他的从业故事了吗？我心里一阵惊喜，满是期待地看着他。

他看着我笑了笑，继续说道："我大学刚毕业的时候，留着一头长发，有点像当时嬉皮士的风格，尽管那时我在伦敦从小到大活了二十年，但我并不喜欢那里，伦敦给我的感觉一直太商业化。所以在我脑海里一直有个念头，我要逃离这里，要去世界各地看看，或许可以找到我喜欢的地方。当时我就想，不如先去隔海相望的法国看看吧。但是刚到巴黎，对什么都感兴趣玩得有点过头，没有节制，钱一下子就花完了。然后我就开始了找工作之旅，最开始找工作的诉求就是能挣到钱，其实在我玩的时候，我也有留心到，酒店里进出的都是有钱人、名人、明星，所以小费非常丰厚。于是就跑去 Hotel Ritz 面试门童的工作，那是最著名的丽兹酒店，如果能面试上，温饱一定不是问题，但是在那里工作有个条件，我得去理发。我找了一个巴黎最便宜的街边理发店，把长发剪短，然后就去酒店报到了。做了三个月，存了些钱我就辞职了，去了西班牙，然后是葡萄牙，又玩到没有钱了，最后我回到了西班牙的巴塞罗那。因为我在大学里学过一些西班牙语，所以就又回到了那里。之后在非常著名的 Serrace（塞拉斯）酒店还是做门童的工作，原本只打算做六个月就走，谁知一下子就被这个行业牵绊住了，一口气做了五年。之后加入了芮华集团在欧洲的酒店，做了前厅经理，然后一步一步走到现在，被派到中东、亚洲，最后来到了上海。"

"哇，除了感叹，原谅我现在已经不知道用什么词形容我现在的感受！"但我不禁从心底里为他这三十年不间断的冒险精神喝彩。

"其实我年轻的时候，要的很简单，所以每天只是做门童都非常开心。看到每天往来的客人，我会猜这个客人是不是贵族，这一对恋人是不是关系和睦，这个明星的性格怎么和传说中的不一样，每位客人会给我多少小费。我会想方设法给他们提供最好的服务，目的是为了让他们开心，然后小费也就自然提高了。"

"那么，我可不可以问一下，这些年你记忆最深的一次对客服务经历是什么样的故事呢？"我忍不住好奇道。

他并没有过多地回忆和思索，就开始了他的讲述，看来这个故事他已经讲过很多遍了。

"有一位来自伦敦艺术领域的教授，他非常喜欢毕加索的作品，早年毕加索就是在塞拉斯酒店开始他绘画生涯的，所以那位教授就邀请我陪他参观毕加索博物馆，其实他就是想要一个人听他讲解这些名画，我报备了一下经理，他同意了。你猜那天，我陪他多久？""大个子"歪头看我，调皮地笑了笑。

"三四个小时？"我想这对于看几幅画已经足够了吧。

他好像猜到了我的答案，并没有着急判断我答案的对错，而是继续了他的故事。

"我们从早上9点博物馆开馆，一直看到晚上8点；然后一共连续去了三天。最后他按照酒店的工资支付了我三天的工资，还给了我两百英镑的小费。当然现在这位教授已经过世了，但他对我的影响超过了我的父母和大学里的任何一位教师，他让我明白了什么是艺术！什么是美学！服务其实就是一门艺术，好的服务给客人带来美好的体验。所以那次经历之后，我每一天坚持制服笔挺，对待仪表一丝不苟，自己擦皮鞋，对自己的发型要求极高，一直用发蜡打理，这些习惯保持到今天。"他说到教授过世的时候，眼神有点黯淡，看来即使是教授离开后，他们也一直保持着联系，对于他们来说已经不再是客人和员工的关系，而是成了忘年交。我想，这些是他计划里的六个月变成五年，直到现在一

第二十九章 改变命运的相遇

直留在这个行业里至关重要的原因吧。

"您能遇到这样一位教授，而他能遇到您这么耐心的听众，你们相遇其实也是你们彼此的幸运。"我有点羡慕地感叹道。

"悦，我告诉你这些故事，是想让你明白酒店这个行业充满了机遇，你不知道下一秒你会遇见谁，会遇见什么样的事情。我知道你心里急着想要尽快回到人事部，但是如果你真的是为了有所成长，在哪里不是学习呢？8月份的火情，你难道没有学到如何处理应急事件吗？""大个子"很真挚地看着我。

听完，我的脸腾地就红了，很是难为情，真的谢谢"大个子"的用心良苦。其实，我也是何其幸运，能遇到这样的老板。

"John，谢谢您告诉我您的故事，我很受启发。我会努力做好每一天的工作，也请原谅我之前的焦虑。"

"因为我的第一份工作是在 Hotel Ritz（丽兹酒店），所以我对员工的制服、礼仪、培训、专业度要求都特别高。我想你也听说过，香奈儿小姐在那里住了三十年，她曾说过：'我不理解为什么一个女人可以离开家却没有好好收拾下自己，即使仅仅是出于礼貌。而你永远都应该知道，也许某一天有一个命中注定的机会，而这个机会需要你尽可能让自己变得精致和美丽。'不过在这一点上，你一直做得很好。""大个子"说完，给了我一个肯定的眼神。

"我妈妈是学习艺术的，也经常和小伙伴去看画展，您刚才提到的毕加索，她应该也非常感兴趣。"

"哈哈哈，坦白说，毕加索的画真的很难看懂，我还是觉得巴黎卢浮宫的蒙娜丽莎好看多了，但是艺术不是这么评判的，要了解它需要表达什么，为什么这么表达，才算能理解这幅画，这就是我跟着那位教授在毕加索博物馆三天里学习到的。"

"大个子"还说进入酒店行业工作的时候，他开始用古龙水了，因为在奢华酒店住的客人几乎人人都用香水，这是一种表达身份的方式。他建议我也可以考虑选一款喜欢的香水。

乐意之至，看来假期里的一天要约着小萌、阿棋逛街啦。

这段时间，行政办公室也没有那么忙了。吃完午饭后，我都回一趟人事部，今天要和卷发妹研究商量十月份的培训计划，还有每日快报的故事专栏，她的文笔越来越细腻了，她在描写客人心情的时候，已经做到了感同身受，这也是想让对客服务的员工有更高的共情能力。其实关于共情，我们在婴儿时期就有，一个房间的婴儿，只要有一个哭，其他的都会跟着哭，共情其实没有对错，是一种镜像的表达。如果对于客人投诉做好共情，其实就算是已经解决了大部分的问题了。

等我回到行政办公室已经17:00了，远远就看到苏总叫我，挥手让我去他的办公室，"你和John早上聊天，他是不是和你讲他的从业故事了？"

我诧异地看向他，他怎么什么事都知道？"是啊，您真是料事如神啊。"

"别用您称呼我，显得很有距离感，他的故事每次听来，都很热血。他是不是建议你开始用香水啊？"苏总调皮地看着我。

我张大嘴，愣在那里，然后点点头。不会吧，这也能知道！

接着，他从抽屉里拿出一瓶香奈儿五号，"给，这个送你。"

"送给我？这怎么……好意思呢？我不能……拿。"我忍不住拒绝。

"这有什么不好意思的，你来这里帮忙，一个人身兼两职，而且干得这么出色。是我们不好意思才对。你就当是对你来帮忙的感谢，再说这瓶香水我也不能用啊。"他拉过我的手，把香水放在我手里，也没再说别的，示意我可以下班了。

"假期愉快，七天后见。"

"假期愉快，七天后见！"

我虽然嘴上没说，但心里却泛出了一丝甜蜜。

晚上爸爸有应酬，就我和妈妈两个，我问妈妈："妈，今天老总和我谈了毕

第二十九章　改变命运的相遇

167

加索的画，你对毕加索了解吗？"

"你老总品味很独特啊，他是喜欢印象派的作品吗？"妈妈一听到画，总是很有兴致。

我把大个子的故事告诉了妈妈，然后妈妈语重心长地说："其实你们年轻人选工作都看重集团的知名度，但是真正和你常打交道的就是那么几个人，这与集团的知名度没有任何的关系。理念与文化都是通过人去传递的，你现在的老总和苏总真是你的贵人，你就跟着他们吧，我看他们比那个人事总监强多了，我不认为她能把你需要提升的技能教给你。"

然后她又补充道："与其说选对公司，还不如说是跟对老板。你看那个钱小姐在那个什么Coco的手上，未来的日子一定不会好过。这些人也是，一天天搞得跟宫斗剧似的。"

我不得不说妈妈的话一针见血，她是第一次这么直接表达对于我老板们的看法，妈妈是过来人，我非常尊重她的意见。但我也会认真听从自己内心的声音，不过钱小姐的未来真的会像妈妈预言的那样吗？

2003年9月30日

"大个子"的故事深深地打动了我，苏总的细腻也再次震撼到了我。

未来的我，是继续留在行政办公室吗？如果是，我要去向他们主动表达我的意愿吗？

不过这个问题，我真的应该好好考虑一下了，是选职位还是选老板。

第三十章　不安生的假期

我约了小萌和阿棋今天逛街，分开工作以后才发现，阻隔见面的不是距离而是已经不再同步的时间。周末都不能保证能见到，所以每逢假期我们总要约着见一次。自从听了"大个子"传奇般的故事和他复述的那句香奈儿名言，想趁着黄金周再添置一些优雅的裙装，让仪容仪表更加符合对客服务的定义。但小萌和阿棋还有一层目的，就是扒一扒我和苏总的八卦。

看到因为浓厚香水味不停打喷嚏的阿棋，我和小萌都忍不住笑出了声。其实我也一直不习惯用香水，在澳洲的时候最让Jason受不了的就是古龙水的味道。但既然已经受了"大个子"的影响，而且为了避免误会，就不能只有苏总送的那瓶香奈儿五号啊。而且一些淡香水味道也是十分甜美淡雅的。

我们正挑着、闹着，电话响了。是钱小姐，她第一次在休息的时候给我打电话。哦对，今天是她任值班经理，不会是酒店出了什么事要我回去加班吧？我赶紧接起电话。

"嗨，悦，不好意思，打扰你休息了，你现在说话方便吗？"钱小姐的语气很是焦急。看来真是急事，但看样子不是大事，也不需要我回去加班了，松了一口气。

"没关系，钱小姐，有什么我可以帮忙的吗？"

"今天是我任值班经理，一早来了一个旅行团，你知道是那种夕阳红的团。"

我应声答应，夕阳红团就是五六十岁的中老年人的旅行团。

她接着说："他们的房价压得很低，才五百出头，但要求却特别多，早上投诉空调太冷，他们会关节疼；中午投诉酒店自助餐没有面档，他们吃不惯米饭。后来，中午因为他们吃饭太吵，把几个外国客人惹怒了，现在外国客人在大堂，吵着要见老总，你说我真要找老总出面吗？"其实她心里清楚这样的事不应该找"大个子"出面，但她自己又担心处理不了，所以慌了神。

"陈小姐今天不上班吗？"我问道。

"她前两天任值班经理，之后就去香港玩了，过两天才会回来。"

"那么 Gordon 呢？"对于这样的事，相比找老总求助，不如先去找一线运营部门的总监出面更稳妥一些，而且作为餐饮总监的 Gordon 遇事沉稳，上次厨房火情事情，整个过程他话不多，但是后续的报告写得非常翔实，整改计划也很有条理。而且对客方面他们都是专家。

"哦，对，今天 Gordon 在的，那我给 Gordon 打电话，谢谢啦。"

"怎么休息酒店还找你呢？你那么重要吗？"阿棋问。

"谁啊？你老板啊？"小萌也跟着追问，因为小萌知道一般假期还打电话，多数没好事。

"是钱小姐，其实我现在也不知道谁是我的老板，我每天都要在行政办公室和人事部来回跑。"我每天要服务的老板这么算有三位了，我只能无奈地耸耸肩，故作轻松，把这样的安排看成一次修炼。

"原来是能者多劳啊。"阿棋和小萌都挑眉一副不嫌事大的样子看着我。

买完香水，我们准备去一家新开的冰激凌店打卡，然后去电影院买票，就在这时，钱小姐的电话又来了。

"不会吧，又是老板，这还让人休息吗？"阿棋抱怨道，果然还在象牙塔里的学生是不能理解上班族的辛酸。我示意小萌拉着阿棋先找个位置，我打完电话就走。

"情况怎么样啊？"我接起电话关切地问。

"Gordon 搞定了，其实客人不是投诉吵，而是投诉那群客人在自助餐拿了很多食物，但是好多都剩在那，很浪费。Gordon 听了对这些国外客人的意见完全赞同，然后他非常耐心地和这群中老年客人讲了不要浪费食物，客人们最后也都欣然接受了。"钱小姐说完松了一口气。

不知道的听来，她似乎是在向我汇报工作，但这件事明天晨会"大个子"一定会问起，她是想，"大个子"问起，我可以为她解释。我与钱小姐相处时间长了，也慢慢有些了解她了，她的不自信并不是谦虚，而且心理承受能力不太强，遇到一些棘手的事情总会无比焦虑。

"处理好了就好啊。"我也松了一口气，也算真的放心了。

"悦，你明天上班，如果方便的话，来一下我的办公室，我有点事情要和你说。"本来我以为要结束通话，已经示意小萌、阿棋准备出发了，钱小姐沉默了三秒，突然说道。

"哦，好的，听你的语气应该是很重要的事，我可以先问问是关于什么的吗？"

"Coco 上次来，在处理好火情事件后，来我办公室和我开了一个下午的会。其实她是来做人事突击审查的，事先完全没有任何形式的通知。"钱小姐的声音听起来越来越小。我突然记起了，那天下班前欣妍还专门打电话给我说，Coco 出来后钱小姐的眼圈红了。

这么看来，结果一定不尽如人意，毕竟这是我们一个部门的大事，于是我赶忙追问道："然后呢？现在出来结果了吗？"

"已经出来了，培训这块你做得不错，分数很高，有 96 分。但是很多其他的检查项目……我没有带领 Edith 和 Bill 做好，分数是 69。也就意味着不及格。"看来这个通话一时半会儿结束不了，我面前的冰激凌开始化了，我也没有心思再吃，就把剩下的一个冰激凌球推给了阿棋。阿棋乐见其成地接受，也不再催

我了。

"那么我们可以一起出整改计划啊。"做得不好可以改啊，我们再一起研究就好了。在我看来这也没有多严重，但没想到……

"来不及了，Coco 已经发邮件给我，并抄送给了 John，她要把我调去苏州的一家酒店进行开业筹备，她要把王小姐调过来。"钱小姐深吸了一口气，才调整好把 Coco 的这个决定转述给我。

"王小姐？是 R 酒店的王姐吗？"我不知道自己在听到这个消息后，反问她的语气是兴奋更多还是与她感同身受更多。

"对的，应该这个月我们就要完成交接手续。"她停顿了一下，"其实我在这里做得也很不自信，我的口语怎么样，你也看得出，所以当看到总部的人、看到外国客人都会不自觉地紧张。"

"其实我看到 Coco 也会紧张啊，她总是冷着一张脸，我想谁看到她都会紧张。"虽然我知道此时的安慰对她已经作用不大，但还是忍不住想让她好受一点，毕竟她也不容易。

我犹豫了一下，还是问出了我最想问的那个问题："她这样缺乏亲和力的性格是怎么坐上集团总部的人事老大位置的呢？"

钱小姐有些诧异我会问这个问题，但她的答案却像是在说那还不是显而易见的事："哦，你不知道吗？她是黎豪业先生的情人啊，这个秘密已经不算是秘密了，整个集团和酒店所有高层都知道。"

钱小姐虽然在工作上不够自信，但在这件事上，我也听出了她的不屑。

一种失望夹杂着厌恶的情绪在我心里涌动起来，我想起了小萌说的 Coco 在"包公"房间穿着睡衣签收送餐服务的场景，我顿时起了一身的鸡皮疙瘩，打了个寒战。

"黎先生应该是已经结婚了，不是吗？"

"他家人都在美国的拉斯维加斯，这里没有家属，但是……"

"但是什么？"我忍不住追问道。

"但是黎豪业在国内有私生子。"从钱小姐的口中，我听得出这个事情也已经不是秘密了，Coco 是黎豪业的情人，但是黎豪业还与其他女人有私生子。虽然，我已经有一些心理准备，但这个信息量也着实给了我一记重击，原来世界的很多地方还有着我想也不敢想的故事，每天真实地发生着，都说艺术作品来源于生活。但或许艺术作品都不敢把故事这么写。

"钱小姐，你不要太伤心。我想和你说一句我的真心话，我觉得你身上有值得我学习的亲和力、细致。所以请你一定要重拾自信哦。"在说这话的时候，我突然间有点哽咽了，不知道是同情还是气愤，又或许是又让我想起 R 酒店那段不美好的经历。

"谢谢你，王姐过来，你们肯定能够好好相处，这个酒店未来也会更好的。"钱小姐好像已经整理好了心情，语气听着也开心了不少。

挂了电话，本来心里还满是即将要面临的人事变动，不知是喜还是忧。但被阿棋吵着打岔，耽误了她的宝贵时间要我晚上请客，心里的事很快就放下了。

晚上回到家，我把新买的衣服给妈妈展示了一遍，妈妈却递给了我一本书，《达·芬奇》。

"你看了这本书，或许你的审美会提高一个层次。"妈妈笑着说。

"那是达·芬奇好理解还是毕加索好理解呢？"

"都不好理解，但是达·芬奇无疑是人类历史的一个奇迹，你不想和你老总多一些话题吗？既然你老总和你聊到了毕加索，接下来你就好好看书吧。"妈妈的这招厉害，要自己的能力向老板靠近，就要尽量和老板保持一样的步伐。

我把钱小姐的变动大致和妈妈也聊了一下，妈妈不禁感慨道："可能对于 Emily 来说，去一个外地的酒店不一定会是件坏事。"

不过她又说："但是姑娘，我提醒你，无论以后你身上会新加多少角色，都不要把感情和事业的角色混在一起。因为如果输了那就是满盘皆输。"

我带着对这句话的回味，回到了自己的房间。

2003年10月5日

职场对女性的考验仿佛更多，钱小姐的调离，王姐的加入，Coco复杂的角色设定，看似光鲜亮丽、高高在上的Coco背后是如此大的秘密！

未来的我也会面临这些考验吗？或许吧，但我一定不要让自己陷入这样的泥潭里！

第三十一章　分红风波

从 10 月到 11 月，这一个月的时间里，钱小姐和王姐有条不紊地交接工作也接近了尾声。王姐来了以后也分别与欣妍和小王谈了一下，想要找到这次人事审查失分的主要原因。这期间，王姐也找我深聊了一次，通过了解她判断，Coco 对钱小姐工作最不满意的地方，是对于酒店的很多重要岗位，酒店没有主动地培养接班人。这也正是为什么，总秘一职缺失后我要在行政办公室帮忙这么久。王姐也认为卷发妹非常适合做培训，她还承诺以后会好好培养卷发妹，不仅是在培训上，员工关系、福利等方面的工作也让她参与学习。

"大个子"自从收到 Coco 的邮件，对整个事情的态度一直很淡然。他不想表现出过于明显的态度，其实他很清楚无论怎么表态，同意抑或不同意，都会让事情的走向朝着尴尬的方向发展。况且毕竟也是钱小姐做得不够好，所以他干脆就听从 Coco 的安排。

不过对于我的安排，"大个子"却和王姐专门聊了一次。他希望我在行政办公室帮忙，但又不希望这个安排会影响我未来的职业发展。王姐表示她心里有数，会帮我做一份详细的职业发展规划。

苏总也有几次暗示让我留在行政办公室，不要再转回人事部了。很清楚苏总的建议里也多了些私心，我只好先感谢了他的好意，但是王姐来了，反而让我更犹豫了，如果说之前考虑留在行政办公室是为了跟对人，那王姐其实也是

个对的人。所以面临这样的境况,确实很难一下子就做好决断。只好先走一步看一步吧。

　　整个 10 月份,都时不时听苏总提起他的耶路撒冷计划,他计划在繁忙的 12 月到来之前,把自己的年假休了,不然这一年就又过去了。

　　进入初秋的 11 月,天气微凉,今天我们要给钱小姐开欢送会,也一并欢迎王姐正式入职。我们将场地选在了户外的泳池边,主要还考虑到以现在的气温,客人来户外泳池游泳的概率不大,不太会影响到客人的入住体验。日子定好了,Gordon 就开始陆陆续续地准备了,从菜单到酒水,他对每一次宴会,无论大小,都非常投入。

　　场地的布置是我、欣妍、小王、卷发妹一手操办的。从物料采购到现场布置都亲力亲为,毕竟是人事部的两位老板的交接仪式,我们想要让她们感受到来自大家真心的祝福。小王特意准备了好多粉色的气球,装点在绿植上面,他说女生不管年纪多大,都会保留着些可爱的少女心。我们一起精心准备给钱小姐的礼物,是欣妍亲手包装的。包装上我们还签上了部门每个人对她的祝福,我想钱小姐看到一定会喜欢。

　　下午 1:40,部门总监、经理都陆续来到了室外泳池边。1:55,"大个子"陪着今天的两位女主角,也步入了会场。钱小姐此时整个人的状态跟一个月前相比,发生了很大的变化。自从收到 Coco 的邮件,明确了自己要调去苏州是无法改变的事实,钱小姐整个人反而像把一直紧憋着的一口气终于吐出来了,轻松不少。想来也是,那家酒店只有两百多间客房,筹备期间员工人数也只有几十人,对她而言会更加得心应手。希望环境、团队能让她把自信找回来。钱小姐接过礼物,喜欢得连包装都舍不得打开,一个劲儿地跟我们说谢谢,打开后更是激动,让我们马上把这条项链给她戴上。

　　Gordon 准备的小点心简直可口极了,不仅好吃,还很好看。Eric 和 Jonathan 自打来到会场,手中装着食物的盘子就没放下过。我们开他们玩笑说,这下你们两个连晚饭都可以省了。

反观王姐，虽然看着一直在笑，但总觉得有点心不在焉。

派对过半，"大个子"离席，吩咐我通知王姐和袁总监现在去他办公室开会。等大老板们都离开了，我和欣妍才终于可以放开吃点东西，我们看着香槟还剩不少，就跃跃欲试地准备多喝一些，Gordon却突然跳出来，提醒我们小心香槟的后劲，我们也就及时刹住了冲动的想法。

等我们全部收拾完，再回到行政办公室，已经4点多了，刚走进办公室就听到"大个子"房间传出袁总监的声音："我认为2.5薪太高了，业主公司是不会批复的，而且苏总现在还在休假。"

紧接着就是王姐的声音："我仔细查看了今年的报表，营业额整体比去年高了百分之五，利润高了超过百分之六。一年一次的分红是员工当下最关注的，如果和其他酒店一样只发两薪，员工的士气是一定会受挫的，等过了年，员工流失率一定很难看。"

这么长时间了，他们还在讨论吗？怪不得王姐刚才看起来心不在焉，看来一直在想年底分红的发放。

"呵，哪个酒店过了年员工不流失？"袁总监有点讽刺地反问道。

看来他们对年底分红的事情分歧不小。我之前听欣妍说，钱小姐之前的方案和袁总监的思路一致，定的是年底两薪。但王姐来交接查看了数据后，就直接把钱小姐的方案推翻了，坚持要给员工分红2.5薪。我知道以钱小姐的性格，在提方案之前肯定是和袁总监商量过的，但我不确定的是，当初的方案有没有让苏总过目。所以这次王姐十分坚持提高分红，袁总监会第一个反对一点也不奇怪。

王姐明知袁总监的态度，也一点没有退让的意思，解释道："我整理分析了近两年酒店员工离职面谈报告，其中员工提到频率很高的一个原因就是分红。我不能说分红是唯一的意愿，有直接的因果性，但这其中存在绝对的关联性，而且酒店的生意那么好，为什么不能主动采取一些预防员工流失的措施呢？减

第三十一章　分红风波

少招聘的频率，不是也可以降低酒店在招聘和人员培训上的成本吗？"

看来这一时半会儿，两人的意见很难达成一致了，不然也不会讨论了这么久还没有个结果。我听到"大个子"转椅响动的声音，看来他也是有点头疼。随后，"大个子"只好先当起了和事佬，说道："你们把方案先留在这里吧，数据都写得很清楚了，你们的意见我也十分明晰了，让我再想一下，再给出我的意见吧。"

袁总监抢在王姐前面走出了办公室，袁总监平时还是很绅士的，看来正在气头上。王姐第一天正式入职就要面对这样的冲突，一时之间我也不知道怎么开口，只能学鸵鸟盯着电脑，装作在忙的样子，好在王姐此时也无心与我聊天，径直回人事部去了。

他们刚走，"大个子"就让我赶紧联系一下苏总，不过不巧的是，电话提示苏总的手机不在服务区。我听到"大个子"无奈地叹了口气，"大个子"很少会出现这样的情绪。

我不自觉地走进了他的办公室，希望能做些什么，哪怕是帮点小忙也好。"John，有什么我可以帮忙的吗？"

"悦，你先坐吧。"突然他看着我眼睛一亮，"或许你真的可以帮忙。"

"你先看看这两个分红计划，然后告诉我，以你的角度你会觉得哪个方案更好一些。"

"但是我从来没有接触过分红计划。"我有些担心地回复。

"没有做过才好，这样才能有不一样的视角。""大个子"鼓励地看着我，示意我试试看。

看过这两份计划后，单从数据看，我明白了袁总监反对的理由。酒店员工总人数到年底预估为525名，看似只差半个月工资，但在酒店支出上面却一下子要多出一百多万元，这真的不算是个小数目。但我身在人事部，也深深地理解王姐的担忧。

那有没有可以两全的方案呢？突然我脑海中蹦出一个念头，为什么一定要统一分红呢？做得好的员工多分红一些作为奖励，做得差的员工少分红一些刺激他们，加强他们的紧迫感，未来做得更好，是不是也可以？

"在我给出答案之前，我可以先问您一个问题吗？"因为我之前完全没有接触过分红方案制订，所以并不清楚这样的想法是否符合规定。

"当然。""大个子"回答得很干脆。

"年底的分红必须要全体统一数额分配吗？"他听完先是惊讶，然后高兴地拍了一下额头。看来"大个子"已经猜出了我的意图，"没错，没错，0.5薪可以作为机动机制，应该与评估挂钩，而不是一刀切。"

然后他立刻拿出计算器开始核算，一般杰出的员工占到总人数的百分之十，差不多有五十人；优秀员工会占到百分之二十左右，差不多有一百人。一般员工拿两薪，杰出的五十名可以拿2.5薪，优秀的一百名员工可以拿2.3薪，这样不仅分红的总数额大幅下降，而且还可以起到激励员工的作用。

看到"大个子"专注地研究数据，我就默默地退出了办公室。

他很快把这个想法整理成文字发邮件给到了王姐与袁总监，让他们在明天晨会之前按照0.5薪机动执行，提交新的分红方案。

等"大个子"忙完，走出来对我说："悦，你有没有想过以后做人事总监呢？"

我愣住了，等回过神说："这个职位对于目前的我来说，太具有挑战性了。"

"但是我觉得你看问题总有和他人不同的视角，这或许是因为你接受过良好教育吧。如果有机会，我会和Coco提的，我真心地希望未来看到你有更好的发展。""大个子"十分认真地说道，说完他就回办公室去了。

"大个子"刚走，王姐的电话就来了："悦，我今天下午有点太急功近利了，我看到报表上的流失率太着急了。"

"那现在应该解决了吧。"

"分红问题是暂时解决了，但是我和袁总监的关系还没有。"她的语气中满是悔意。

"你不要想那么多，这才刚入职第一天，大家不熟悉，工作上有摩擦很正常的，熟悉了就好了，大家不都是为了酒店吗，而且你看今天下午派对的时候大家不是都相处得挺好的。"我安慰道。

这边电话刚挂，那边又响起来，这次是苏总，看来他看到了我的留言。

"我在度假诶，也要处理酒店的事情吗？不要这么压榨劳动力好不好？"苏总调皮地说道。

"是 John 找你呢，不是我。看你玩得都乐不思蜀了，袁总监也找不到你。"

"这里让我的灵魂得到了洗涤，太震撼了，在这里你会觉得自己好渺小。"他动情地分享起来，看来这趟旅程给了他不小的触动。

"你稍等，我帮你把电话转过去给 John。"

"你等一下，悦，我回来之后，你做我女朋友好吗？"他突然急切地问。

他的这句话太过于突然，好像是颗烫手的山芋，吓得我电话都拿不稳了，我下意识地逃避，慌忙地赶紧把电话转给"大个子"。

行云流水般做完这一系列的操作，我盯着桌子上的分机电话，半天没有回过神来。苏总要我做他女朋友？开玩笑的吧？在一个酒店？一个部门？而且这么突然让我怎么回答？但转念安慰自己，可能人在神圣的地方，都会有头脑一热的时候，等他回来了，或许就后悔这么脱口而出的表白了吧。

我听到"大个子"在电话里和苏总大致解释了分红机制，然后笑着挂了电话。"苏先生 OK 了吗？"我忍不住冲到"大个子"办公室门口问道。

他笑着点点头，"你可以放心地下班啦。"他朝我挥挥手，看来一切顺利。

2003 年 11 月 10 日

苏总的示爱太过突然，让我措手不及。但是我又忍不住好奇，好奇耶路撒冷是一个怎么样的城市，能够让苏总变得如此冲动。

欧阳因为忙着出书的事，也有些日子没有消息了。

果然，感情的问题比工作上的难题更难解！

第三十二章　做我女朋友好吗

今天苏总回来上班了，我差不多有三周没有见他了，早上走进行政办公室，看到苏总房间的灯亮着，心里咯噔了一下，他回来了。自从上次那个电话之后，他便又失去联系了，"大个子"还开玩笑地和总监们说苏总可能是乐不思蜀了。

他在电话里的表白，顿时又在我耳边响起，"做我女朋友好吗？好吗？……"

啊啊啊，"童悦，你要镇静，你这样不自然反而会更尴尬！"我努力让自己恢复平静。

装作一切如常的样子给他打招呼，"苏总，早啊。"

然后强装镇定与他对视，说实话我也不知道，这个强撑出的笑容看起来别扭不别扭。第一眼看到他很是吃惊，他的变化可不小，皮肤晒得黝黑，瘦了很多，看起来起码瘦了二十斤，但整个人看着精神十足。

他抬头看到我眼睛一亮，脱口而出："早啊，悦，好久不见，你今天好美啊。"

我低头看了看身上的衣服，浅浅地笑了。今天晚上在 Mademoiselle，有欧阳新书《吸饮力》的正式发布会，他说他准备给今晚点鸡尾酒超过八十元的客户每人赠送一本。我一早订了位子，晚上和爸爸妈妈去捧场。欧阳还给妈妈准备了五本，签过名的，让我先替他保密。所以今天我特地穿了一条红裙子，希望给欧阳的新书和餐厅的生意都带来个好兆头。

苏总刚说完就看到他神色间有些悔意,有点不好意思地看着我,赶紧转移话题。

"我忘记电脑密码了,太久没对着这些电子产品了,现在看着电脑都觉得不习惯了。"

"哈哈,看来真是乐不思蜀了,我马上打电话给IT,让他们过来给你重置。"

"本来密码每三个月就要改一次,已经很让我头疼了。这次改密码恰巧是我去耶路撒冷前夕,也忘记记下来了。早知道这样,我就改成Jerusalem123了……哈哈……"

他好像突然想起来什么,站起来,从包里拿出一条银质的手链,递给我,上面的吊坠是非常精致的圆形花纹,很有异域风情,"给你带的手信。"

我看到不是很贵重的礼物,就赶紧致谢离开,很是害怕苏总还会说什么我接不住的话。坐到工位上的那一刻才发现,手心都是汗。还好苏总什么都没有再说,还好除了瘦了不少,苏总一切正常。

晨会上,"大个子"兴致很高地主动让苏总分享一些耶路撒冷的见闻,大家听得也都是兴致勃勃,主要还有苏总给大家带回来的当地巧克力。陈小姐开玩笑问他给我们吃热量这么高的东西,自己却瘦了那么多,是怎么瘦的呢?苏总解释说,大男人心思比较粗糙,不会挑礼物,巧克力最不容易出错,老少皆宜。

虽然苏总没有看我,但我一想到他说的心思粗糙,不会挑礼物,又想到他送我的手信,就有点慌了。我的小心脏啊,求放过。因为还在开会,我还要记录,就暗暗掐了自己一下,防止走神。

还好后来苏总又神色飞扬地继续说道:"基本吃素,戒酒,然后每天走很多路,去看各个地方的名胜古迹,鞋子走坏了两双,就瘦了。"

总监们忍不住表示佩服。

今天会上,"大个子"还宣布了一件大事,就是公布了分红计划。方案已经得到业主公司的正式批准,Coco也发邮件确认过可以执行。之后王姐补充说,希望各个部门总监能配合督促好各位经理、主管公平地对员工进行年终考核，因为考核的成绩将与员工年底分红有直接的关系。

因为上次的分红方案，"大个子"还找了个时间和我深谈了一次。他告诉王姐人事部有任何关于人事、培训、员工关系、福利的重要决定都让我参与决策。不过我的主要办公地点还是行政办公室，平均每天都让我去人事部两到三个小时，我每次学习的内容王姐都做了都很详细的记录，她的文档管理与时间管理的确比钱小姐好很多。整个人事部的文档也逐渐完善，我想下次如果 Coco 来检查，应该分数会很理想。

作为这次考核的负责人之一，我向大家展示了考核需要用到的表格，讲解了如何评分、如何撰写评语、如何与员工谈话等技巧，还表达了如果有任何问题，都可以随时找我咨询。我刚向大家说明完，"大个子"接着补充道："悦以后会参与人事部所有战略性的事务，这是为她未来成为部门负责人做的职业规划，希望大家以后能够支持她的工作开展。"

我看到苏总听到后先有点惊讶，然后马上回复道："保证完成任务！"其他总监听完都哈哈笑了起来，也都纷纷点头表示支持。

散会后，苏总赶忙跑来问我："你要高升去哪里啊？"

"去这里的二十五楼啊。"我调皮地说。

"那你到底还回人事部吗？貌似我不在，发生了很多事情啊。"他急切地问。

"先不回了，就只会参与一些重要事项决策吧。"

"那就好，那就好。"他笑着十分满意地走出了会议室。

王姐和袁总监的关系因为上次的分红事件一直微妙地变化着，袁总监到现在每次和王姐对话都很官方，一副公事公办的样子。虽然也没影响工作，但看着也很是别扭，本来与人打交道，其实越公事公办就越有距离感，"大个子"和我都感受到了他们两个心里的隔阂。

所以"大个子"就安排我策划一次团建活动，在圣诞节前夕举行，其实本

第三十二章　做我女朋友好吗

来团建应该是王姐负责的，但是现在需要被团建的人是她，所以这次团建只能是由我秘密地进行啦。

下午我就收到了团建活动公司的报价与服务内容的邮件，打印出来，准备拿着文件去跟"大个子"过一下流程安排。

"John，我们能过一下团建的流程吗？"

"当然可以。"他点头，示意我坐下。

"这次团建的人员主要有我们办公室的三位，还有王姐、袁总监、陈小姐、Fiona、Eric、Gordon，时间暂定为12月14日，周日，为期一整天，地点在酒店的会议室，团建公司会提前一天来布置场地。"他点头示意我继续。

"一开始团建公司的主持人会用扑克牌将我们随机分组，我们一共会被分为三组，每一组先有半个小时的熟悉过程。过程中大家可以相互提问，但是不能问与工作有关的问题，公司会有人在旁边观察，在半个小时之后，每个小组要推选一名组长。然后这名组长要去台上向大家介绍自己的团队成员在这半个小时内交流出的信息。""大个子"笑着点头。

"当组长介绍完一位，大家如果听到其中有很吃惊的信息，要举手示意。最后他们会统计哪一位总监是让人最出乎意料的人，当然我们也需要反思为什么会这样。"

"哈哈，蛮有意思的。我相信这个人应该不是我。"他说的时候身体前倾，看得出来他很期待这次活动。

"接下来，主持人会让我们每一个人将每天的工作重点、每个月的工作重点、每年的工作重点，写在白板纸上。写完之后，大家轮流去其他人的板上仔细查看。有哪些是之前不知道的，到最后走完一圈，我们要梳理自我对别人工作的认知有多少。"

"这个环节很好，我也想了解他们认为的工作重点与我认为的有没有偏差。""大个子"很是兴奋。

"然后他们会安排三个人一组的午餐，规则是如果我不理解很多 Gordon 和 Eric 的工作内容，我就和他俩一起用午餐。午餐可以随意交流，但是重点还是围绕相互理解。午餐之后，我和团建公司沟通的一个活动叫作'你来处理我的问题'，我们每一个人在白板纸上写出最近比较棘手的问题，然后呢，比如我可以点任何一名总监来给我出主意。这样可以切换视角来看待不同部门的问题。"我看着"大个子"，盼着他的答复。

"那么从谁开始呢？先开始的选择余地更大。"

"抽签决定怎么样呢？"

"这样好，比较公平。""大个子"表示同意。

"你觉得还有什么细节需要修改吗？"

"目前没有，我觉得很好。细节部分先不要透露给任何人，你就发一封邮件让大家 12 月 14 日不要安排任何事情，通知团建活动必须到场就行了。"

"好嘞，明白，没问题。"

其实我也很期待这样的团建活动，有专业的公司、专业的主持人，目的是让大家更加和谐地为 2004 年做好准备。

正高兴着，手机响了，是爸爸，"老爸，怎么啦？"

"是不是该下班了？不是晚上要去陕西路吃饭？我来接你一起去。"我一看电脑，原来已经 6 点了。

"好的，我大概十分钟后就能下去，我在酒店的大堂等您。"

今晚 Madmoiselle 的装饰很是别致，张贴了不少欧阳参赛的大幅照片、新书的封面海报，门口还贴出了"今晚只接受预订"的字样，妈妈看到就直说我们还挺荣幸能订到位置。我心里好笑地看着她，有欧阳在怎么会订不到位子。

欧阳今天的穿着也很特别，暗红色的衬衫，打了黑色的领带，有一种"红与黑"的感觉。他看到我的红裙子，又看了看自己的红衬衫，笑得更开心了。因为今天他是主角，忙得不行，示意我们先坐，然后和服务员交代了几句话，就

第三十二章 做我女朋友好吗

先离开了。一会儿服务员过来告诉我们，我们不用点酒单上的鸡尾酒，欧阳会为我们定制的，妈妈对于能有这种专享服务开心得不行。

没一会儿，欧阳从吧台托着一个托盘向我们走来，上面有三杯鸡尾酒。

"叔叔阿姨感谢再次光临，这是我为你们特意调制的三款鸡尾酒，这一款比较烈，给叔叔；这一款口感偏甜和酸，我想阿姨会喜欢；这一款是童悦的专属，你们先慢慢享用。我就不打扰了，有需要随时找我。"

他笑着示意我，不要客气，今晚尽兴就好。他参加完比赛之后，服务技能更加专业了，我忍不住感叹，每次看到他调酒都能被他对工作的热忱与专注感动。他的每一款酒都有他对客人的感情，所以每一款都是那么的与众不同、独一无二。

妈妈看着欧阳的背影，忍不住一阵夸，"多好的男生啊，就来了一次，我们的喜好就记住了。"

在我们吃完甜品之后，欧阳拿着一摞书走过来，"阿姨，这是我签名的新书，还请多多指教。"他把准备好的五本书递给了我妈妈。妈妈很是吃惊地看着我，然后看到我的表情，顿时就明白了这是给她的惊喜，感动得不行。

她又是一阵夸："封面这么精致啊，太感谢了，我送给我艺术圈的朋友，也会推荐他们来店坐坐的。"妈妈笑得合不拢嘴。

"悦，这本是给你的，你回家后再拆吧。"他说这句话的时候有点不敢看我，这是他第一次有这样的神情。他给我的这本用红丝带打了一个蝴蝶结，像一份精美的礼物。

"谢谢，放心，我们回家后一定仔细阅读，还要给你做宣传呢不是？"看到妈妈开心，我从心底觉得开心。

回到家，爸爸和妈妈就一直在翻看《吸饮力》，还在讨论明天也试着调制哪一款。

我回到房间，也准备拆开看看，扉页上几行非常秀气的字，这样写道：

悦，感谢你一直的支持，因为你，我做的每一件事都更坚定了，我获的奖、这本书的出版，都有你的功劳。

有一句话我想问你很久了，也憋在心里很久了，但是一直不知道如何开口，也或许是我觉得要做出一些成绩才有底气去问你，现在终于可以鼓起勇气问出这个问题，因为我也很怕再不说就来不及了：

你愿意做我的女朋友吗？

真挚的欧阳

2003 年 12 月 5 日

欧阳的表白我不是不心动，如果说苏总的表白我还可以装傻躲过去，但欧阳这么正式的白纸黑字，我不能再视而不见。可是，曾经我以为他要表白的时候，却没有等到，而现在……

第三十二章 做我女朋友好吗

第三十三章　第一季尾声

团建的日子很快就到了，昨晚睡得很浅，满脑子都是团建各项未尽事宜。对于今天的团建我是又紧张又期盼，希望一切都如我们所愿。刚洗漱好走出洗手间，就看到妈妈拿着一套格子毛呢西装在等着我。但我看到衣服的样式却有点吃惊，因为我很少穿这样花色的衣服。

"妈妈，这套衣服我穿会不会显得太老气啊？"

"这叫成熟，你也二十五岁啦，不能总像没长大的小姑娘一样装扮得粉粉嫩嫩的。如果说珍珠项链和小黑裙的搭配是最早代表香奈儿女士个人设计风格的着装，那带有镶边装饰的手感柔软的格子呢套装则被视为经久不衰的香奈儿品牌经典。格子作为经典，从香奈儿那个时代流行到现在呢。"妈妈把衣服放在我手里，让我先不要急着拒绝，去试试看再说。

最近看了妈妈给我的《达·芬奇》，也渐渐明白了美学的重要性。酒店的每一处设计，可谓是一步一景，那么置身于景观中的员工，也应算作这景致的一部分，先不说能为这景致再添色彩，但求一丝不苟的仪容仪表，能配得上这里的景致。

"大个子"对客人穿着睡衣、人字拖在除泳池外的酒店其他公共区域活动的行为不能理解也不能接受，尤其是看到这种现象出现在酒店餐厅的时候。"大个子"认为，这样的行为是对酒店其他用餐客人的不尊重，也是对酒店员工的不尊重。所以"大个子"对餐饮部特别要求，客人用餐时，禁止浴袍、拖鞋、人字拖的着装。所以餐饮部、行政酒廊也都在各用餐地点门口架起了提示牌。

我认真打量着镜子里的自己，格子西服上身，的确不仅不显老气，反而非常精神，别有一种风味。看来多尝试也没什么不好的，惊喜总在转角处。

喷好香水，涂好口红，就赶紧出发了，我必须要第一个赶到会场才行，还有很多事情等着我。不过好在今天是周日，这么早出行的人少车也少。对着清单一一检查投影、白板、文具、水是否都落实到位了，刚完成最终检查不到十分钟，团建公司就到场了。我们赶紧过了一下流程，他们就忙着去布置了。主持人老张四十多岁，是个资深的培训师。

王姐是今天第一个到场的，进门也没顾得上看会场布置就跑来问我："悦，这次活动好神秘啊，很是期待，所以就一早跑来了，还有谢谢你为我们准备了这次的活动。"

"不谢，不谢，我也是个参与者，大家一起玩，一起学习呗。如果你们玩得开心，还有其他的收获那就再好不过了。"我心里暗自期待她和袁总监的关系能有所缓和。

我们正聊着，"大个子"进来了，"早上好，女士们。"

"大个子"打量了一下我们，看来是对我们今天的仪容仪表很是满意。

果然，他接着夸道："你们今天真的是让这间会议室蓬荜生辉啊。"

我和王姐相视一笑，和"大个子"在一起工作，让我觉得很值得的一点，就是从他身上学到的时刻保持一丝不苟的举止言行，这也许与他之前在Hotel Ritz(丽兹酒店)工作的经历有关吧。

我们三个正说着，苏总也到了。他从耶路撒冷回来后，人看起来的确帅气了不少，看来瘦下来不仅让人变得更健康了，整个人也更精神了。

"帅哥美女们，有什么是我能为你们效劳的吗？来杯咖啡怎么样？"

我们纷纷赞成这个提议，我赶紧统计了一下。

"那就两杯拿铁，一杯美式吧，苏总，那就辛苦你啦！"没睡好加早起的我，现在急需一杯咖啡来提提神，苏总这个提议真的太是时候了。

"哈哈，乐意效劳。"

大家陆陆续续都到齐了，老张宣布团建活动正式开始。第一个任务是分组，老张让在座的每一位都从他手中抽取一张扑克牌，然后宣布："请大家查看自己抽到的牌面，拿到同样花色视为一组，同一组坐在一个圆桌上。"根据我们的人数，我们一共安排了三个圆桌。

大家看了花色之后，纷纷找到了自己组里的小伙伴，为了方便活动后续的流程，老张把结果写在了白板上：

John, Wang, Yuan（约翰、王姐、袁总监）

Su, Fiona, Yue（苏总、美女张、悦）

Eric, Gordon, Chen（林工、哥顿、陈小姐）

看到第一组的成员，我心里默默开心，真是如有天助啊！正好让他和王姐、袁总监分在了一组，看"大个子"的表情对这个结果也很是满意。

我和市场销售总监美女张其实不是很熟，因为大部分的培训工作都是针对营运部门的，所以除了晨会我也很少见到她。看到这样的分组我也很是开心，毕竟她给我的印象还停留在"白骨精"阶段，高跟鞋、短发、精明，特别适合做市场销售，因为她带领的团队总能让销售额最大化。这样的分组可以让我多了解她一点，或许有惊喜也说不定。

等我们就座，老张发布了第一项活动的规则："从现在开始你们每个小组有三十分钟的时间，对你小组中的其他成员进行提问，但是提问的问题不能与工作有关，三十分钟计时结束，每组要推选一名组长，这名组长要来台上向所有人分享你们在这三十分钟内挖掘到的信息，现在计时开始。"

话音刚落，我看林工那一组就跃跃欲试开始了提问，本来他们三个也算我们三组里关系最融洽的。

我们组是苏总第一个开始的:"这怎么感觉像是个隐私大挖掘呢?"

我和美女张都笑出了声,美女张笑着说:"那么苏总,我就不客气了,你先来聊聊你的女朋友吧!"

"我哪有女朋友啊,我有女朋友,我还会一个人跑去耶路撒冷?"苏总说完,看了我一眼。

但我自从心里想明白了,也就不慌了。既然苏总这挖掘不下去了,我就从我好奇的人先问起:"Fiona,那么你来说说你的男朋友吧。"

我发现她神情有些黯然,有一丝疑虑,但最后还是小声地回复道:"我……我……现在单身,离婚了,有个女儿四岁,跟我。"

苏总听完,刚喝进去的一口水差点吐了出来,显然他对美女张的婚姻情况也是一无所知,"什么?你这么年轻,孩子已经四岁了?"

"对的,来这家酒店之前离婚的。我女儿很可爱是个小黏人精……"说着美女张的眼神越来越温柔了,她这个柔和样子比她平时好看太多了,或许是这个问题勾起了她的过往,她默默低下头,对提问这件事也失去了兴趣。我们小组的气氛一下子低得不行,苏总也有些不知所措地摸摸头,看来一时也不知道该怎么接下去。

这样下去可不行,那我就先试试看能不能打破僵局,问道:"苏总,说说你在耶路撒冷的故事吧,上次晨会还没听够。"

美女张听完也抬起了头看向苏总,看来有效。

"那真是一言难尽啊,我最喜欢的是大马士革门,走过那道宏伟的门,看到曲径里的各种商店,走在这条巨石铺成的古路上,想象着以前圣人从这里走过的场景,心里就会不由得生出敬畏。在那里,你的所有感官都会被放大,我就特别向往自由和想要追求一份真挚的爱情。"说完苏总朗声笑了。

我知道苏总最后的话是说给我听的,苏总是个聪明人,我的顾虑他都明白,而回归理智的他一定也明白,我的顾虑其实他也不是完全没有。从他回来后避

而不谈那次表白我就明白了，所以也当作没发生过一样，他今天这样说也算是变相解释了，也是想要我心理压力小一点吧。

"我觉得那里肯定不适合我，现在除了工作和孩子，我哪有时间去向往自由和爱情啊。"美女张感叹道。

"但是换一个角度来看，如果你要摆脱目前的这种忙碌和无助，可能反而需要依赖一些形而上的精神力量。"苏总安慰道。

我现在突然觉得美女张的高冷也是一种她自我保护的方法，她用她的高冷把一切不必要的麻烦、干扰都拒之门外，自己在婚姻受伤之后，可以更好地工作并抚养孩子吧。其实很多看起来外表坚强的人，内心都很柔软。

"悦，该你了，都是我们在说，你的故事呢？"苏总转头问我。

"我嘛！跟你们相比，我的经历太简单了，感觉没什么可说的。我去年12月份从澳洲回来，之后与在澳洲谈了两年的男友分手了。然后就来到酒店工作，之后的你们就都知道啦。"

"那，现在没有人追求你吗？"苏总追问道。

"有，可是我还没想好。"我看着他回答。

苏总听完一愣，估计他在想我到底说的是谁，但是他还是掩饰尴尬地笑了笑，"哈哈，好吧。"

没想到我们组是最先停止讨论的，大家都各怀心事，有点提不起兴致了。

三十分钟之后，老张让各组组长上去分享，我们组推选了苏总。苏总刚上台的时候，美女张还有些紧张，但苏总没有说美女张离婚的事情，他就很轻描淡写地说了她有一个四岁的闺女，大家都发出羡慕的声音。苏总在这点上还是很让人欣赏的，有担当知进退。

听完其他组的分享好像都没有什么出乎意料的地方。看来大家还是有点放不开啊，老张让大家投票，谁的故事让我们最出乎意料，我们也都乐呵呵地把票都投给了苏总一个人游耶路撒冷的故事。

苏总也乐呵呵地接受，说："好吧，我承认我的灵魂需要净化。"大家听完哄堂大笑。

接着就进入了第二个环节：每一个人走到一块白板前，用十五分钟的时间，写下自己每天的工作重点、每个月的工作重点、每年的工作重点。写完之后，大家轮流去其他人的白板前认真阅读，记录有哪些是之前不清楚或者忽略掉的。

尽管我在两个酒店做过行政办公室工作，我对每一个部门还是有盲点的，这个环节对我来说可真的是帮助良多，赶忙带上纸笔跟着一起行动。

John（约翰）	总监们的分红基于总部的公式，平衡公式里的各个组成元素，以保证总监们的分红最大化
王姐	处理员工投诉到总部的性骚扰案件
袁总监	业主公司固定资产盘点
苏总	采购流程严格的审核
Gordon（哥顿）	菜单更新的技巧
Fiona（美女张）	每一年都要去 CBD 主要楼盘进行扫楼
陈小姐	识别品牌服务质量检查员的身份
Eric（林工）	与环保、消防、垃圾清运、工程等各个不同的供应商打交道

这个活动，看起来不仅对我有很大的帮助，我看总监们看得也十分认真，彼此也因此有了更多的话题。然后是午餐时间，与一早刚开始的气氛相比，临近中午时分大家都有了不错的化学反应，我看到王姐和袁总监一直坐在一个圆桌上，互动之间看起来多了不少默契，"大个子"走过来给我竖了一个大拇指，表示满意。

下午的时间是"你的困惑我来帮"的活动，每一位总监都认真地抛出了一个最棘手的问题，我负责在一旁做记录。我们一致认为 Fiona 的任务最值得大

家花时间继续讨论，她的顾虑是明年除了芮华集团有两家新酒店开张之外，还有其他集团的酒店陆续开张，有一些国际大公司的客户逼着我们降价。除此之外，已经签约的两家海外航空公司也要求我们降低价格。虽然集团总部有指导性价格给我们，但是最终保证业主利益最大化还是需要我们自己对报价负责。

"大个子"和袁总监发表了自己的看法，Gordon 也提出了用餐饮带动房价的组合销售方式，最后我整理了大家的思路，周一发给美女张，她将会重新制订一个解决方案给大个子审阅。

问题一个接着一个解决，不知不觉已经是活动的尾声了。老张问我们感觉如何，大家都觉得还有些意犹未尽。

老张不愧是资深培训师，最后的总结让我们每个人都印象深刻。

他这么说的："很多冲突，其实是来自于我们固有的思维，来自我们对自我的不理解，也不愿意去理解别人。你如果执意要证明自己是对的，这其实是内心脆弱的一种表现，真正的战略是大家共同商议，找到一个合适的平衡点。希望今天能够打破你们固有的思维，你们是一个非常棒的团队，有很好的领导，相信酒店的生意肯定会越来越好！"

大家在反馈表格上写了自己的感想，然后收拾东西准备回家，相信经过今天的团建，总监们都能够度过一个愉快的圣诞节了。

12 月份的上海到了晚上 6 点天已经很暗了。随着时间的临近，街道、商店、树木被圣诞节彩灯装饰得格外亮丽。华灯初上，我走在回家的路上，看着这些霓虹，有些恍然，不由得感叹，时光如梭，回国不知不觉已经快一年了。

这一年中我遇到了很多人，经历了很多事。我不知道 Jason 这一年是如何过的，我们几乎已经没有联系了，如果爱情真的再次降临在我的身上，我觉得不管是欧阳还是苏总，都是我的幸运吧，欧阳对工作的执着与热爱，苏总的大度、敢于担当，身上都有我学习的闪光点，只是如今的我，对待爱情已经没有了当初的不管不顾，虽不知这些顾虑是好是坏，但也都是一段经历，或许我需要跟欧阳认真地聊一聊了。

"诗酒趁年华"，酒店的确是实现年轻人梦想的地方，一年过去，这个想法在我的脑海里更坚定了。

第三十三章　第一季尾声

第二季

第一章　我喜欢过你

昨夜，听着普陀山海浪拍打着岩石的声音，仿佛是在说："揭谛揭谛，波罗揭谛，波罗僧揭谛，菩提萨婆诃。"（《心经》的最后一句，大意为：去吧，去吧！去到彼岸吧！大家都去彼岸，迅速完成开悟！）目送着那个曾经出现在我梦魇中渐行渐远的背影，内心五味杂陈。

此刻，漫步在千步金沙之上，回头看着一路走来留下的一串串脚印，从清晰到一点点被海水冲刷得毫无痕迹。轻轻地闭上眼睛，感受着海风拂过面庞，仿佛也拂过心底。

"披上吧，别着凉了。"

我回头笑着看向他，自然地伸出手，他环住我的手，手心的温度让我整个人都暖了起来。

我们静静地笑看着彼此，没有说话，但又好像说了千言万语。

一抹亮光从海平面那端跳了出来，他拥着我，我们就这样看着暖阳一点点地升起，照亮了万物，也照进了我们的心。曾经的过往，仿佛一部电影，一帧一帧映在我们的眼前。

日子回到2004年的2月15日，我约了欧阳，看着远处那个熟悉的身影，我的步子却越来越慢，直到渐渐站定。

"童悦，你不能再逃避了，总是要面对的，既然想好了，就再勇敢一点吧。"我默默在心里对自己说。

"欧阳，等了很久吗？"

欧阳被我突如其来的声音吓了一跳，我笑着看着他。回过神来的他有一丝不好意思。

"是冻傻了吗？"

我看着他冻得发红的耳朵，递给他一个袋子。

"送给你的围巾，戴上吧，冻感冒了耽误了餐厅生意，我可担当不起。"今天欧阳穿得很正式，却有些单薄。我明白他很重视今天的约会，但这样的着装却跟今天的场合有些不搭。

"你今天看起来好不一样，少了些平日的成熟，多了些活泼可爱。"欧阳也发现了我们风格迥异的装扮。

"那你更喜欢哪种风格的我？"我猜到了他的诧异，但还是想要确认。

他犹疑着有些不好意思地说道："或许是看惯了你平时的样子，这样猛一看有一点不习惯。"

我今天只画了个淡妆，简单地扎了个高高的马尾，换下了职业套装、连衣裙，穿上了牛仔裤运动鞋。本来，我也不只有职场上的那一面，这也是我约欧阳来的目的。

"是吗，那说不定多看一会儿就习惯了，走吧，别在这站着吹风了，我们先进去。"

欧阳有些犹疑，但是还是没忍住问了出来："悦，为什么会约我来锦江乐园？"

"很吃惊吗？那先进去玩了再告诉你。"我故作神秘地笑着对他说。

欧阳有些无奈地看着我，然后笑着妥协了。

因为天气还冷，很多项目都没开，我拉着他，直奔云霄飞车而去。

等我们站定，欧阳抬头看了看呼啸而过的飞车，一阵沉默，憋了好久，才犹豫着说："悦，我先去上个洗手间。"

我好笑地看着他，不说话，直到他被我盯得不好意思避开我的视线，我的笑意却更深了，"你不会是恐高吧？！"

被我看破的欧阳顿时显得更局促了，急忙否认："怎，怎么会！"但眼神却一直回避我注视的目光。越是急着否认，答案越是呼之欲出，我心里好笑，真的是风水轮流转啊，还记得第一次见他的时候，他那双看得我忍不住躲避的眼神。

"那要不你在下面等我？"我试探地问道。

欧阳却好像偏要证明些什么似的，扭头向排队通道入口走去。但是随着队伍越来越短，欧阳也变得越来越心不在焉。我看得出他是真的怕，只是在强撑着。

"要不，我们还是换一个吧？"我有点担心地又问道，欧阳摇了摇头表示没事，然后给了我一个比哭好看不了多少的笑容。

看着下了云霄飞车、脸色苍白、腿发软的他，我心里一阵后悔，明知道他这样要强的性子，还要用这样的办法。为了让他能缓解一下，我说饿了拉着他去休息区坐一会儿。看他恢复得差不多了，他也怕扫了我的兴致，又陪着我坐了碰碰车、旋转木马这些"温和"的项目。欧阳渐渐从云霄飞车的阴影中走出来，开始享受这里的乐趣。于是，拉着我要去"鬼屋"，虽然我是个无神论者，但因为有着比别人更强大的画面再现能力。我对这样的画面场景是很抗拒的。

欧阳就像是要报十年之仇，看我越是抗拒玩心就越大。反过来开始逗我，我也就此激发出斗志，咬着牙跟了进去。"怕了，拉紧我。"欧阳笑着跟我说的眼神里有些戏谑。他越是这样，我就越是要证明给他看看。我咬着牙，闭着眼，握着拳头走完了全程，等重见光明的时候，才发现因为紧握着双拳，指甲已经在掌心里印出一道深深红痕。欧阳看着我掌心的印记，却皱起了眉头。我冲他笑了笑，示意没事，他反而更沉默了。

"欧阳，我们去那顶上看看吧。"我指了指远处的摩天轮，欧阳欲言又止，

第一章 我喜欢过你

201

点了点头。

摩天轮一点点在升高，我们都双双看向窗外梳理着心事，都沉默着没有开口。

"欧阳，我喜欢过你。"我下定决心说出了这句话，转头看向他。他先是愣了一下，我突然的开口让他有些始料未及，有些没反应过来。我看着他又重复了一遍。

他看着我的眼睛先是亮了一下，等他明白我在说什么，眼睛里的光就不见了，但却给了我个释然的笑，好像他早知会如此。

我看着窗外继续说道："我听过这样一句话，说人和人之间是投石与涟漪的关系。彼此是相互回应和联动的。如果是不合拍的齿轮，无论你怎么转柄，都不会咬合在一起。如果是合拍的齿轮，你轻轻摇一下，齿轮就转得飞快。我欣赏你对待你热爱的专业的敬业与执着，我在你的眼里、身上看得到光。可两个人真的在一起，不只是需要相互欣赏彼此的优点，还要接纳彼此的脆弱，就像一对配合转动的齿轮，彼此都有巅峰时刻低谷时刻，彼此陪伴、相互填补才能转动。

"欧阳，相比于恋人，或许我们更适合做朋友。其实时刻为了保持住在彼此心里那个完美形象是很辛苦的。难道不是吗？"

"其实，那天你约我，选了这个错开情人节的日子，我就已经猜到你的答案。但还是抱着一丝希望。不管你的那句喜欢过我是真心还是安慰，我好像都没有那么遗憾了。"

"那，我也谢谢你的喜欢。"当我们再次看向窗外的时候，就没有说话，但心底的心事此时都放下了。

事后，小萌问过我："悦，你真的不后悔吗？"我的回答很简单："人生如棋局，落子无悔。"其实，很多时候怎么选都对，怎么选可能也都不对，既然没有所谓的对错，我能遵从的只能是当下我的本心。因为开不开心，好不好受，只有我自己最明白。

第二章　重新出发有点"甜"

从 2004 到 2006 两年的时间，很多事都在发生着变化。

比如和苏总的关系，从那次团建开始苏总也真的是想清楚了，放下了。我们的关系反而变得更和谐了，没有了心理上的负担，很多时候在工作上我也更自如地主动找他寻求指导和帮助。时不时还会相互开个玩笑，相比于朋友和同事，我们可能现在的相处模式更像兄妹。有时候，我还会调侃他说："你不仅多了个妹妹，还多了个兄弟。"自从我带苏总去过 Mademoiselle 见了欧阳，他们两个简直是相见恨晚。有时候，他们俩聊到兴奋，连我什么时候先走了都不记得了。我只能好笑地看着他们，感叹一声，男人啊！

欧阳这两年，一如既往地努力钻研他的调酒技艺的同时，也在做着创业的准备。终于他在去年底，在离 Mademoiselle 不远的地方，开了一家属于自己的酒吧，名字就叫 Jorizon，听说酒吧苏总也有入股。最开始听说酒吧定了这个名字，我心里还有点忐忑，难道欧阳还没放下？后来看着欧阳为了新店忙得脚不沾地，就知道是自己想多了，本来嘛，事业在他心里的比重总是比爱情要大上不少。

后来事实也证明确实如此，欧阳认为以这款适合女性的爆款鸡尾酒为酒吧命名，就能成功地吸引更多的男士带着女士来消费。所以 Jorizon 也早已不是我的专属，虽然不后悔曾经的选择，但心里还是有些失落的，毕竟曾经那是只属

于我的。

自从有了 Jorizon，不仅我会经常光顾，爸爸也经常会带着客户去 Jorizon 应酬，苏总这个股东就更不用说了，小萌、杨奕也都是常客。这一对欢喜冤家，终于还是在一起了，不过两年了，他们怎么样我是不敢评价，我夹在他们中间的日子是真不好过啊，分分合合、吵吵闹闹，我是真心祝愿他们能喜结良缘，祝我早日脱离苦海。

去年圣诞前夕，我还收到了 Jason 的结婚请柬，他后来申请到了澳洲的绿卡，也开始了新的恋爱，是一个跟他同公司的中国女孩子。之后也就水到渠成地走进了婚姻的殿堂。虽然我心里的祝福是真心的，但去澳洲参加婚礼的邀请我没办法接受。虽然我们都放下了，但已经存在记忆里的东西，我们没办法从头来过，我也没办法像最初认识他的时候去面对他。所以，那就各自安好，彼此默默祝福吧。

两年里，变化很多，值得庆幸的是，有些东西不曾改变。那个我想守住的本心，它还是最初的样子，不论是对待工作的态度，还是对待爱情的态度，都依然如初。虽然这不容易，或者说很难，但我希望我能一直守着它。

L 酒店二十五楼明亮的大堂酒吧里，"大个子"拿着同事们给我的签名祝福，对总监们说："今天我们在这里祝福童悦晋升为 C 酒店人事经理，感谢她在这段时间服务了行政办公室与人事部两个部门，同时协助各部门把员工培训、内部沟通、会议通知、员工关系等方面做得风生水起，我相信她对酒店的贡献你们都是有目共睹的。"

听完，大家热烈地鼓掌，表示赞同和感谢。王姐手拍得最起劲，对我不住地点头。尽管"大个子"一直在笑，但是眼睛里还是有很多的不舍。"大个子"把写满祝福的相框递给我，我正低头仔细看着大家对我的祝福，突然，大堂酒吧的灯全灭了，所有人都消失了，周围寂静得吓人，就在我惊恐之际，突然一束光亮起，连着一起出现的还有黎豪业，他快步走向我，一把夺过我手上的相框，摔在了地上，踩得粉碎，恶狠狠地对我说："我在集团这么多年，你们不要想着能扳倒我！休想！"

"啊……"我猛地睁开眼睛，看到我房间里熟悉的摆设，床头柜的表上显示5:45，我揉了揉眼睛，定睛又看了看，黑暗中没有"包公"，我才确定刚才真的是个梦。

可这个梦也太真实了，看来是最近总部审计酒店导致每个人都神经紧绷，这真是我回国以来，第一次做场景这么真实的梦，连细节都这么真实。可为什么梦里会有"包公"呢？为什么他会说我们想要把他扳倒呢？算了算了，何必纠结，一个梦而已。

为什么说这个梦太过真实，因为今天真的是我在L酒店的最后工作日。2005年底，"大个子"终于找到了他认可的秘书，我才得以全身而退回到人事部。我努力地工作，努力地积累，这些大个子都看在眼里，2006年初，芮华集团在上海旗下的C酒店人事经理离职，经过"大个子"、王姐与Coco沟通，他们力荐我去C酒店担任人事经理一职。

C酒店的总经理是德国人，名字叫Lucas，他在亚洲地区有着丰富的工作经验，做了十几年的酒店总经理。他不仅工作实力很强，外貌实力也很强。他非常喜欢健身，高挑健壮，C酒店的员工在背后都叫他"美男子"有这样一位总经理，酒店从上而下的凝聚力就可想而知了。面试之后，他满意地接受了我的申请。

在我兴高采烈地接受了C酒店的入职通知书之后，苏总就故意冲我阴阳怪气地说："喜新厌旧啊，只见新人笑，不见旧人哭啊。"说完，他还装出抹泪的动作，我就好笑地看他表演。

本来想让自己再睡一会儿，可一闭上眼睛，"包公"凶神恶煞的样子就再次浮现出来。所以就只能看着天花板，熬时间。回想这几年每次见到"包公"，身

第二章 重新出发有点[甜]

205

边都有 Coco，集团各个酒店的人都已经习惯了他们的同进同出。不过大家也时不时在传他们时常感情不和，我就亲眼见过一次他们在集团举行的晚宴上争吵相互给脸色的窘状。起因无非就是"包公"和会场上其他美女多聊了几句，把 Coco 给冷落了。每次我和苏总一起参加这样的宴会，苏总都会摇摇头，叹息道："何必呢？情人放在身边，还要拈花惹草，老黎也太花心了。"我总会笑着调侃苏总："你们男人不都是这样的吗？"苏总摇摇头非常坚定地回道："非也，非也。"

虽然时间还早，但既然睡意全无，干脆起床好了，看着衣柜里的套装，就像是这些年陪我在职场上打拼的战友，心里顿时生出很多不舍，"大个子"比较钟爱格子花纹，那今天就穿格子套装吧。

我听到妈妈在厨房磨豆浆的声音，对我来说这是冬天最好的饮料，推门来到厨房，妈妈吓了一跳，"你怎么起这么早？是不是最后一天有心事啊？"

"做了一个噩梦，就睡不着了。"

妈妈过来抱了抱我，小心地问："你梦见什么了？"

"我……也说不清……不记得了。"其实我也不知道这个梦应该怎么描述，就说得支支吾吾的。妈妈见我这样，轻轻拍了拍我的背，也就没有再问。

"想不起来就对了，噩梦老想着干什么，早忘了早好。"

因为妈妈这句话，吃早饭的时候格外有精神，饱餐一顿，就什么都忘了。

刚走进人事部，就看到了一位长相甜美的女孩在门口的沙发上坐着，"你好，你找哪一位？"出于职业习惯，我礼貌地问候。

"我是华小恬，英文名字是 Sharon。我……"她站起来，笑着回应。

王姐听到推门出来，"哎哟，忘了介绍了，Sharon 是 C 酒店新任命的财务总监，她来我们这里跟着袁总监交叉培训两周。童悦是下周要去 C 酒店报到的人事经理，你们以后就是同事啦。"

"Sharon，很高兴认识你。以后就请多多关照啦。"我仔细打量眼前这位女孩，她给我一种精致的感觉，干净的妆容、甜美的笑容、年纪比我小，她已经是财务总监了，我心里暗暗佩服，一个女孩是如何做到甜美和干练这两个属性同时兼备的呢？或许是我见的人还不够多吧。

"悦，我在R酒店的严总监那里先做了两周的交叉培训，早已听说你的大名了。很高兴能和你在C酒店做同事。"华小恬的笑容太甜了，这不禁让我在脑海里与Coco那张僵硬的脸做了个对比。看着小恬笑，我也被她感染了，笑得格外真心。

其实人与人之间就是这样，我们是对方表情的镜像，如果我现在对着的是Coco，我想我的脸也不会有什么表情的。

"因为你马上要去C酒店报到了，Sharon这次的交叉培训就交给我全权处理了，等一会儿我带她去袁总监那里报到。"王姐看了看表，"现在时间还早，要不你们两个先聊聊吧。"

"好呀，Sharon来我办公室坐吧。"小恬点点头答应。

"你在C酒店之前，在哪里工作呢？"我迫不及待地问出第一个问题。

"我在香港理工大学硕士毕业之后，面试了芮华集团的财务部管理培训生项目，经过三轮面试被录取了，我在香港芮华旗下的酒店财务部完成了两年的管理培训生项目，2005年底接到任命，去C酒店担任财务总监。"她不紧不慢地说着，然后想了想又补充道："其实对我而言，这是一个很大的挑战，我之前看了严总和袁总的资历，他们在这个行业都工作了将近二十年。不瞒你说其实我心里有点没底气。"

"你这么年轻就能被任命，说明你也很优秀啊。严总监和袁总监经验丰富，这些你以后也会有的，而且我相信他们会好好培养你的。你在严总监那里的培训顺利吗？"我安慰道。

"还算顺利，但是与业主打交道的方式方法还是需要自己去揣摩。我没有在内地工作过，所以内地的财务流程、规章制度，还有处理问题的技巧，严总

教了我很多。"小恬感激地说道,"我离开前,严总监还跟我说了一句发人深省的话。"

"他说了什么?"她应该不知道老严和我爸爸的关系,的确老严久经职场,很多金句都会点醒我们这些后辈啊,尽管我和严总监工作过,还是非常好奇。

"他说做财务总监,一定要守住底线,钱一笔一笔地从你手上过,但不是你的,就不是你的。"小恬重复这句话的时候一字一句带着敬畏。

尽管我没有在财务部工作过,但每天晨会上酒店的报表,都会显示这些进进出出的交易,财务总监的权利有时候比总经理还要大,老严的话对小恬是一种警醒也是一种保护啊。

王姐看我们相谈甚欢,就让我陪着小恬去了袁总监的办公室。袁总监一听她是香港理工大学毕业的硕士,马上用广东话聊了起来,小恬的广东话在我听来是非常了得了,看他们聊得那么投机,我礼貌地先告辞了。

下午欢送会的场景简直跟梦里的一模一样,"大个子"郑重地把相框递给了我,但之后映入我眼帘的是小恬的笑容,不是梦里的"包公"。看来老人说梦都是反的也有些道理。

我看着在座的每一位,"首先我要感谢,酒店能给我机会让我服务过那么多的老板。"大家听完都笑得前仰后合,"感谢你们每一个人都毫无保留地教我帮我,最重要的是你们让我发现每一天我们都在改变他人,我们都在创造奇迹,我们在感动生命。让我从最初踏入这个行业试试看,变成了如今的热爱。谢谢!"说完,我对着大家认真鞠了个躬。

在座的每一位听完都很动容,"大个子"、苏总、王姐都欣慰地看着我。最后"大个子"提议大家举杯,为了酒店行业给我们带来所有美好的瞬间干杯。

苏总看我一直和小恬聊得火热,凑上来好奇地问:"悦,你怎么不给我介绍一下美女同事呢?"

"哎哟,不好意思,这位不是我们酒店的新同事,这是接下来我要去的C

酒店的同事，Sharon（华小恬），财务总监。"

"'小甜花'啊，这个名字好，跟你的笑容很配。"

"大哥，你怎么上来就给人家起外号啊？"苏总这也太自来熟了吧。

"我的错，我的错，我哪天请你们两个美女吃饭赔罪，可以吧？不要拒绝。"

"这还差不多。"

小恬就笑着看着我们斗嘴，丝毫没有生气的迹象，小恬脾气可真好啊。

"C酒店的业主代表刘总和我关系超级好，你们以后有困难，我找刘总罩着你们，她是一个特别豪爽的北京女人，哈哈哈。"苏总今天怎么了，有点兴奋得过头了。

"我们两个小土豆能有啥困难呢？我们就埋头勤劳工作呗。"我笑着说道。

"我从来没有怀疑你们的智慧与踏实，只是……唉……"苏总若有所思地看着窗外。

"只是什么呢？""小甜花"追问。

"职场有很多的无奈啊……有时候陷阱上面长满了鲜花，吸引着你往里跳。总之有困难找我。"苏总看着我们，语气顿时严肃了起来。

苏总这画风变得有点快，我和小恬只好面面相觑地点点头，不过我又想起了关于"包公"的那个梦。

2006年2月10日

非常开心能够在开启新旅程之前认识"小甜花"，这么年轻的财务总监。下周就要去C酒店报到啦，等待我的将会是什么样的新篇章呢？很是期待！

第二章　重新出发有点「甜」

第三章　Jorizon 背后的故事

元宵节一早，门铃就响个不停，还好妈妈习惯早起。"来了来了。"妈妈赶忙从厨房出来，去开门。

"大姨，姐她起来了吗？"阿棋一边问一边火急火燎地朝我房间的方向走去。

等了一会儿见没有回复，阿棋扭回头看，才发现妈妈拿着拖鞋追过来。

阿棋这才意识到，连鞋都忘了换了，赶紧不好意思地跑回去换鞋。

"这个点，你姐肯定没醒呢。你要着急，就直接去房间叫她。"

"好嘞，谢谢大姨。"

阿棋今天穿得很正式，从她研究生毕业之后，就进入了一家当红的时尚杂志社（V杂志）做编辑助理的工作。这本杂志从美妆、穿搭、美食到发型设计、家居、旅行都有涉猎。凡是涉及当下流行风向的话题这本杂志全都关注。说实话，这个杂志社想要去应聘的面试者比比皆是，没想到阿棋凭借实力加运气，竟然在那么多候选人中通过了面试，成为V杂志美妆版块的编辑助理，现在有了她这个越来越专业的时尚达人，我逛街的时候就更轻松了，有她在就完全不用带着脑子，不过自从她入职以来就忙得像陀螺一样，见一面都要提前好久预约。

"姐，姐，你快醒醒，别睡了。快起来帮我看看采访稿，快快快，救人一命胜造七级浮屠……"

看来只要我不起就要一直被阿棋这么念下去，我只好揉揉惺忪的双眼，试图努力让眼睛保持持续睁开状态，看着床边的闹钟，极其不情愿地说道："姑奶奶，我知道这是你的首次美食主题专访，但现在才 7 点啊。哪家酒吧这么早能开门？"

阿棋的这次采访也算是临危受命，他们杂志社美食版块的编辑助理突然辞职了，岗位空缺，阿棋主动请缨配合责任编辑做这次鸡尾酒主题的专访。阿棋刚跟我说了这件事，我的第一反应就是肥水不流外人田，欧阳的 Jorizon 就是现成的素材。经过几轮沟通和阿棋的力荐，V 杂志美食版块的责任编辑也是非常看好欧阳的 Jorizon，于是最终敲定今天进行访谈拍摄。既然我在这件事上已经被"拉下水"，就想着下午去凑个热闹。可没想到阿棋 大早就冲到家里来了。

我一边打着哈欠，一边看着采访稿，可越看，越觉得哪里不对。

"姐，你不要吓我啊，你的表情怎么越来越严肃了？马上可就要录了，不会现在要全部重新改吧。"阿棋越说越紧张。

"你先别急，我认识欧阳有几年的时间了，对他还是比较了解的。你们的采访稿整体感觉太过于商业化了，就很公式化。这样的模式或许对于你们之前的采访都是有效的。但这完全不适合用来采访欧阳，在欧阳这里任何一款酒都是有生命有故事的，其实除了配方，这些背后的故事才应该是最能打动人心的东西啊！"我看着阿棋认真地解释道。

"可是，我们美食版块的老大好像只对配方感兴趣哦。"

"那我这样问你，Jorizon 你喝过了对吧，那么为什么酒杯的装饰物是用的樱桃而不是其他的水果呢？"我看着阿棋问道，脑海里又回想起影迷见面会那天去宴会吧台帮忙的场景。

"嗯……是因为这是款女性鸡尾酒、樱桃颜值高也好吃吗？"阿棋尝试自圆其说地解释道。

我看着阿棋努力思索的样子，笑看着她："其实是因为那天真的工作到很晚，

每个人都很疲惫了，他想要安慰我，让我开心起来。你知道的，我有多喜欢樱桃。"我边回忆边解释道。

"欧阳曾经说过，为客人点酒的时候他会更关注当时这位客人的情绪和感受，更愿意通过了解他们想喝酒的目的，帮他们调制或者给他们推荐符合他们当下需求的鸡尾酒。每一杯鸡尾酒的存在都是合理的，只是在于调酒师有没有把这杯酒给到对的人。"

我想要尽量还原欧阳当时说给我的措辞，回忆间却忽略了阿棋短暂沉下去的头不是沉思，而是想要掩饰情绪上的失落。

整理好情绪的阿棋，抬起头笑看着我，"姐，太过分了，'单身狗'面前'撒狗粮'。我说怎么之前去 Mademoiselle 的时候，都不见酒单里有这款酒，而每次只要你一出现这杯酒就自动出现了。我真笨，早该想到。"

"还'单身狗'，难道我不是单身？"我没好气地反问她。

阿棋朝我做了个鬼脸，我就当这个话题就此结束，当时的我只是单纯地不想继续这个话题，没意识到其实阿棋也不想再继续了。

"阿棋，或许是我在酒店工作的时间长了，渐渐发现，服务性行业机器很难替代人的工作，不是因为机器不能遵照标准完成这些工作的流程。而是，对于客人来说更重要的不是标准而是体验，因为人和人的交流和共情才让这体验变得有温度。"

"当然，如果你老板真的不同意，也可以不做改动，这样的稿子理论上是没有任何错误的，只是……只是……它会丢失掉服务中最珍贵的东西。既然你问了我的意见，我觉得有必要把我最真实的感受都讲给你听。"

阿棋拿着稿子，郑重其事地思索了很久。

"姐，我明白了，谢谢你，还有爱你。"

说完，她就快步走去书房给她老板打电话了，我也认命地从床上爬起来洗漱。拉开窗帘，窗外一片明媚，希望阿棋今天的采访也能如天气一样，一切顺利。

刚洗漱好，阿棋就冲过来兴奋地抱住我，说："老板说就从 Jorizon 的故事说起，她还问你是不是愿意出镜。"

"我？出镜？V 杂志？不！"我断然拒绝。

"你居然会拒绝？我们杂志别人求还求不来的机会！"她歪着脑袋疑惑地问我。

"不想！不想！我很确定！你赶紧去改稿子吧，不然来不及了。"

阿棋看看表也没再多问。

妈妈看阿棋这就准备走，忙叫住："别急着走啊，吃了早饭再工作啊。"

"大姨，今天是我最重要的日子，我不能迟到的。"阿棋边说边换上鞋子，飞奔出门。妈妈也只好作罢。

我看着已经关上的门，脑海里是刚才没有解释的话。从 Jorizon 不再是我的专属，而是酒单上明码标价的一款酒的时候，这个故事里的女孩儿就不再是一个拥有真实姓名的人了。不然，谁还会买一杯曾经只为一人专属定制的酒呢？因为每个人都想要自己的专属啊。

"过来帮忙啦。囡囡？"妈妈见我没反应，又叫了一声我才回过神来。

妈妈以为我是还没睡醒，笑看着我问道："阿棋今天是要去采访欧阳吗？"

我上前帮妈妈把小笼包送到餐厅，回复道："对，鸡尾酒的确是当下上海的新风尚，V 杂志想踩着热点也推广一下，我不知道这中间欧阳给了多少费用，但是这次采访对于他的生意的确非常重要。毕竟 V 杂志这样的平台的确难得。""的确，V 杂志的版面设计、选题、拍摄、色彩都做得让人觉得无懈可击啊。也难怪阿棋工作压力一直这么大。"

吃了早饭，困意再次来袭，正犹豫是不是要回去睡个回笼觉，"嘀嘀"，欧阳的短信息来了："悦，你什么时候过来？承诺来探班的，可不要放我鸽子啊，而且还需要你给把把关呢。"

第三章 Jorizon 背后的故事

213

"看在你求我的分上，那么我梳妆打扮一下马上出发。"我开玩笑地回复道。

"哈哈，坐等，大恩不言谢！"

等我到 Jorizon 的时候，采访已经开始了。灯光、支架、摄像机围了一圈，中间放着两把椅子，背景是吧台，酒架上的酒不仅排列整齐，配色也绝佳。看来欧阳是花了不少功夫设计的。

阿棋和工作人员打了招呼，把我带进了采访区，因为阿棋的老板——花花小姐正在采访欧阳，所以我们都被要求保持绝对的安静。我们走近的时候，花花小姐正兴致勃勃地问道："听说 Jorizon 这款酒还有一个故事，对吗？"

"是的！"欧阳正好看到我来了，冲我笑了一下继续说道："这款酒是我为一个女孩子调制的，那天我们在加班，大家都非常累了，但是她一直没有怨言地在吧台帮我。而且看得出她很喜欢樱桃，等所有活动结束，我就用多出来的樱桃，为她调制了这款酒。酸甜平衡，比较温和。我希望这杯酒能让她少些疲惫，希望她能快乐，她的名字在英文里有 Joy 的意思，我也希望喜欢接受挑战的她，能如她所愿超越自己的地平线，也就是 horizon，所以这杯酒名为 Jorizon。"

"真是一个非常幸运的女孩，我想任何一个想要快乐，并且要超越自我的女孩，都会想要来尝一下你的这款 Jorizon。那请问方便透露一下这款酒的配方吗？"花花小姐果然还是没忍住问出了这个问题。

"哈哈，不好意思，这款酒不方便透露。"欧阳笑着回绝了。

然后又补充道："如果要喝，请来 Jorizon。"

果然，欧阳就是欧阳，营销技巧没话说。

我们看着欧阳游刃有余的样子，就退到了一边，阿棋转头低声问道："姐，欧阳哥这么帅，你怎么忍心拒绝他？"

"我不得不承认帅是帅的，但我们真的不合适，我要的一些东西他给不了，可能他要的一些东西我也给不了。在一起，不是只要帅就够了。"我认真地回答。

阿棋若有所思地看着我，眼神中还是有很多不解。

采访还在继续，欧阳的状态非常好，阿棋看着监控，对画面很满意，她说这一期之后，欧阳的酒吧肯定会火爆上海滩。

整个拍摄到下午 3 点还在继续，阿棋说估计要持续到晚上了，我一看还要那么久，就和欧阳打了一个招呼，先行离开了。走在南京路上，到处都是情人节的广告，"生命本身就是一场约会，如果幸福没敲门，那么你就出去找找呗。"我停下了脚步，这句话写得真好。是啊，既然幸福没来敲门，我是不是也该主动去找找了？

"嘀嘀"，阿棋来了短信息："今天采访到现在真的是一切顺利，姐，真是多亏了你。还有，欧阳哥这么帅，你怎么会不心动呢？你要是不要，那我可追了，到时候你可不要后悔啊！"

"哈哈，请便。"我看着短信，笑着回复道。

对于这个短信我权当玩笑，阿棋这说风就是雨的性格也真没办法当真。

转念回想刚才的那句广告语是卖什么产品的了，居然记不起来了，不过也没关系，那或许已经不重要了。

2006 年 2 月 12 日

"生命本身就是一场约会，如果幸福没敲门，那么你就出去找找呗。"明天就要去 C 酒店报到了，职场的幸福或者也要靠我自己主动去找寻和争取啊。

第四章　火药味十足的"见面礼"

看着窗外柔和的阳光，内心一阵欣喜，看来是个好兆头。

"闺女，老规矩，今天老爸送你。"

"就来了，还有爱你哦！"

这是我和老爸心照不宣的约定，每一个我赴任新工作地的第一天，都必须要接受他的悉心护送。

妈妈当时听闻笑说："以后囡囡嫁人了，就轮不到你这个老头子了。"

爸爸脸色一沉，强硬地说道："嫁人了我也要送。"

妈妈看老爸那个认真严肃的劲儿就知道，这个问题触到他最柔软的神经了，赶忙安慰道："好好好，都是你送，送一辈子。"

听完，爸爸的脸色才缓和了不少。

"妈，你帮我看看，我穿这套怎么样？"我把从卧室到客厅这一小段路当作T台，走着台步，然后叉腰转身一套动作行云流水般完成，刚站定才发现老爸从门厅探过来的脑袋。

吓得我差点摔倒，赶紧扶了扶手边的沙发。

"爸，你吓死我了，以为你都已经下楼了。"我忍不住抱怨道。

"哈哈，我觉得不错，那我车里等你哈。"说完，老爸转身兴高采烈地吹着口哨出门了。

"搭配得不错，第一天选深色的套装很稳妥，不过你可以再配一条亮色的围巾。"

"好的，收到。"

看着妈妈脸上笑容的幅度，就知道刚才那一幕她全部看在了眼里，所以我们才是一家人呢，配合默契、逗哏、捧哏、观众，全套配齐。

站在卧室穿衣镜前调整围巾的角度。视线又不由得看向照片墙，墙上又多了一个新的相框，相框里是 C 酒店的大楼外观。

因为这家酒店位于上海的 CBD 区域（中央商务区），酒店的主要客源都来自附近商务楼的大大小小的公司，三百二十间客房，两个餐厅。酒店的设计虽然不如 R 酒店和 L 酒店奢华，房间面积也不大，但是因为有宽敞的办公区域，每晚房价不到一千元，这对于对房间没有那么多要求的商务客人来说，其实性价比更高。而且虽然酒店室内设施不奢华，但酒店的外观却很华丽，晚上华灯初上，远远看去酒店仿佛戴着顶皇冠，金光闪闪，所以很多客人也会昵称它为"金顶酒店"。

"嘀嘀"，短信的声音拉回了我的思绪。

"祝在 C 酒店一切顺利，不要因为老总帅，就把我们抛在脑后了。还有，记得如果业主那里遇到搞不定的麻烦，随时联系我。——你苏哥"

"好呢，不过苏总，你知道吗？你此时的口吻像极了一位老父亲，哈哈哈哈哈。"我笑着回复。

苏总无语地回复了一个哭脸给我。

我们的车刚下高架，就看见酒店的金顶了，爸爸问道："这家酒店地理位置是芮华酒店里最好的，房价也相对比较低，这入住率应该低不了吧？"

看见红灯，过了路口，再左转就到了。

"我听说这家酒店业绩最好，主要是酒店经常满房，客房收入利润也高。"

"那以后可有你忙的了，这家酒店目前配有人事总监吗？"老爸接着问。

第四章 火药味十足的「见面礼」

"还没有，所以你姑娘我目前是人事部的老大。"我有点美滋滋地跟老爸炫耀。

"哎哟，我女儿好厉害啊，做老大了，不过切记不要得意忘形哦。"老爸替我骄傲的同时，不忘再敲打我一下。

绿灯亮了，左转，停稳车，爸爸笑看着我说："能给老大服务，我表示十分荣幸。"

"爸。"我有些无奈地娇嗔道。看着爸爸的车子离去，忽然发现天有些转阴了。

不过天气的变化也挡不住我此时的兴奋，因为 C 酒店的人事部在五楼，终于不是在地下了。我刚走进人事部的门，就发现两位同事已经到了。他们也马上看到了我，我笑着跟他们打招呼。其实之前来面试的时候，我们已经见过一次了。坐在离门口最近工位的是 Monica（莫薇佳），她主要负责薪资福利；坐在靠里面一点的是 Tom（汤默斌），负责培训与员工活动，目前我们应该是酒店最小的一支团队了，整个人事部就我们三个人。不过好在 C 酒店餐厅只有两个，所以员工编制才是 L 酒店的一半，二百五十名左右的员工数量。

"哇，你们好早啊，我今天还特意早来了一会儿，没想到你们更早。"我感叹道。

"老板早！那必须的，要欢迎你第一天入职，怎么能让你比我们先到！"他们不约而同地说。

"叫我悦就可以了，不要叫我老板啦，我还不老呢，哈哈。"第一次被称作老板，还真有点不习惯。

"好的，老板，啊，抱歉，我保证以后不叫了，那先来看看你的办公室吧。"

我无奈地笑着看看莫薇佳，看来我以后还是慢慢习惯吧，她带我走进最里面的一间办公室。

办公室有一面很大的落地窗，面对酒店外面的车道与马路，虽然天还是阴阴的，可我还是忍不住感叹道："真好啊！总算不是在地下了。"

"是呀，慢慢你就会发现，我们这里员工谈心工作会相对轻松不少，功臣之一就是这里的环境。"莫薇佳点头说道。

她整理了一个详细的清单，还有一个很厚的文件夹给我。里面按照人事部工作板块分别罗列了工作要点，看着这整理得井井有条的文档，就知道小莫同学对于文档整理很是在行。

"酒店晨会是在早上 10 点，因为早上 9 点是前台退房的高峰期，所以 Lucas（卢卡斯）考虑决定把晨会定在 10 点，错过高峰期。"

"好的，明白，谢谢。"我点点头，觉得"美男子"的考虑不无道理。

"那你先忙，我去看看 IT 有人上班了没有，让他们来给你调试电脑和邮箱。"莫薇佳交代完就先去联络了。

我环顾了一下这间新办公室，非常整洁，桌上除了必要的文具，没有多余的装饰。那就从水杯开始吧，我从包里拿出了 Jorizon 开业时欧阳送的保温杯。相信以后的日子里这间办公室会有更多属于我个人风格的东西。

离晨会的时间还早，我决定先看看文件里的信息。第一页是部门总监与经理的名单，目前空缺的职位是前厅经理，后面附了几份候选人的简历，简历上都标注了"美男子"对他们的评价。我大致翻阅了一下，有的是酒店面试通过，候选人却反悔了；有的是酒店面试时，候选人期望的薪资对酒店来说过高；有的是酒店觉得候选人经验不够；种种原因，导致现在还没有找到一位合适的人选。我想莫薇佳把这些都整理出来，是为了让我摸清"美男子"对这位前厅经理的具体要求。因为最后特别标注了一句：Please hire Front Office Manager before end of March.（请在 3 月底之前招募到前厅经理）。

目前，前厅的团队负责人是副经理 Alice，从信息上来看，哪怕是一直没有找到合适的人，"美男子"也丝毫没有要提升 Alice 的意思。那么我还有一个半月的时间，看来接下来的工作重点就是招聘这位前厅经理了。

第四章　火药味十足的「见面礼」

9:50，莫薇佳敲门，"悦，我带你去开晨会的办公室吧。"

"好的，谢谢。"我拿起笔记本，整理了一下衣服，起身跟着她出门。

出门之前汤默斌调皮地说了一句："祝你好运。"

虽然他是笑着说的，但总觉有一丝不祥的预感，或许是我想多了，毕竟到目前为止一切顺利。

我们从人事部办公室出来，右转是销售办公室，销售部紧挨着行政办公室，莫薇佳指着通道最深处，说那里是财务部，原来"小甜花"的办公室离我不远，以后可以约着一起吃午饭啦。会议室在行政办公室的斜对面，从玻璃窗看进去已经有三位高管入座了，莫薇佳笑着指了一下示意我到了，就先回去了。

"大家好，我是童悦，今天报到的人事经理。"我轻轻推开门礼貌地问候。

"欢迎，欢迎，久闻大名了，终于把你这位美女人事盼来了。我姓倪，餐饮总监，你可以叫我 Nick。"倪总监起身走过来跟我握手。

倪总监 180 厘米左右的个子，身材保持得很好，应该是经常去健身房，干练的寸头，整个人看起来精气神十足。

"谢谢夸奖了。"面对新同事的夸奖，我还是有点不好意思。

"您好，我是工程部的张强。"张工身材微胖，看起来十分憨厚老实。

"您好，我是客房部的 Helen。"我回忆着名单上的信息，Helen 应该姓顾，拥有非常丰富的工作经验，她座位面前放着一打资料，还有一本厚厚的笔记本，我感觉顾经理应该是非常敬业的。

"啊，悦，你都已经到了，欢迎啊，见到你太高兴了。"我们刚打完招呼，"美男子"就推门进来了。

"谢谢，我也很开心，您能够给我这样一个机会，我很荣幸能加入 C 酒店这个大家庭……"我本还有一些话没说完，但走廊里的声音越来越近，也越来越大，吸引了我们所有人的目光。

"Alice，我和你说，软件工程公司那么重要的总监投诉到我这里来，你到底懂不懂如何去处理客人的投诉啊？"

"娜姐，实在不好意思，我以为他接受了前台员工的建议，这件事已经平息了。"Alice 着急而又委屈地解释着。

随着我们的目光，两个人已经走到了会议室的门口。Angelica（温娜英）应该是 C 酒店的市场销售总监，娜姐应该是员工间对她的常用称呼吧。Alice 有着非常精致的五官，短发，这形象在前台的对客服务一定很受欢迎，尽管她现在没有笑，一脸焦急，但我能想象得到她笑容有多美。娜姐比 Alice 高了不少，烫的一头棕色的羊毛卷，目光像把刀子，来势汹汹，语速很快配上尖细的嗓音，透着严厉和不好惹。

娜姐进门一屁股坐下来，丝毫没有注意到今天的会议室多出了一个人，心情完全不加掩饰全都写在了脸上，会议室的气氛仿佛凝固了。Alice 像个受惊的小兔子小心翼翼地坐下来。

倪总监看到此场景嘀咕了一句："唉，每天都这么怼营运部门，有意思吗？"

"能开始了吗？我要先说一下昨晚非常严重的一起客人投诉！"娜姐毫不顾忌此时会议室的氛围，定睛看着"美男子"带着情绪问道。

"请等一下，我要先为大家介绍一下新来的人事经理，童悦。""美男子"也直直地看着她，语气中已经听出他对娜姐的做派有所不满。

娜姐也听出了"美男子"的情绪，才转过头看我，她上下打量了我五秒，然后嘴唇抿了一下，压下了自己的情绪，再没有开口。

第一次晨会这个火药味十足的"见面礼"就已经让我感受到作为人事经理的压力了，看来真的是要祝自己好运了。

第四章 火药味十足的「见面礼」

第五章　入职"小考"

从进入酒店到现在，让我有很深体会的一件事，就是你可以选择面试的酒店品牌、工作的部门、具体的岗位，但是你无法选择你要面对的同事。你与之合拍也好，观念不同也罢，都是要与之共事的，所以在这中间唯一需要调整和改变的是你看待他们的角度，还有就是你应对他们的方式与方法。

既然挑战来了，就去尝试了解和迎接吧。

"美男子"认真环顾了一下会议室里在座的每一位，停顿了一下，终于重新开口道（看来"美男子"此时也在努力调整自己的情绪）："首先，请让我们一起欢迎童悦的入职，她之前在 L 酒店从事培训经理一职，也在酒店总秘一职空缺期间兼职做了总秘的工作。酒店的老总们、总监们都对她的工作表现有很高的评价，相信大家也都略有耳闻了。希望她的加入能够让我们酒店的员工关系、重要岗位的招聘还有员工培训与发展带来积极的改善。"

接着，他的眼神从温和变为凌厉，转头看向娜姐，继续说："对于昨晚软件工程公司王总监的投诉我非常清楚了，而且今早我和 Alice 对于这件事已经聊过了。针对投诉事件的下一步处理方案，我们也做了沟通，Alice 会在会后跟进未尽事宜。如果 Angelica 你这里对这件事还有进一步的反馈，稍后可以在会上提出，我们大家再进行探讨。但是首先，我还是要请 Alice 跟大家分享一下昨天的财务报表。另外需要跟大家分享的一个信息是我们的财务总监 Sharon 这两周在

L酒店交叉培训，等她回来之后，财务报表就由她来分享了。"

"美男子"这一席话说完，我忍不住在心里为他竖起大拇指。这是一个很有魄力的领导者，面对下级的矛盾，面对棘手的投诉，处理得不偏不倚，该敲打的敲打，该给台阶的给台阶，该鼓励的鼓励。短短的几句话让会场的氛围又恢复了原有的样子，Alice如惊弓之鸟的面色此时也缓和了不少，娜姐此时脸上的戾气也少了几分，其他总监们也都松了一口气。我能跟着这样一位上司，顿时心里感觉无比踏实。

"总体来说，昨晚预计的入住率为百分之八十八，实际入住率达到了百分之九十八，高于预期。过年之后来自公司的商务客人实际预订量高于我们的预期，昨晚餐饮的实际收入也高出预算三万多元。"

然后Alice抬头看了一眼娜姐，又感谢地看了一眼"美男子"，才认真地解释道："对于昨晚王总监的投诉，我深表歉意！在他办入住手续的时候，前台的系统里看到仅剩双床房，员工在没有和王总监沟通征得同意和谅解的情况下，就直接给王总监安排了一间双床房。导致王总监入住房间后，对房间安排非常不满意，专门回到前台投诉。员工为了及时安抚王总监的情绪，马上承诺给客人免费果盘和一张免费的午餐券作为补偿，当时王总监因为时间有限没有多说，就出门上车去了公司，员工以为王总监接受了这个补偿方案。

"晚上，我接到Angelica的电话，才知道王总监对于酒店的处理方式很不满，并再次投诉给了Angelica，他说他根本就不在乎这些果盘、餐券的补偿，他只是想要一个舒心的休息环境，就是一间大床房而已。

"今早刚上班，Lucas就跟我沟通了对于这件投诉的处理意见，接下来麻烦Helen通知客房部的同事尽快打扫出一间干净的套房来，保证在王总监回来之前，这间房间可以入住，并提前与王总监进行沟通，在征得他同意的情况下，把他的行李搬去套房。事后我也和涉事员工做了进一步沟通，接下来我们部门在处理客人投诉方面会着重培训。"

Alice 把整件事的前因经过以及到目前为止的进度描述得非常详细，对于团队的失误，没有任何偏袒之意，敢于承担责任的态度是非常值得赞赏的。但她的言语间还是透着丝丝的惶恐，或许是害怕娜姐再给她难堪吧。

"我认为要给这位员工一张警告单。"果然，娜姐不依不饶，会议室里的人听完不约而同地看着娜姐，大家的眼神里有些无奈，但更多的是对她的不认同。

"美男子"此时却转头看向我，看来他希望我这个人事经理当当这一轮的和事佬。其实在这么短的时间里，我已经感受到了娜姐的气场和格格不入的作风，但我知道这是我作为人事经理不可避免要去处理的工作之一，我就当这是"美男子"给我的第一个考验吧。

我微笑着看着娜姐，"首先，谢谢今天的晨会让我学习到了很多，从踏入酒店到现在还不超过三个小时，各种信息就已经需要我在脑海中分析处理了。就仅从刚才 Alice 描述的事件过程，从人事管理的角度而言，给员工警告的效果远没有加强给员工培训的效果好，会后我会找这位员工谈谈的，我相信我们的出发点都是为了类似的事件不再发生，而不是要找到一个责任人，您说是吗？"我的语气看似询问，实际是有些强硬的不容商量，坦白说，我心里也不认可娜姐这种咄咄逼人的处理方式。因为这不仅不能解决问题，反而会激化部门之间的矛盾。

还没有等娜姐答复，"美男子"就把话接了过来："对，我们要找的就是更好的处理方式，而不是一个责任人，这事就这么办。其他部门还有没有事情需要讨论的？"

看来"美男子"也想尽快解决这场风波，就着我的话结束这个话题，想必此时的娜姐就算还有不满，也不会再提了。

Helen 看着 Alice 语气温柔地承诺道："我会跟进套房的清洁问题，在 12 点前把王总监的套房打扫出来，并配合前台进行换房。"对嘛，越是有问题的时候，越是需要团队间的配合与理解。话音刚落，再看会议室里除了娜姐的其他人，脸上终于又有了浅浅的笑容，接下来的会议氛围也轻松了不少。

张工特别提醒了今天有市政检查路面的水管，让进出的车辆注意安全。等倪总监汇报完今天中午的 VIP 客户的午餐包场进度情况，并请娜姐放心，他会亲力亲为，娜姐的情绪才算是阴转多云。

晨会结束，大家都匆匆离开了会议室，因为今天入住率依然超过百分之九十五，我正要离开，"美男子"却叫住了我："悦，你能留一下吗？"

等大家都离开了，他看着我，叹了一口气，"真是不好意思，你第一天报到就让你面对这样尴尬的场面，其实类似的问题每周都会在前台发生。只是这次问题投诉到 Angelica 那里，她今天的反应是有点过激，但其实我是理解她的，其出发点是为了酒店的生意好。所以当下前厅迫切需要一名前厅经理来领导这个团队，Alice 很善良，但是她目前还无法带着这支队伍走向正轨。这是你接下来最紧要的工作任务了，我希望越快越好。"

"明白，我会想办法尽快落实。"我一边点头，一边在心里琢磨有哪些渠道可以更有效地发布招聘信息，收到更符合我们要求的面试者简历。

"其他职位目前比较稳定，我听 John 说你之前组织策划过一次酒店高层的团建活动，反响很好。我希望你能通过其他的一些方式让我们这里的高层们能更好地合作，因为我们当下没有空闲的时间进行团建，他们几乎都是全负荷在工作。如果有时候谁的语气有些急，你也别放在心上。"

"我明白，你放心。"真的很感谢"美男子"在这么忙碌的情况下，还想要尽量顾及每个人的感受。

回到办公室，翻看手中这些面试过的面试者资料，觉得还是缺少信息，我就把莫薇佳叫到了办公室，还让她顺便把目前收到的待面试的面试者简历也都拿给我。

"以前这个酒店有前厅经理吗？"我问道。

"有编制，但没有招过，因为有营运总监在。"莫薇佳回答。

第五章 入职「小考」

225

"营运总监？那么就是二把手了。他是什么时候什么原因离职的呢？"

听到这个问题莫薇佳看起来有些为难，那看起来这个离职不简单。

"你不用有顾虑，酒店圈是没有秘密的，像这样高的职位离职原因你不说，我也很容易查到的，现在时间紧迫，就不要让我再费周折了。"

"其实具体为了什么我也没有那么清楚，听说是为了一个客户，然后与娜姐闹得非常不开心，Lucas 当时对这件事没有发表看法，二把手就辞职了。其实在我看来她是一个非常敬业的女士，可惜碰到那个难缠的客户。"

她有点惋惜，然后感叹道："Alice 是二把手一手培养出来的，本来是朝着前厅经理的方向发展的，但是现在已经物是人非了。"

原来是这样，难怪"美男子"面试了这么多人，一直没有成功。这个前厅经理除了需要有领导力，还需要懂得如何在处理客人的问题上和娜姐打交道。我看着手上的一沓简历问莫薇佳："这些简历，老总都看过吗？"

"唉，其实简历是已经收到手软了，但我们觉得现在在招聘网站上投放信息、收简历、面试是无法解决这个职位的招聘问题的。"她有点泄气道，估计面试过的候选人远不止我文件夹里那些。

"辛苦啦，那么我来想想办法吧。"我拍拍她的肩膀，让她不要担心。

我站在办公室的落地窗前，心里开始梳理。我们这家酒店有哪些其他酒店所不具备的优势，可能会吸引到有能力的候选人过来面试？目标候选人应该有怎样的定位？是要来自五星级酒店、奢华酒店，还是中档酒店呢？如果直接给五星级或者奢华品牌的前厅经理打电话挖人呢？他们会考虑吗？

我快步走回办公桌，打开文件夹，里面有一份酒店岗位工资表，我查阅了一下前厅经理的工资，心里一沉，看来五星级酒店、奢华酒店就不要考虑了，这个工资水平绝对不足以让这些前厅经理心动。

那么如果是五星级或者奢华酒店的前厅副经理呢？如果是已经做了很久，又没有机会晋升，我们这里的条件他们会心动吗？工资的涨幅如果从副经理到经理应该在百分之十五到百分之二十，对，发展机会是我们这里的隐形吸引力，酒店还没有营运总监，来我们这里的话，未来是不是比其他酒店有更进一步的条件呢？一个又一个的念头在我脑海里飞转着。

"不好意思打扰了，童经理，我敲门了，可能您没听见，Alice 让我来找您。"一位很清秀的女孩子站在门口。

"你是？"我这才从思绪中回过神来看向她。

"我是 Joanna，李小颖，昨晚被客人投诉没有给大床房的当值员工。"她红着脸解释道。

"哦……你好，你好，不好意思，我刚才在想事情，来，先请坐。"我为自己没有记得这件事情有点过意不去。

她在我对面坐下很是拘谨，双手紧攥着，椅子也只坐了一个边，完全不敢抬头看我。

"Joanna，你别紧张，我是新来的人事经理童悦，我就是找你了解一些情况，你是什么时候入职的？"

"半年前，其实我在这里工作得蛮开心的。Alice 人很好，很照顾我们。昨天……昨天……真是太对不起了……"她的声音越来越小。

"昨天的情况，我早上已经听 Alice 复述过了，但是我还是想听听你的，可以吗？"

"嗯……昨天那位王总监来前台的时候，系统里显示没有大床房，可能是因为一个早上一直在做退房，没有片刻休息，居然忘记询问客人愿不愿意调剂去双床房了，就直接给了一间双床房。"

"那我想再问一个问题，在客人回来前台投诉的时候，你给了他餐券和果盘作为补偿措施，但却依然没有给他换房间，是为什么呢？"

"当时……唉……因为当时系统显示还是没有房，而且我特别饿，想赶快处理完交班去吃饭，或者说去休息一会儿……"

"我了解了,那么昨天你们一个班次有几个人上班?"

"最忙的时候是两个人,加上 Alice,中班人员下午两点才会来。"

那怪不得,那么高的入住率,一个班次只有两名员工,出错的可能性是会高不少,"Joanna,谢谢你,事情我已经了解了。还有,事情既然已经发生了,就让它过去吧。以后尽量避免就好了,希望不要成为你的负担,我希望今后的每一天你都能够像刚来第一天的时候,用最好的状态去面对每一位客人。回去工作吧。"

"就这样吗?"她有些疑惑地看着我。

"不然呢,除非你还有其他的事情要和我说。"我笑着看着她。

"没有,没有,那我先回去了,还有,谢谢您。"

Joanna 走后,我发了一封邮件给 Alice,并抄送给"美男子"还有娜姐。我认真地从人事的角度分析了工作量和人员编制的问题,我希望 Alice 能够对 Joanna 进行进一步辅导,这次投诉不构成给员工口头警告的处分。

"美男子"秒回:谢谢并同意。

虽然这次的入职小考算是顺利结束了,但是,前厅经理的招聘还是一个悬而未决的问题,我要好好想想对策了!

2006 年 2 月 13 日

第一天入职,就见识了前厅的人员编制的问题、娜姐与其他部门的关系的问题,难道这些都能靠招聘一位前厅经理就能够解决吗?第一天就遇到了这么多棘手的问题,那接下来酒店应该还有很多问题等着我,只是尚未浮出水面呢。

第六章　我要投诉

在 C 酒店入职不知不觉已经快两周了，可是前厅经理的招聘依然没有实质性的进展。中间我还给王姐和钱小姐分别聊了这个事，问问她们有没有什么合适的人选推荐，毕竟她俩作为资深的人事总监，人脉资源的积累还是比我要深厚得多，几经周折最终等来了一位候选人，没想到"美男子"面试之后一直没有给我一个明确的答复。按照这样的情况来看，候选人还是要继续去找的，看来这个人虽然已经达到了"美男子"的及格线，但在"美男子"心里还是差了点火候。

随着时间一点点流逝，我也越来越焦虑。这些天一有空闲就在想这件事，甚至上班、下班的路上也是。出了地铁，等红灯的时候，我一抬头就和 H 酒店的标志撞了个满怀。两星期的行色匆匆满怀心事，这条路来来回回过了这么多次，我都没有好好看看这周围的环境。

这家 H 酒店是王姐在加入芮华集团之前工作过的地方，H 酒店属于高星级的品牌，酒店硬件条件也比 C 酒店高一个档次，而且 H 酒店对客服务方面的口碑一直不错，不过价格上的吸引力是 C 酒店更胜一筹。又因这两家酒店位置相近，所属集团不同，这两者之间的竞争一直处于十分胶着的状态。

等一下，我突然冒出来一个念头，H 酒店的前厅副经理会不会对 C 酒店前厅经理的职位感兴趣呢？

我看了一下时间，8:20，这个时候应该还没有交接班，我快步往酒店赶，

冲进办公室的时候，连莫薇佳朝我打招呼都来不及回应，一会儿再给她解释吧。我查好电话，赶忙拿起座机，拨通了 H 酒店的总机电话。

"早上好，欢迎致电 H 酒店，我是 Eve，请问有什么可以帮您？"问候语甜美而训练有素，满分，果然 H 酒店的服务名不虚传。

"喂，你好，麻烦转接前厅副经理。"我故意调快了语速，让对方听起来我很焦急。

"好的，请稍等，请问您怎么称呼？"

我佯装生气时的不耐烦："怎么这么多问题，我是刚退房的客人，我要投诉，你们没有前厅副经理吗，找个人这么难吗？"其实此时我内心很是心虚，因为我也不确定他们有没有副经理这个职位。

"不好意思，女士，跟您解释一下，我们这里有两位前厅副经理，请问您要找哪位呢？"

居然有两位前厅副经理，这的确出乎了我的意料，我快速思索了一下，"谁能对投诉做主就找谁，真麻烦，到底什么时候能接通啊？！"为了不穿帮，我继续保持着生气的情绪。这样问她，其实是我想看看，同为前厅副经理，是哪一位更受团队信任，更有领导力。

"好的，这就帮你转接 Wit（王伟先生）。"

"嗯。"我想王伟应该是我要挖走的目标人选了，"不过，等等，你们另外一位前厅副经理是谁？要是王伟处理不了，我还要申诉！"打了这个电话虽然已经有了判断，还是再谨慎一点比较好，决定把另外一位的情况也了解一下。

"另外一位是张经理，他目前在客房部交叉培训。女士您放心，王伟先生一定会尽力帮你解决问题的。"

交叉培训？在客房部？看来张经理有转客房部门发展的想法，那现在我可以很确定了，张经理不是我想要的人选。"那就请立刻给我转王经理吧。"

"好的，不好意思让您久等了。"

"您好，这里是前台，我是 Amanda，请问有什么可以帮助您的吗？"

"我要找王经理。"

"不好意思，女士，王经理正在处理客人的问题，我让他稍后给您回电，可以吗？来电的这个电话号码可以联系到您对吗？那请问您怎么称呼呢？"

"打我手机吧，138×××××××，我姓童，刚退房，我要投诉。"我留了我的手机号码，以防我不在办公室。

"非常抱歉，在您入住期间给您不够理想的入住体验，我会尽快让王经理给您回电的。"听着这位员工的语气与用词，我想平时他们的培训一定做得很棒，这就让我对王经理又多了些期待。

挂了电话，我走出办公室去向莫薇佳解释来时的行色匆匆，希望得到她的谅解。还一并说了刚才实施的招聘计划。

她听完目瞪口呆地看着我，仿佛我干了一件惊世骇俗的大事。

"不要告诉我，你对 Lucas 与 H 酒店的老总关系很好这件事毫不知情，你就这么大张旗鼓地去挖人啊？"

"这有什么不对吗？如果这个人够优秀，他应该配得上更好的发展机会，不是吗？"我有些得意地回答道。

"那你就不怕……"小莫同学还没说完，电话就来了，一串座机号码。

看来是 H 酒店打来的，这位王伟经理处理客人投诉效率很高啊。看来他真的是一个懂得倾听并与客人共情的人。我对小莫同学做了一个嘘声的手势，转身又走回办公室。

"童小姐，您好，我是 H 酒店的前厅副经理王伟，听我的同事说您昨晚的入住不是很愉快，您能说一下具体的经过吗？我非常真心地为您解决。"

"王经理，我是 C 酒店的人事经理童悦，目前我们酒店前厅经理职位空缺，你对这个职位感兴趣吗？"

对方听完顿时沉默了，显然画风的突变让他有点没反应过来。这在我意料

之中，可是他没有让我多等，很快就做出了反应，回复说："童小姐，我现在还有一些事情要处理，如果您不介意的话，我开完晨会再给您回复，可以吗？"

太好了，他没有立马拒绝，看来有戏。

"好的，没问题王经理，你方便的时候随时打电话给我。"挂了电话，向一直满眼期待又满是紧张地看向我办公室的小莫同学，笑着点点头，示意有戏哦。小莫同学又是吃惊，又是兴奋，冲进办公室给了我个熊抱。

"收敛一点，这八字才一撇呢。"我让她悠着点。

"不管不管，悦，你也太棒了，你这是要出奇制胜啊！"

9:30，等来了王伟的再次致电。看到来电显示时，内心一阵狂喜，果然他表达了对经理职位的兴趣，接下来的工作进行得就格外顺利了，确定了简历发送的邮箱地址，约了明天面试的时间。

结束了通话，内心还是止不住地喜悦，看了看时间，决定还是把这件事在晨会前跟"美男子"汇报一下。路过销售部的时候，心情就像是打了一通被突然挂掉的电话一样，雀跃的心情戛然而止。前厅经理的招聘虽然有了眉目，但娜姐和营运部门的关系还一直僵持不下，不仅 Alice 看见她害怕，连倪总监、张工、顾经理都会礼让三分，每天晨会的气氛总是会因为娜姐的一句话而骤变。但因为我也刚上任，所以还需要多了解多观察，才能更好地采取下一阶段的措施。我观察着娜姐，几次都发现她在要向其他部门开怼的时候，会双手胸前抱臂。虽然这种姿势常常表示这个人对周围环境、周围人的"拒绝"与"排斥"，但同时也是一种自我保护的下意识动作。所以从这个角度来看，我不认为娜姐只有大家印象里得理不饶人的那一面，看来我还需要继续观察和发现啊。

我正想着，就已经走到了"美男子"的办公室，下一难题就留给日后了，先解决一个是一个。在进门前我赶紧又整理了一下思路，才敲门进去。"美男子"听完猎人整件事的起因经过，惊喜地看着我说："悦，你也太有创意了！很多人事都是在办公室坐着等简历送上门，你却选择主动出击，而且你的目标很精准，

H 酒店与我们酒店有很多相似之处，定位也很高端，我见过 Wit 几次，印象非常不错，听到是他对我们的职位感兴趣，我真的太开心了。"

"谢谢，我约了他明天来面试，具体的时间稍后我和你的秘书对接一下。"听完"美男子"的话，这下我的心是彻底踏实了，看来只要王伟来面试，这个职位就敲定了。

"看来，我要做好准备接听 H 酒店老总的投诉电话了，哈哈哈哈。""美男子"开心地说。

既然事情已经基本算是尘埃落定，我们也准备起身去会议室开晨会，刚一转身，就跟几乎是冲进"美男子"办公室的 Alice 撞了个正着，我揉着被撞麻的手肘，还没来得及抬头看看到底谁是这个冒失鬼，就听她气喘吁吁地说："对不起，太着急了，Lucas，十七楼的水管爆了，现在工程部在维修，他们通知我现在需要关闭总阀门。"

"我的天哪！""美男子"也不敢相信一个好消息之后，就有这么大的事故等着他，"张工的电话打了吗？"

"打了，张工正赶过来。"

"你现在马上通知总机致电所有住店客人，人手不够，就让前台也加入。通知客人暂时不要洗澡。现在的入住率大概多少？这个时间应该有不少客人已经外出工作了。"

"今早有不少客人退房，现在入住率是百分之七十多一点。我立刻通知总机和前台。"说着她赶紧出去用总秘的座机交代工作去了。

2 月份的天气，张工却急得满头大汗地站在会议室门口，和现场抢修的工程师打着沟通电话，询问目前的进展，可以确定的是总阀门已经关了，但到底还需要多久能够恢复，为什么水管会爆裂，这些还都是未知。

"悦，你赶快通知 Sharon 停止在 L 酒店的交叉培训，回来处理理赔事务。""美男子"一边在本子上整理思路，一边给我们部署工作。

第六章　我要投诉

233

"好的。马上通知。"这样的事故确实需要财务总监出面与保险公司沟通，对酒店、客人财产损失进行估价。

原计划，是下周一 Sharon 回 C 酒店上班。前两天我们还通过电话说在 L 酒店的培训非常顺利，其间苏总很热情地还请她吃了一次饭，用餐过程中跟她大谈财务总监与业主关系的重要性，搞得她本来就有些紧张的情绪波动得更厉害了，我还笑说，苏总这是教人还是吓人。不过我到现在也没见过 C 酒店的业主代表刘总，对她的了解还处于道听途说阶段。

"Sharon，酒店水管爆了，来不及详细给你解释了，Lucas 让你立刻停止交叉培训，速回酒店。"

"啊，怎么会这样，我跟这边交代一下，马上回来。""小甜花"知道事态紧急，也没有多问。

刚挂了电话，转身回会议室就听到娜姐怨气十足的声音："这个酒店怎么整天这事那事，客户都给惹毛了，还怎么接生意啊？"

"Angelica，请你配合 Alice 与客户进行沟通，现在不是听你抱怨的时候，抱怨能解决问题吗？请你好好看看墙上贴的公司的文化，好好回忆回忆什么是'员工是家人'，回忆起来了就赶紧工作！"我第一次看到"美男子"如此严厉。

娜姐也收起了她的脾气，老老实实安排客房销售处理客人的投诉电话。娜姐这个嘴啊，以后是该想办法让她改改了。

张工终于打完电话回到了会议室，从他结束通话的那一刻，大家期盼的目光就没从他身上离开过。

第七章　让人惴惴不安的八卦

张工看着大家焦急的脸，已经顾不上用英语表达了，他急促地说道："师傅说还要两个小时，中午 12 点肯定可以搞定，水管爆裂的原因是质量不过关导致的接口处加速老化。我们现在需要换新的接口，当然一定是要质量好的。事故原因与之前的市政施工应该没有关系，只是我们酒店水管质量的问题。"

"采购部那边怎么说，供应商联系上了吗？能马上送货吗？" Alice 十分急切地询问。

"已经在来的路上了。"张工答道。

我正好坐在"美男子"的旁边，就近为他做了翻译。"美男子"听完点点头，"好，继续让总机跟进实时的客人情况反馈，记录客人的需求，如果有投诉，Alice，你亲自负责。"

Alice 点点头但是一脸的为难，我能感受得到她的无助。毕竟现在这种情况，客房里还有那么多客人，每一位客人都像是一颗定时炸弹，随时都可能会向前台投诉。或许，如果需要，我们部门可以去支援一下。毕竟，安抚人的情绪，我们人资也是专业的。

娜姐的嘴撇了一下，但最终她还是忍住没有开口，"美男子"让大家回去全身心投入工作，尽力把这次事故处理妥当。

离开会议室前我拍拍 Alice 的肩膀，"你们那边人手够吗？需要支援吗？"

"悦，谢谢，我先回去看看情况吧。有需要我给你打电话。"说完，她飞奔着离开了。

11:30，我们就收到了工程部秘书发来的邮件，水管已经修复，酒店运营恢复正常。真是个好消息，其实听到张工说12:00能修好，我的心就已经差不多放下了，张工说能做到的事，就没掉过链子。但是客人的投诉或许并不能随着水管的修复而完全告一段落。

正想着，桌上的分机响起，是"小甜花"打来的，"Sharon，欢迎回家。你那边还好吗？理赔的事情还顺利吗？"我既高兴又有点担心地问道。

"一回来就开始处理了，这不刚和保险公司打完电话，就向你报到了。一起吃午饭吗？"从她语气听起来心情不错，看来问题不大。

"好啊，一会儿员工餐厅见。"我开心地应道。

"小甜花"今天穿得如花似锦的，看来在酒店交叉培训收获不小啊，气色看起来也很好。我们刚在员工餐厅坐定，她就低声和我说："有个很大的八卦，是苏总告诉我的。要不要听？"

我吃惊地看着她，只能感觉"小甜花"几天不见有被苏总同化的趋势啊。

"你注意点你的表情，嘴再张成这个幅度，口水一会儿就流下来了！"她笑着说。

"什么啊？什么啊？快说，快说！"

"'美男子'要调去芮华集团在澳门的酒店了。这里的业主代表刘总告诉苏总的，说黎豪业要调任一位女总经理过来，叫许如君。"

"许如君？这个名字好像以前在哪儿听过，苏总说的，看来消息的准确性很高了。你知道这个总经理人怎么样吗？"

"我也不太清楚，目前说是刘总面试过了，但还没有最后确定。其实，我还是喜欢老外当总经理。我更喜欢老外的办公习惯和沟通方式。公私分明，对事不对人。听说许总至今还单身，虽然不知道会怎么样，但是第六感给我的感觉很不好。""小甜花"一脸担忧。

"她单身？"

"苏总也是听刘总说的，业主方哪有不考虑成本的，单身能省不少成本不是？你看起码老总小孩儿的学费省了，给老总孩子安排的学校，学费可不是一个小数目。还有住宿也不便宜。""小甜花"从酒店财务成本的角度上给我分析了一遍。

说实话，中国籍的总经理本就不多，还是位女性，的确是很了不起了。或许，也是她一心都扑在事业上，才放弃了拥有一个家庭的机会。但是一想到"美男子"要离开，心里还是满是失落。因为还没有机会跟着他学习，他就要离开了。

或许是"小甜花"的暗示，我心里也有了一丝不安，或许是我还没和女性高管相处的经验吧。突然，脑海中闪过一个念头，我发了一条短信给王姐："王姐，你熟悉许如君吗？想跟你打听一下她。"

"小甜花"又问了我这几天晨会的情况，我大致描述了一下C酒店晨会的风格，也说了一下娜姐与Alice关于王总监投诉的处理。

她听后直摇头，"看来，还是要小心谨慎啊，我们都很年轻，都是第一次做部门老大，感觉如履薄冰啊。"

正准备开口回复，"嘀嘀"，王姐短信息回复了："我没有和她共事过，但是听与她共事过的人事总监和我说，此人说起话来总是滔滔不绝，提的要求也总是很难满足，是个不折不扣的工作狂，目前还没有收获爱情，你打听她干吗？"

我赶紧把信息拿给"小甜花"看，我们两个的脸色一下子都变了个样子。看来预感不好也不是完全没有道理。

"王姐，她有可能会过来C酒店担任老总，所以就先八卦一下呗。"

"原来是这样啊，如果真是这样，那你自己小心，如果有不懂的，随时问我。"

"谢谢王姐。"我放下了手机，和"小甜花"面面相觑，彼此想着心事。然后我们抬头给了彼此一个眼神，拿起餐盘，放去收餐处，看着还剩不少饭菜的盘子，内心一阵愧疚，可是真的没有了食欲。

分开前，我们好像都下定了决心一样，我看着她，"无论未来怎么样，我们一起面对吧。"她也坚定地点点头。或许是不谋而合的约定给我们彼此吃了一颗定心丸，我们各自回办公室的时候情绪明显平复了很多。

我刚坐下，就有一封电子邮件：

下午好，悦：

3月12日酒店有一场大型外卖活动，客人数量高达一千人，目前餐饮部人手不够，现申请向集团其他酒店招募taskforce（特别帮助小组）。具体所需人数和岗位明细请查看附件。麻烦了，谢谢。

Nick 倪

看着邮件，脑海里回想起当初在R酒店，我和小萌为了张柏芝的见面会去吧台帮忙的情景，只是这次外卖的规模远超那次粉丝见面会，我仔细看了一下人员名单，本次需要从姐妹酒店招募五十人左右，厨房、饼房、宴会服务、调酒等各个不同的工作岗位都缺人手。

刚看完，"美男子"就做了回复并抄送给倪总监，"Would it be possible to train some internal staff as taskforce? Thus, we can reduce the cost comparing with using the external. （我们能培训一些酒店的内部员工去帮忙吗？这样，比起使用姐妹酒店的员工，我们可以节省一部分成本。）"

"Monica，你能进来一下吗？"

"悦，怎么了？"

"之前如果碰到大型宴会，我们有没有使用内部员工去帮忙呢？"

"有的，去帮忙基本都是财务部和人事部的人。我们会做一些简单的服务，我有以前帮忙过的员工的名单，你要吗？"

"太好了,谢谢,我想问一下那市场销售部的员工呢?没有去过吗?"

"没有。"

"为什么?"

"这要看部门老大的呀,不是所有老大都会选择在特殊时期支持营运部门的。"莫薇佳说完有些带着情绪地撇了撇嘴,看来以前也没少吃闭门羹。

看着小莫同学的表情,我脑海里越来越明确,这个酒店的有些问题不能再等了,要开始有所行动了,我想了想,这么回复道:

Hi Lucas,

Thanks for the proposal. I think this is a solid plan. I would recommend Finance, HR and Sales &Marketing to nominate at least 50% of their manning to support this event on Mar.12. We will pay the overtime to the staff in the salary circle of March.

If you are fine, I will follow up with Angelica and Sharon on the name list no later than March 1st. As for HR department, three of us will be there to support the event.

Best,

Yue

卢卡斯你好,

谢谢你的建议。我认为这是一个好主意。我建议财务、人力资源和销售及市场部门提名本部门至少百分之五十的人员来支持3月12日的外卖活动。我们将在3月份的工资中计入这次帮工人员的加班工资。

如果你同意,我将和Angelica和Sharon在3月1日之前落实人员具体名单,我们三个人会尽力去支援这次活动的。

祝好,

悦

我按了发送，然后打开文件看了一下销售部的人员编制，十二个，那么娜姐至少要支援我六个人。

"美男子"几乎是秒回：

Good idea. Please follow up with Angelica and Sharon. If you have any challenges, please let me know.(好主意。请接下来跟 Angelica 和 Sharon 对接好这件事。如果你有任何问题，请告知我。)

得到"美男子"的支持，我立刻发了邮件给娜姐和"小甜花"，请提供百分之五十编制的员工名单给人事部，以支援酒店 3 月 12 日的大型外卖。

看着已经发出的邮件，我不是担心，而是胸有成竹地笑了笑，明天的晨会场面已经有所预见了，可是那又怎样呢？越是大家不敢碰的，才越是有问题的，要想酒店更好，就一定要有人做那个扎破气球的人，我已经做好心理准备了，那就来吧。总要试一试的。

2006 年 2 月 23 日

担任人事部所谓的"老大"两周，有时感觉身心疲惫，不知明天王伟的面试是否会顺利，不知明天最终娜姐是否会同意支援六名员工来帮忙宴会，更不知许如君何时到来，有时候真希望这一天来得慢点再慢点。

第八章　来自红色的幸运

我一早站在衣柜前摇摆不定，妈妈看我久久没有收拾好，有点反常，敲门进来看看我。"是工作上又有难事了吗？"

"老妈，你好了解我哦，呃……的确有。"我说完继续拉着衣柜中的衣服左右摇摆，黑色？深蓝？

"看懂不难啊，都写在脸上了，不如试试这套红色吧。"妈妈笑着看看我。

"会不会太红了呀？"因为职场嘛，除非有特殊活动一般很少穿那么鲜亮的颜色。

"职场上的难题不外乎两种，一种是难事，一种是难相处的人。你嘛如果是难事不会这么纠结，所以我猜是有让你为难的人了。这个时候不更应该给自己增加些气场？红色是个不错的选择，你说呢？"妈妈说完拍拍我的肩膀就出去了，给我留些空间自己想想。

增加气场？面对娜姐，我的确需要增加气场，那就这套红色了。下定决心后，我心情也跟着好了不少。

走进人事部办公室，就看见莫薇佳和汤默斌也不说话，直愣愣地盯着我看，看得我发毛，是我妆花了吗？这两个人是怎么了？

"一大早，这干吗呢？我脸上有东西吗？"我十分疑惑地问道。

"啊，没有没有，太美了，一下子看呆了，今天是有什么喜事吗？"汤默斌

回过神来解释道。

"少油嘴滑舌，专心工作，培训计划做好了？哪有什么喜事啊，是有难事要解决。"我没好气地吐槽道。

"我还以为你要宣布人生大事了。"汤默斌偷偷吐了个舌头，小声嘟囔道。

莫薇佳听完一下子就明白了，她明白我这是要和娜姐正面对战了。要娜姐同意部门一半的员工去支援3月12日的大型外卖，这的确是不容易啊。

我们还没说完，就见娜姐冲进了我们办公室，她看见我先愣了一下，可能也没想到很少穿亮色的我，今天穿了这么明艳的颜色。

"哎哟，今天穿这么红，是要去参加婚礼啊。"娜姐阴阳怪气地说道。

"没有啊，只是单纯地为了要和你协商3月12日的大型外卖销售部支援小组名单的事情。我是希望我们能达成共识，皆大欢喜，所以就提前穿上红色先庆祝一下。"我真挚地看着她笑着说。

娜姐可能没想到我是笑脸相迎的态度，想了想，然后扬起下巴对我说："我们部门以前可是从来没有去帮过忙的，而且我们销售部的员工做不来服务。"

"如果您是这个顾虑，那么不要紧的，我也没有做过服务不是？我带着你们团队的成员一起去学习呗，你们比我接触宴会要多，肯定比我学得快，您说是吗？"我依旧笑看着她说，丝毫没有退让的意思。

"童悦，你也要去帮忙吗？"她吃惊地看着我。

"对呀，我们部门本来人就少，所以我们全员上。您是觉得我的年龄、身高或者外貌有不符合规定的地方吗？"我说完耸耸肩一脸无辜地看着她。自从和小萌共事后，和难缠的人相处时，反而要提醒自己表现得轻松一点，所以我都会像小萌一样在这时候耸耸肩。

她听完咬着嘴唇，半天都没有说话，看来我是把她的退路都堵死了。胜利正在向我招手，我赶紧平复了一下心情，把不自觉生出的喜悦往心底压了压。

"嗯……那么我回部门看一下排班，斟酌一下名单吧。"说完，娜姐转头就走。

太好了！娜姐终于松口了。

"Angelica，非常感谢你们部门的配合，希望这份名单能够尽快给我。"我对着她的背影大声地说。等她彻底淡出了我的视线以后，我才算真的松了一口气，也才敢把心底的喜悦放在脸上。

莫薇佳把两个大拇指举到我脸前，生怕我看不到似的。

"老大，你可太厉害了，你这叫以柔克刚啊。"

汤默斌也在一旁做鬼脸逗我。

"那还不是因为我把她的路都堵死了，她实在没办法拒绝我啊。哈哈……看来今天这身红真是穿对了。"我笑着顺手给自己泡了杯咖啡。

我们正说笑着，桌上的分机响了，我顺手接起："你好，我是童悦，请问有什么可以帮助你的？"

"童经理，员工通道这边有一位男士说是来找你面试的。"这应该是员工通道的保安打来确认的，我抬头看表，9点，不错，非常准时。

"好的，那么麻烦你指引他到员工电梯，到五楼，跟他说我在人事部办公室等他。"

这是我第一次见到王伟本人，但当他走进人事部的那刻起，我的直觉就告诉我，他就是我们要的前厅经理，1.80米左右的个子，健壮的身材，看来休息的时候也很自律。深蓝色的西装，戴着同色系的领带，上过发蜡的发型，健康的肤色，挺拔的体形，整个人非常精神也很阳光。等他走近还有淡淡的古龙水的味道，待客有道的微笑像是写进了他的DNA里随身携带。

"你好，王伟，很高兴见到你，我是悦！"我一边伸手，一边问候道。

"你好，我也很期待这次的面试。"他握手有力、真诚。

有人说面试的第一印象七秒就已形成，但其实面试第一印象的形成远远早于七秒。很可能就是抬眼的一瞬，而且在他给我第一印象的时候，我也在给他

我的第一印象。不知道他会不会认为我这个人事经理穿得太高调了。

"请坐！我打印了一份你的简历，如果我昨天的电话让你感觉唐突的话，那么十分抱歉，但是我们酒店一直以来都没有找到合适的前厅经理，Lucas 的要求一直没变过，很感谢你对这个职位感兴趣。"

"童小姐，说实话，你昨天挖人的方式是我在酒店行业从来没遇到过的，或者说连听都没听说过的，真是特立独行头一次。能通过这样的方式与你认识，来面试，想来是我的荣幸啊。"他笑着看着我说。

愉快的开场，我们紧接着进入面试环节，他大致向我描述了 H 酒店前厅部的组织架构：目前配有两名前厅副经理，是因为房务总监一直对前厅经理的晋升犹豫不决，所以尽管他已经承担了很多经理才该履行的职责，也无法很快拿到经理这个职位。他目前主要负责的部门有前台、宾客关系、行政酒廊和礼宾部，所以那次我电话里说要投诉入住体验，总机就很自然地把电话转给了王伟。

从他的故事中发现，他是个非常喜欢与人打交道、从不畏惧客人投诉的人。他觉得提供好的体验给客人是每一位从业人员的基本素质。

当我询问他与其他部门总监的关系如何时，他的回答让我很是出乎意料，因为他只用一个词——平等。他是这么描述的：营运部门负责提供好的服务给客人，而这会让酒店有一个很好的美誉度，从而可以帮助销售部员工更容易地去销售酒店的产品，所以在我看来没有一个部门是凌驾于另外一个部门之上的。因为只有协同合作，才能让酒店利益最大化。

听完他的描述，我想他如果可以来，那么他可能会成为 Alice"救世主"一样的存在吧，而且我相信如果有他在，销售部和前厅部的关系也一定能有所缓和。

9:30，我们聊得差不多了，是时候带他去见 Lucas 了，"时间差不多了，我带你去见总经理 Lucas 吧。"

Lucas 看到王伟很开心，看来王伟之前给 Lucas 留下的印象很不错。两个男人用力地握手，然后我就默默退出来关上了门。如果不出意外，王伟是要被录取了，想到这儿，积压在心里几个星期的压力终于可以释放了。

"嘀嘀"，阿棋的短信："今晚去 Jorizon 吗？上次采访之后，我想做个回访。"

"好啊，那我联系一下欧阳。"

"我已经和他说好了，那晚上 7 点见。"咦？他们两个现在这么熟啦？

上次专访后，阿棋专门给我看了印刷之前的排版。文字与图片都很精美，正式出版应该要等到 4 月份了，希望这次采访能让 Jorizon 的生意更上一层楼啊。想想晚上还能喝点酒放松一下，我的内心就更愉悦了！

10 点，"美男子"准时走进了会议室，看他轻松的步伐，应该和王伟聊得不错，他刚坐下来，就有点迫不及待地对所有高管宣布："非常感谢悦这段时间的努力，我们前厅经理的人选已经确认，他将于 4 月 10 日正式报到入职。"

4 月 10 日？这么神速！我还是略有一些惊讶，没等我反应，"美男子"接着看着我说："他在我办公室等你，晨会之后，给他 Offer。"

"好的。"我也非常喜悦。

"关于昨天下午 Nick 和悦的邮件，酒店 3 月 12 日大型外卖的确需要人手，请每个部门按照邮件的要求积极配合并及时上报名单，大家有问题吗？""美男子"环视了一下在座的每一位，最后在娜姐的脸上停留了几秒。

"好，没有人提出异议就是同意配合了，谢谢你们的配合，那么接下来请 Sharon 汇报一下昨天酒店的营运情况吧。"

"美男子"行云流水般不容拒绝的操作让人不得不佩服。我们这家酒店是没有二把手的，在连房务总监都没有的情况下，的确需要总经理具备快速做决策的能力。况且酒店的入住率每天都在百分之九十五之上，大家都像开足了马力的机器，如果齿轮与齿轮之间有摩擦，火花太过激烈，机器就会因为温度高而被迫停止运转。所以"美男子"也只能快刀斩乱麻地尽快结束这些摩擦。

今天的晨会遇上一言不发的娜姐，很快就结束了。或许今天娜姐的心里也

受到了震动吧。

当王伟和我再次走进人事部办公室的时候，莫薇佳和汤默斌都已经知道这位就是酒店未来的前厅经理了。回到工位，电脑邮箱里已经躺着一封来自"美男子"的邮件了，他明确指示了这位前厅经理的工资。我和王伟确认了工资，然后就打印了录取通知书给他，他一边签字一边笑着说："悦，你有没有觉得，你的这次猎头行动，很像电影里的间谍，但是我欣赏你的方式。"他把签好字的文件交还给我，然后看着我说："你穿红色很美，我想你穿其他颜色应该更美吧。"

我想我的脸颊此时应该有些不自觉地泛红了，为了避免尴尬，我提醒自己保持微笑，然后礼貌地送他出门，欢迎他 4 月 10 日上岗。

这一系列操作刚完成，准备舒一口气，莫薇佳神秘兮兮地靠过来小声对我说："悦啊，你不觉得他对你很有好感吗？"

"你吓死我了，走路没声音的啊！完全没觉得，可能是他很想要这份工作吧。"

"当局者迷啊，当局者迷啊，我们走着瞧！"小莫同学感慨地小声嘀咕。

下班，补了个妆，打的去 Jorizon，酒吧大面积的落地窗能让人很直观地看到酒吧里的布置风格，还没下车，透过窗户，就看到阿棋坐在吧台上，我正开心地想要打开车门，进去跟他们打招呼，就看到欧阳把一杯调制好的 Jorizon 递给她，阿棋伸手接过去，也顺手握住了欧阳的手，欧阳抬眼看她，他们相视一笑。

无数个念头，顿时炸开般在我脑海里翻涌。他们是在一起了吗？他们什么时候在一起的？为什么要瞒着我？

"小姐，小姐？到了！"

"师傅不好意思，我不去这儿了，我们掉头走吧。"我的视线还停留在他们交握着的手上，欧阳看到吧台有单子来了，才继续干活儿。

车带我快速离开了 Jorizon 的门口，转弯到了南京路上，看来阿棋那次的话是认真的？是我太粗心了，可是欧阳真的适合她吗？他们选择瞒着我，是怕尴尬还是不知道怎么开口，那我是不是要先当作不知情？我拿出手机，给阿棋发了信息："不好意思，突然要加班，我今晚就不去了，你和欧阳聊得开心。"

"哦，这样啊，好遗憾，现在见一面真难，放心，我们聊得很开心。"

我看着这条充满甜蜜的短信，窗外一阵冷风吹来，冻得我一个寒战，默默地把车窗摇了上去。我心里的苦涩一点点蔓延开来。

2006年2月24日

如果阿棋和欧阳真的找到了幸福，我祝福他们。可是，对于阿棋来说欧阳真的是对的人吗？那我的幸福呢？回想起阿棋的甜蜜，我不得不承认我有点羡慕她了。

第九章　有惊无险

　　3月12日，上海的气温已经转暖了不少，作为特别支援小组，我们被要求在这个周六的下午1点到酒店报到领取宴会制服，并进行服务前培训。这次各个部门给了餐饮部最大力度的支持，人事部、财务部、市场销售部共派出十五名员工，其中我和"小甜花"都是亲自带队上阵。

　　下午1:30酒店宴会厅里，小莫同学拿着签到表确认了所有人员的就位情况。由于很多员工都是第一次穿上宴会的白衬衫和黑色西装，有些人对于服装穿戴还有些生疏，同事之间都在一边帮忙调整服装，一边等着倪总监来布置工作任务。

　　"悦，你这一阵子看起来气色不是很好，是有什么心事吗？""小甜花"一边帮我整理衣服，一边询问道。

　　"没什么，可能是最近没有睡好吧。"嘴上说着没关系，但是自从上次撞见阿棋和欧阳之后，我脑海里总是生出很多顾虑，不是我后悔了，而是我有些自责，自责我的粗心，没有看出阿棋的心意。这是阿棋的第一次恋爱，欧阳真的适合阿棋吗？他们能走到最后吗？如果不是，那阿棋会怎样呢？我一直都知道阿棋远没有她看起来的那般"没心没肺"。就因为我知道她的情况，所以才会不自觉地生出更多的担心。我有想过找阿棋聊一聊，可是又怕她误解我的用意，毕竟欧阳喜欢过我。其实也不是欧阳不好，只是越看到阿棋笑得那么开心，越怕她不如意时的伤心,那种滋味我经历过,所以真的不想让阿棋尝,哪怕一点。可能有时候越是家人才越在意,才越小心翼翼吧。或许我可以先找欧阳聊一聊。

"悦?""小甜花"看我没反应,用手肘碰了我一下,"童悦?"

我立刻回过神来,对她不好意思地笑了笑,示意是没睡好导致的精神不济。但是"小甜花"还是有些狐疑地看着我,或许是看出我不愿多说,也就没再问。

"各工种注意了,各工种注意了。"倪总监幽默的开场吸引了所有人的注意。大家随之也不再闲聊,而是安静下来,站好等候他的指示。环顾现场,场地里的每一位都穿着一样的衣服,想来很有意思,也很难能可贵。平时不同部门、不同级别,制服上的差异可能无形中就会给我们划分一条条的分界线。现在不论部门、级别,制服的整齐划一仿佛一下就让我们都擦掉了心里的这些界线。起码单从衣服上而言,我们之间已经看不出谁是领导,谁是下属,大家的心仿佛也靠得更近了。看着销售部的同事也都融入得很好的时候,相信大家一定可以齐心协力做好今晚的服务。

"感谢大家放弃周六的休息来支持此次著名奢华品牌 MV 的大型外卖,今晚活动共有一千名客人,地址在国际会展中心,场地昨天已经由会务公司布置完毕。现在需要将你们分组,然后由组长们告知你们具体的工作地点和工作内容。"

我和"小甜花"被安排在会场门口,负责核实客人的信息,分发会务名牌给客人。此次 MV 公司的参会嘉宾都是受邀参加,每一个名牌上都印有落座区域和桌号的信息,会场的入口也特别绘制了会场布局的平面图,以便我们和来宾们解答示意。

莫薇佳和汤默斌被安排在了衣帽间,他们两个主要负责帮客人寄放衣服、包、帽子、围巾等不太贵重的个人物品,他们两个分到任务后开心得不得了,说终于可以看看 MV 邀请的嘉宾们精心挑选过的穿搭是什么样的了。

大约 16:00 左右,我们都已经在各自的岗位上就位了。此时宾客们还都没

有到场，邀请函上标注的入场时间是17:00。我和"小甜花"就趁着中间的空当，用眼睛记录下会场的风采。整个会展中心大厅被MV的经典蓝白主色渲染，一百个十人圆桌用间隔着的蓝色、白色的桌布绘出一幅太极图，加上搭建的灯光效果，整个会场美轮美奂，不得不让我们感叹奢华品牌的活动就是大手笔啊。

我在感叹的时候，"小甜花"倒是没有吱声，只是一个劲儿地笑。一开始我还没觉得有什么，但后来还是好奇心使然问了出来，她解释完我才明白，原来这个外卖单子让酒店三月份的利润比去年同期多了一百万，看来今天这个帮工帮得真是物超所值啊。不过，这其实也给我们提了个醒，越是大手笔的宴会，主办方对服务的要求就越高，我们的位置迎宾，是客人体验晚会服务的第一站，接下来询问信息、核实信息、发名牌每一步都不能出问题啊。

我和"小甜花"按照客人姓氏的首字母又将名牌分组排列检查了一遍才放心，16:50已经有客人陆续进场了，到了17:10，客人越来越多，我们看着面前排队入场的客人，虽然已经忙得出汗了，但我们还是要不停地暗示自己不要慌，集中精力才能加快名牌的分发。

"Good evening, my name is Richard Brown.(晚上好，我的名字是理查德·布朗。)"一位头发花白的男士来到我面前，看样子差不多七十岁。

"Let me check and please wait for a second.(稍等，请让我核实一下。)"我礼貌地回答。

我刚低下头准备翻找名牌的时候，他猛然抓住我的手腕，非常用力，痛感一下子传来，我惊恐地抬起头，看到刚才还面色从容的这位男士，刹那间脸色惨白。他的另外一个手紧扣在胸口上，满脸痛苦。我这时才意识到他可能是心脏病突然发作了。

我赶紧找了个人少一些的空地扶他先坐下，问道："Do you have any drugs with you for heart disease？（你身上有心脏病的药吗？）"

他疼得已经没有力气开口，凭着还清醒的意识勉强指了指西装口袋，我一摸，果然有一个小药瓶，我拿出来，看到桌边一瓶被我喝过的矿泉水，也顾不上了，马上递给他水和一粒药，让他赶快先服用。

"Sharon 你马上从后台调几个人来替我们，我现在打 120。你用对讲机告知 Nick，让他马上过来。"

"小甜花"看到这一幕已经呆住了，听到我喊她才回过神来，好在"小甜花"快速做了情绪调整，她先让面前排队的来宾少安毋躁，然后用对讲机向 Nick 说明情况和请求支援。

我看到场面还在可控制的范围内后，赶紧拨通了 120 急救电话。

"Mr. Brown，sir，can you still hear me？（布朗先生，你还能听见我说话吗？）"我虽然没有经过系统的专业培训，但是在专业医护人员到场之前，持续监测患者的生命体征是很必要的，而且我想多和他说说话，或许也可以帮他转移一下注意力，维持他的意识。

我搭着他的脉搏，很微弱，时间一秒一秒过得真慢，正在我望眼欲穿的时候，倪总监带着 MV 公司的会务负责人终于赶到了。他们先确认了布朗先生的呼吸，在确定布朗先生还有呼吸之后，松了一口气。

"悦，这是 MV 公司的会务负责人 Mark（马克）"。倪总监做了简短的介绍。

布朗先生拉着我手腕的手一直没松开，我只能点了点头表示问候。布朗先生吃了药之后，眼睛依然痛苦地闭着，看来药还没开始起作用。

"悦，这位布朗先生是 MV 公司的全球品牌总裁，他有心脏病史，之前一直维持得挺好，没想到今晚会突然发作。"倪总监把他知道的信息拣重点告诉我。

"我已经打了 120 急救电话，MV 公司有人陪同布朗先生去医院吗？"

"有的，我已经安排了，Shirley（雪梨）会陪着去的。"Mark 指指旁边的一位女孩子。

终于，救护车到了，医护人员做了简单的生命体征查看后，迅速地把他放

在担架上，因为是外国人就医，Shirley 告诉他们最近的外资医院，然后他们就上车离开了。

可能是精神终于可以放松了，我看着救护车离开的方向，半天没回过神来，仿佛刚才是在梦里，等回过神来，宾客的入场已经恢复如常了。我坐在椅子上才发现，出了一身的汗，"小甜花"贴心地给我递来一瓶没有开封的水，"悦，受惊了吧。喝口水压压惊吧。"

"我倒还好，只是不知这位老先生现在怎样了，他刚才的样子真的看起来太痛苦了。"

"哎哟，你手受伤了。""小甜花"突然惊叫道。

受伤了？嘶，一阵痛感传来，我手腕很红而且的确有点破了，可能是因为刚才一直高度紧张，完全没注意。

"小甜花"正帮我处理伤口，会议大厅里传来主持人的声音，晚宴按时开始了。

整个晚宴一共是四道菜、两款酒，整个服务流程进行得非常顺畅，晚宴中间穿插的有表演、抽奖，最后宴会尾声的时候 MV 公司的 CEO 上台致谢，还特别提到了我们酒店，这一刻我们所有人都觉得付出再多，只要有了客人的这份满意，一切辛苦都是值得的。

收场的时候倪总监专门过来和我说："悦，布朗先生抢救过来了。医生说多亏你及时给他服药，否则后果很难预料。MV 公司说要写封表扬信给你。我们餐饮团队也非常感谢你。"我第一次看到 Nick 如此激动。

"倪总监，不要客气，作为酒店的一员这是我应该做的，听到布朗先生能转危为安，我也就放心了，说实话整个晚上我都在担心布朗先生的情况，谢谢你告诉我。"我此时真的发自内心地开心，倪总监拍拍我的肩膀，转身去后厨继续忙了。

夜里 11:00，我们回到酒店换下制服，我向特别支援小组提议道："有没有想去喝啤酒吃烧烤的啊?"大家兴奋地都说好。

那晚，烧烤一串一串地上来，啤酒一瓶一瓶地见底，那一晚，我们真的从一群人变成了一个团队。这是我这么多天以来，第一次这么发自内心地开心，那一晚，我甚至不记得什么时候回的家，什么时候睡下了，只隐隐约约记得做了一个梦，一个美梦。

梦里出现了一个人，他说我穿红的衣服真美。

第九章　有惊无险

第十章 选择

"悦,早上好,你走到哪儿了?大约几点能到酒店?"

我看一下手表,目前 8:00,我回复道:"大约要 8:30 吧。"

"Alice 找我有什么急事吗?"我紧接着疑惑地问道。

"也不是急事,是好事,就是有点突然,还记得上次 MV 公司活动的布朗先生吗?他想邀请你一起吃早饭。"

布朗先生已经出院了吗? 3月12日到3月27日,也就十五天的时间,看来他恢复得很快啊,还真是个好消息。

"这样啊,乐意至极,请麻烦转告布朗先生,请他稍等片刻,我尽快到酒店。"

"Lucas 也收到了邀请和你一起,我在行政酒廊已经帮你们三位保留好了座位,也跟酒廊的员工交代过了,你到酒店直接上去就行。"

挂了电话,我一路小跑地往酒店赶,风风火火地冲进人事办公室。

莫薇佳诧异地看着我开玩笑地问:"老大,你今天又怎么啦?是不是又有什么大事要发生了?"

我看着她戏谑的表情,白了她一眼:"就不能盼我点好,上次外卖,心脏病突发的那位布朗先生邀请我一起吃早饭,Alice 一早打来的电话,我不想让老先生等太久,就一路跑来的,我赶紧补补妆,收拾一下就要马上上去了。需要交接和报备的工作等我回来。还有等 Tom（汤莫斌）来了，记得催一下下个月的培训计划。"

"好的，老大。客人邀请人事部员工用餐我还是第一次听说，从来都是运营部门收到客人的感谢，老大威武啊。"

"哈哈，哪有，人性本善。是我刚巧碰上了，这事谁遇上了也不可能坐视不理的。"

我来到行政酒廊的时候，看到"美男子"已经陪布朗先生先行入座了，"Sorry, I am late.（不好意思，我迟到了。）"我赶紧致歉。

"No worries. You are not late but we are earlier.（没有关系，不是你迟到了，是我们早到了。）""美男子"边说边站起来为我拉椅让座，我心里一暖。"美男子"总是用行为恰到好处地向你表达什么时候他是酒店的总经理，你的上级，什么时候他只是一个履行女士优先原则的绅士。

"Yue, I want to thank you for saving my life. You are so smart to take the drugs out of my pocket. At that moment, I even could not breathe. You are my hero.（悦，我要感谢你救我一命，感谢你帮我从口袋里拿出急救药，当时我连呼吸都很困难了。你简直是我的救命恩人啊！）"布朗先生缓缓地一字一句地说道，可能大病初愈，他说得很慢，不过气息听起来已经不虚了，看来恢复得还不错。

"I did not know how come I got the heart attack. But out of sudden, I felt the pain was across my body. The only thing I can do was to grab your wrist. I am sorry if that hurt you. Last time, when I had the heart attack, it was five years ago.（我不知道怎么会心脏病突发。就感觉突然疼痛遍布全身。我当时唯一能做的就是抓住你的手腕，如果弄疼你了，我深表歉意。上次我心脏病发作，是五年之前的事情了。）"他看着我的手腕，那次外卖之后，我的手腕处的确留下了一片瘀青，到今天，已经完全褪去了，只是抓破的地方，还留有一些痕迹。

"This is an MV watch. I want to give to you as a token of appreciation. And I

第十章 选择

255

want you to remember how you are so important to me as you saved my life.（这是一款 MV 手表，我想借此对你表示感谢。我想让你知道你有多重要，你是救过我命的人。）"布朗先生从包里拿出一款 MV 的手表，打开盒子，放在我面前，这款 MV 的女士手表看着就价格不菲。

"It is my responsibility to help you. I was very shocked when I saw how painful you were. I did not know how to handle this kind of emergency. But I am glad that you are recovered now. Our company has a policy about receiving a gift. This watch is too expensive for me to accept as a gift.（帮助你是我义不容辞的职责所在。其实当时看到你痛苦的样子我也吓坏了，一时间我有点手忙脚乱，还好有惊无险，看到你现在恢复了，我真的很开心。我们公司关于受赠礼物有明文规定，这个手表对我来说太贵重了，我不能收。）"

"I know your company has the policy of the gift. That is why Lucas here is to approve for you to accept. Please. I just want you to know I am so grateful for what you have done.（我知道你们公司有关于受赠礼物的规定，所以卢卡斯在这里就是允许你可以选择接受这份礼物的。我只是想借此表达我的感激之情，谢谢你对我的所有帮助。）"

"美男子"看着我，点点头，示意我可以收下，不要有负担。

我双手接过手表，除了说谢谢，我还表示了一定会格外爱护这块表。因为这块表除了贵重要格外珍惜以外，这也是我第一次从对客服务中体会到的心流的体验，这个体验太过神奇，因为这种开心和能量从它注入开始就会持续影响着你。

"I also recommend to Lucas that you should not work in Human Resources Department. You should consider working in Front Desk. You are so talented to make the guests have an enjoyable experience.（我也给了卢卡斯一个建议，我觉得你不应该在人事部工作，你应该考虑换去前台工作。我觉得你在给客人美好体验上

是很有天赋的。)"布朗先生很认真地补充道。

布朗先生是在给我的职业规划提建议吗?看着他一脸认真的样子,弄得我都不得不好好想想这个事了,只是我从来没有想过有一天要到对客部门,所以我一时有些不知道怎么答复好了。只能求助地看向"美男子"。

但没想到"美男子"也这么给我建议:"悦,其实在布朗先生提议之前,我就发现你有对客服务的天赋了,我建议你回去好好考虑一下,有什么顾虑需要聊一聊随时找我。放心,如果你有心转前台,我会亲自重新帮你制订一个职业发展规划。"

可是"美男子"不是要被调任去澳门的酒店了吗?那如果这份规划由这位新来的许总执行,她还会像"美男子"一样给我充分的信任吗?如果去前台工作,那么我的工作是都要向王伟汇报了吗?那我岂不是给自己招来了一个未来的老板?脑海里的问题一个又一个闪过。没有一个我能现在给出答案,算了算了,现在不是一个给我充分时间,让我静下来思考的时机。

我也只好先模棱两可地给出答复:"谢谢你们两位对我的认可,我一定认真地考虑这个提议。谢谢布朗先生您送的这块手表,我非常喜欢。"

这个早餐的后半程我的心思就完全不在吃饭上了,只盼着结束后给我个时间让我静静。好不容易回到办公室,我的心思就像被打翻了的调色盘,越是整理就越乱。犹豫再三,我拨通了王姐的电话。

我把事情大致的来龙去脉向王姐叙述了一遍,王姐耐心地听着,还一边记录下什么。没想到她给出的建议也是很支持我去前台发展,"悦,你知道吗?听完你说,我真的非常开心地看到你的成长。人事部虽然工作时间稳定,朝九晚五,但是你的性格和特长在这里是会被埋没的,你总是有很多想法,有一些别人看不到的视角,这些只有在前台,对着客人,才能让你发挥出来,不是吗?"

"可是,你有听说 Lucas 要调去芮华集团在澳门的酒店工作这件事吗?"

"你上次问我关于许如君之后不久,我的确听到了一些风声,所以如果你

第十章 选择

257

要转前台，就一定要尽快趁 Lucas 还没走把发展规划给做了，许如君新上任要关注的事情太多了，我想她也不会那么快上来就干预你的发展规划吧。"王姐的语气听起来虽然不是百分之百肯定，但也的确给了我几分安慰。

"那么这里的人事部总得还要来一个经理吧。"

"这好办，我可以提议让 Edith 调任过去啊。"王姐试探地问我。

"对呀，我认为是一个很好的选择。"一想到 Edith 可以过来，能和我、"小甜花"共事，即使许如君再可怕，至少我们三个可以抱团取暖啊。我想想也没那么可怕了。

挂了电话，我又冷静地想了想，终于还是打开邮箱，给"美男子"写了一份非常正式的邮件。表达了自己愿意去前台发展，并希望他能够帮助我制订一份职业发展规划。

我换上了布朗先生送我的手表，戴上之后，正好盖上还没完全褪去的红痕。我脑海里又回想起布朗先生的话，突然觉得即使将要遇到再多的困难，都对要在前台坚持下来这件事多了一份信心。对客服务的意义不只是完成一份工作，而是改变客人的体验，也提升了自己对于这份工作、这个行业的热爱。

正想着，我桌上的分机响了，是"美男子"，"悦，你能来一下我的办公室吗？"

"好的，马上来。"

我走进他的办公室，看到他脸上的神情似乎比早上严肃了不少，是我的邮件发得太快了吗？他是觉得我考虑得不够认真吗？

"悦，请坐。"他指了指对面的椅子，"我收到你的邮件了，很好，我叫你来是我想花一些时间和你谈谈职业发展的规划，但是首先我要告诉你一个重要的人事调动。我 5 月份就要调去集团在澳门的酒店工作了。"

好吧，"美男子"亲口说的调任信息，就再也不是传闻了，我听完心里猛地一沉。我双手慢慢握紧，对他接下来要说的内容紧张起来。

"新来的总经理是一位女士，姓许，单身，中国人。我会在她上岗之前，把你的事情安排好，同时还要看看集团内部有没有合适的人事经理。"或许是看出了我的紧张，他为了让我安心一些而这么坦白。

"Lucas，我想问您一个问题，如果我在前台坚持不下去，而人事经理又招好了人，那我是不是也回不到人事部了，我是不是就没有退路了？"其实在听到确定是许小姐的时候，我心里还是涌起了不安。

"没有退路，悦，也意味着请你一定要坚持下去。你未来是有做总经理的潜质的，人事部是很难让你施展你的才华，也很难走上那个位子的。"

"美男子"看着我已经戴起的手表，继续说："布朗先生就是一个很好的例子，你仔细想想未来你有多少机会能改变客人的体验，如果是在人事部，几乎是没有机会，可如果在前台，你每天都有很多机会啊。"

到了这个时候，决定已经做了，童悦你就不能再想退路了，我收起了我来之前准备好的问题，等着"美男子"接下来的规划分析。

"美男子"拿出纸和笔，一边罗列一边讲解，他把前厅的几个小部门罗列了一下，然后大致分析了我在每个小部门需要学习的时间。前厅分析过后，他在计划上又列出了客房部，整个房务部轮岗一遍，再加上一些领导力上的培训，大致总共需要18个月的时间，他在规划书最下方写上目标岗位：房务总监。

写完，他看着我，"悦，你记得，在营运部门工作的确辛苦，但是它带给你的成就感是你想象不到的。每一次当你快坚持不下去的时候，想想客人的感谢，看看手上的这块表，你就一定不会放弃的。"

最后他提议我和王伟同一天入职前台工作，他会在集团官网上把人事经理的职位发布出来，看看有没有来自集团内部的申请。

从"美男子"办公室出来，心里有兴奋，但也有不少迷茫，王伟、许如君都是我未来职业发展中重要的人物，但是我对他们的了解还太少太少，这条职业道路的选择对我到底是福还是祸啊？

第十章 选择

"嘀嘀","悦,今晚 Jorizon 有派对,你来吗?"是欧阳。

"不好意思,我今晚有事。"

"那好吧,我有事想跟你当面说,你有时间一定告诉我。"

"正好我也有,等我想好了,提前告诉你时间。"

现在的我已经顾不上阿棋、欧阳带给我的困扰了,越是忙的时候,就感觉越是很多事情堆在一起,那就只好一件一件来吧,等我先把工作的事情理清楚,再去找欧阳聊一聊。因为留给我的时间不多了,离"美男子"离开就只剩不到两个月的时间了。

第十一章 巧了

在深色系和浅色系的套装之间纠结了一会儿，我最后还是选了这件浅灰色的套装。这是我入职前台的第一天，浅色系不会显得太过严肃和沉重，接纳度更高，而且灰色不容易出错又百搭。有人说，灰色比黑色和白色都要更内敛低调，既不像黑色那么硬，又不像白色那样鲜明刺眼。灰色更包容，是不动声色，是一笑了之，也是退一步的海阔天空。但它绝不代表丧气、悲观，其实它很多时候比黑色和白色都更具有潜在的力量！

"希望穿上它，我也能拥有它的那一份包容和从容。"

我刚想换鞋出门就被妈妈叫住了。

"囡囡，你今天还是换一双平底鞋吧，高跟鞋站一天我怕你吃不消，本来第一天到新的岗位心理压力就大。"妈妈说着顺手就递给我一双早准备好的黑色平底鞋。

我心里一暖，轻轻地环住了妈妈的脖子，悄悄在她耳边说道："谢谢妈妈，没有你我可怎么办，爱你哟！比爸爸还爱。"

妈妈只是笑着拍拍我，让我赶紧出发不要迟到了。

在上周一的晨会上，"美男子"就宣布了他要调任澳门的消息，通常这个时候，我们的惯例是要说恭喜的。可"美男子"说完，所有人都沉默了，虽然大家在这之前都有听说，也都做了心理准备，但正式宣布的那一刻才代表了板上钉

钉和离别将至。大家彼此的眼中除了不舍，还是不舍，"美男子"也是，本来想故作轻松地调整一下会场气氛，可是收效甚微，Alice没忍住，会上就偷偷地抹眼泪，我的眼圈不知不觉也红了。

会后，在茶水间，大家讨论最多的就是许如君，听说她的工作风格是如何如何，她在以前的酒店如何如何，身边有没有男友如何如何，酒店这个圈子要打听谁其实都很容易，但是打听来这些个八卦事迹也未必是事实。对于我来说，尽快掌握前台的工作比研究八卦要来得迫切得多。

为了今天的入职，上周我专门和王伟通了一通电话。起初他对这个变动是有些惊讶的，因为做惯了后线的员工，很少有人会选择跳出来挑战运营部门的岗位。但是，在了解了事情的来龙去脉，又知晓了布朗先生的故事之后，他就完全接纳并且十分欢迎我这个萌新加入前厅团队。

"其实你知道吗？只凭你的招聘方式，你的加入就已经让我觉得，我们部门又收获了一员大将。合作愉快啊！"王伟当时在电话里这样说道。他的接纳无疑又给我注入了一剂强心针，心里顿时踏实了不少。

"合作愉快！"我抬手看着MV的手表说。

接下来，我们的对话内容就只剩下前台的工作计划与部署了。

走进前台后面的办公室，Alice一早就等在那里了，兴高采烈地把我迎进去。

"悦，我真没想到你会来，也真没想到你能想来。我真的太开心了！前厅有了你们俩我真的是如获至宝，以后我的工作压力就能小不少了。"

"不敢不敢，我还是新人一枚，以后还要跟着你先把技能这一课补上才行。"

王伟应该是还在人事部办理入职手续，趁这会儿的间隙，Alice带我看了一下我们的办公环境，我们三个分别有一间独立的办公室，在办公区域的最里面，中心的部分是共享空间，靠近门口的空间是专门空出来给大家聚在一起开部门会用的，前厅部门的例会一般都在交接班前，时间有限节奏就比较快，所以一般是站着开会只说重点。

9 点不到，我们正说着，门开了，是王伟。看到他的一瞬，我先是一愣，浅灰的西装，黑色的领带！我看到他看到我后，步子也滞了一下。然后我们都不约而同地笑了。

"你们这是英雄所见略同啊！衣服都是如此的搭配。"Alice 笑道。

闹过之后，言归正传。我们三个先过了一下昨晚的报表、客诉情况、今天到店的 VIP 名单还有今天的排班表。

"Wit，你有任何需要的信息，都可以随时和我说。这是你们两个的前台系统用户名和登录初始密码，第一次登录后一定记得修改密码哦。"Alice 把写着账号、密码的小纸条分别递给了我们俩。

工作交接完毕，我和王伟都在结束的第一时间登录了自己的账号，余光看到他抬腕打字时露出的腕表，也是 MV 的一款大气简洁的款式，想到 MV 不低的价位，他应该是位挺追求生活品质的男士。

我暗暗地摸了摸我腕间的表，心想："看来今天确实是有点巧。"

"嘀嘀"，莫薇佳的信息，"老大，Wit 单身！"

"啊？你给我发这个干吗？好好工作，官方八卦时间还没到呢。"我们戏称用餐时间为官方八卦时间，因为每到饭点，大家聚在一起总不能免俗地要去八卦一下。

"他刚才填表的时候我看到的，你不也是单身吗？正好凑一对。"我可以想象得到此时发信息的莫薇佳一脸八卦的表情。

"你最近新增加的人事业务啊？怎么还拉郎配了？单身的女员工酒店多着呢，你怎么总盯着我呢？"我看着短信一边回复一边好笑地摇摇头。

"因为你们两个般配啊。多显而易见的原因，而且某些人今天还穿了情侣制服，嘻嘻。"

我看我是越回复，她越没有正形儿，我索性放下手机，不再回复她了。

"男朋友吗？这么早就查岗啊，追得这么紧啊？"王伟玩笑道。

第十一章 巧了

"啊……不是，我还没男朋友。"因为刚才开小差，此时回复的我有些心虚地看着他答道。

"很好。嗯……我的意思是前台忙起来需要精力集中，私人短信，休息的时候再回比较好。"好奇怪，他说的内容很严肃，但是脸上却露着笑意。说完他就转身出去了，是我看错了吗？怎么越想越觉得这个画面很诡异。大概率是我看错了吧，不能再走神儿了，我赶紧摇了摇脑袋，集中精神工作。

"Alice，你觉得前台目前亟须改善的问题有哪些？"我向 Alice 问道。

"我们现在对于员工的培训进行得太少了，虽然计划每个月都在做，但是因为人手很紧，入住率一直居高不下，培训的时间和质量都很难得到保障。"

"那通常负责培训的是谁呢？"

"培训都是我在负责，但是大多时候我的培训只能应个急，因为我基本没有时间去梳理，让培训更系统。你们两个来了之后，我应该有时间去督促培训计划的执行了。"Alice 如释重负地说道，看来这件事压在她心里很久了。

今天是我最后一次参加晨会，离开了人事部，在前厅目前王伟是我们的上级，所以晨会的工作我和 Alice 就不需要参与了。经过王姐的力荐，欣妍被确定为 C 酒店的人事经理，5 月 8 日入职，和她一起入职的还有新任总经理许如君。

上午的时间过得飞快，Alice 亲自给我培训酒店管理系统的使用，一边学习系统的基本功能一边还要和 Alice 研究，流程间有哪些步骤是员工操作时容易出现错误的。看看 SOP（Standard Operation Procedure：标准工作流程）需不需要重新优化，这样在培训的时候就可以一步到位了。

我们正说着，苏总的电话进来了。

"悦，今天我们业主协会中午聚会，你们家业主刘总宴请，我大概一个多小时后就到酒店了，一会儿见啊。"

"哇，苏总，热烈欢迎啊，真是好久不见了，不过今天是我在前台工作的第一天。可能不太有时间跟你聊一聊了，好可惜啊。不过或许 Sharon 有时间，我一会儿问问她。"

"啊，你去前台上班？你干吗去前台啊？在人事部是受欺负了吗？"

"没有啦，我是部门老大，他们谁敢啊！是为了更好的职业发展啦。"

"这样啊，那支持！先不说了，我去开车了，一会儿见！"

"好的，一会儿见！"

放下手机，我突然意识到了什么，转头问王伟："Wit，你知道今天中午餐厅有业主聚会吗？"

"是吗？不知道，什么时候加出来的？"

"刚才我上一家酒店的老板给我打电话，说要来，我才知道的，那我赶紧跟 Lucas 说一下。"

"美男子"感谢了我的信息，他说他也是在十分钟前刚接到刘总的通知，这会儿倪总监已经在准备了，"美男子"交代我跟进大堂吧欢迎酒水的进度，让我在大堂负责接待各位业主代表，并引领他们去到餐厅。

刘总大概五十多岁，在担任业主代表之前，是北京一家著名酒店的总经理，退休后被业主公司返聘回来的。她平时几乎不在酒店出现，大多时候她都待在北京的业主总公司办公，只有偶尔出差才会来上海。她基本上只是每个月会针对财务报表提一些问题出来。这种放养式管理模式的形成也主要是因为酒店业绩一直超出预算，非常好，所以她就选择对酒店业务不过问太多了，酒店大小决策基本上是全权交由"美男子"负责。这样看来，这次业主宴请也是临时的决定了。

苏总今天穿了格子西装，咖啡色的皮鞋擦得非常亮，我和"小甜花"笑着迎上去，"苏总，欢迎来我们家酒店啊。"

"嗨，好久不见，你怎么开始见外了，叫大哥，别总啊总的。"

"这不是办公的正式场合吗，再说，你怎么光说我呢？Sharon 不是也叫你苏总。"

苏总看着我，摇摇头，拿我没办法。

"你们今天有哪几个酒店的业主光临午宴啊？"

"算上我，也就五六个吧，刘总从北京来，临时起意组的局，其实也是大家有一段没见了，聚聚呗，顺便聊聊最近一些酒店总经理的调动。"

"你们应该已经知道将要赴任的你们酒店的新老总是谁了吧？"苏总问。

"嗯，我们已经宣布了，许女士。"

"这个许小姐啊，也是一言难尽。如果你们两个做得不开心，L酒店大门随时为你们敞开，我总归会找个位子给你们的。"

"大哥，在你心里我心理素质和能力就这么差啊？"我嘴上虽是这么说，但故事听多了，心里也不免对这位新老总越来越没底了。

"看你说的，有退路总比没有退路强吧，妹子。"我们一路送他到餐厅包房门口，刘总已经在招呼客人了，我们跟老总们打了个招呼，就退出来离开了。

Sharon那边还有点事没忙完，要回部门一趟，我就准备回前厅简单交代一下，准备约小莫同学一起去员工餐厅吃午饭了。一上午都是紧锣密鼓的脑力劳动，能量早就消耗殆尽了。

我回到大堂，意外发现王伟在等我，"一起去员工餐厅吃饭吧，正好现在不忙。Alice吃完已经回来了。"

"好啊，那走吧。"

"悦，今天一上午在前台，体验怎么样？"他关心地问道。

"其实还是有一些压力的，毕竟一切都要重新学习，但是Alice非常耐心也非常用心地在带我。所以就还好，还算适应，我一定尽快学习，不给部门拖后腿，谢谢领导关心。"在目前的组织架构上，Alice和我都属于他的下属。

"哎，我不是那个意思。我只是……算了不说这个了，我知道其实学习前台的系统是难不倒你的。不过我认为你的强项在于和人沟通方面，我打算在宾客关系这块多给你一些锻炼的机会，你觉得可以吗？"

"没问题，我喜欢与不同的客人打交道。"我点点头，接受他的安排。

"布朗先生的事已经在业界传开了，这次的意外，让 H 酒店算是平白无故丢了 MV 这个客户，因为现在布朗先生指定要住 C 酒店，这可都是你的功劳。"他看着我，眼睛里露出了欣喜。

"你们不要总这样说啦，其实我当时心里也慌得不行，不过万幸布朗先生现在康复了。"

"布朗先生送你的原来也是这个系列啊，真巧我也很喜欢这个系列的款式。"他抬起手腕，把他的表放在我的手腕旁边，让我看。我们的距离突然间非常近，我的心跳突然加速。为了掩饰自己的心虚，我忙说："是吗？"

"对了，今天下午，我和娜姐有个会议，她想找我聊聊重要公司客户的服务问题。我先一个人去吧。"王伟语气坚定地说。

晚上到家已经快 8 点了，妈妈正端着酸辣豆腐汤和红烧肉往餐桌上放，我边吃饭边揉着小腿。

"站了一天是不是很累啊？晚上泡泡脚吧。"妈妈心疼地看着我。

"也还好啦，只是可能还需要习惯。我觉得做前台对保持身材很有帮助。"

"你如果觉得做酒店太辛苦了，就去你老爸公司帮忙吧。你的工作经验也有不少了，老爸公司也正需要人才呢。"妈妈试探地问我。

"等我再磨炼磨炼吧，我总觉得现在学习得还不够。"

"行，听你的，只要你开心就好。"妈妈摸摸我的头，"对了，我前两天听你小姨说，阿棋交男朋友了，说是个自己创业的老板。阿棋有没有跟你说啊？你小姨让我帮她向你打听打听，你见过没有？"

"没有啦。阿棋还没跟我说。"好不容易抛到脑后两天的问题又浮现在眼前，妈妈看我的样子，以为我上班累了，就没再问。

"那你回头帮你小姨问问吧，阿棋跟你最亲了，什么都跟你说。"

"唉，这回可真不一定了。"我心里不由得想。

第十一章 巧了

267

看着桌上放着的 4 月份 V 杂志，我默默地从房间拿出来放到了客厅，欧阳，是该去见一下了。

2006 年 4 月 10 日

童悦，有些事跟工作一样，不要总想着拖着或者给自己找退路。

欧阳、阿棋哪一个你这辈子能再也不见了？

第十二章　好的坏的都是风景

在前台工作已经有一周多的时间了，最值得开心的是我已经能够独立操作系统了。当然，还有很多体验是在我意料之外的。同样的问题你可能需要在一天中无数次重复解答，客人发票补寄啦，接预订啦，帮客人刷电梯卡啦，客人要求换房啦，申请续住啦，找回会员信息啦，客人房卡弄丢啦，兑换外币啦，寄存东西啦，找回遗留物啦，订车啦，每天这些琐碎的问题就会一直在你脑海中转啊转。前台每一个员工就像是一个信息中转的机器，我们要把每一个信息传达给接收方，再把接收方的消息传达到需要被传达的地方，而且中间几乎不允许你出状况。

刚开始的时候因为还不熟悉，每一次客人的提问，都会让你感觉是在吸收新的工作技能。可当这些已经变成你熟悉到不能再熟悉的内容时，这些内容在你的意识里就会形成盲区，你会下意识地认为，为什么这么显而易见的问题客人总是在问。而且像我们酒店入住率这么高，工作强度这么大，员工在工作的时候很容易陷入这个盲区中，变得公式化和不耐烦。

来了以后才真正体会到，空有一腔热情是不足以支撑你走下去的。真正支撑你走下去的是改变，改变心态、改变方法、改变视角。好在 Alice、我和王伟在这件事上看法一致，工作起来配合得还算默契。

前台的系统学习告一段落，接下来就开启了部门轮岗之旅，今天轮到了

礼宾部。或许外人看来，礼宾部更多的是体力工作，如搬送行李、寄存行李这些。其实，礼宾部还有很多外人看不到的"隐藏技能"，比如酒店各项服务的优惠活动、酒店附近的景区、最近的地铁站，样样信息都要在客人需要时能够及时提供，更多的时候这些问题的答案是要求你信手拈来。礼宾部就像是客人们的"搜索引擎"，"一问它，你就知道"。越是了解，就越感到这些同事们的可敬可爱。

礼宾部今天的一个工作重点，就是VIP客人晚上的接机工作。这位客人是我们酒店的老朋友了，酒店上到高管下到老员工，没有不认识他的。但越是熟悉，就越不能出错，我认真看着电脑记录下的注意事项，准备给负责接机的同事交代一下。余光看到一位男士向礼宾台走来，我带着标志性的微笑抬头准备问好，当我抬头的一刹那，笑容僵在了脸上，欧阳？我勉强调整出了一个微笑，"你怎么来了？"

"一直没等到你的时间，就直接来请你了。"

我从礼宾台走出来，带着欧阳往旁边不影响正常工作的空地走了走，才站定继续这个话题。

"如果没猜错的话，你想跟我聊的和我想跟你说的是一件事，对吗？"他认真地看着我一字一句地说。

"是，对于这件事我有我的一些担心想要找你聊聊，但我不是故意拖着不见你，只是我也没有想清楚要怎么说，也不想让你们误会，而且最近是真的抽不出来时间，我刚换了一个部门，需要很多时间去适应。"我也认真地看着他。

"我知道，我听小萌说了，我没有怪你的意思。阿棋是一个非常可爱的女孩子，她热情活泼，正好弥补了我性格中的内向孤僻。我知道，她对你很重要，所以我一定要认认真真地跟你聊聊这件事，我也怕你误会。"他平静地说，"你是我很重要的朋友，别的不说，Jorizon是因为你才有的，那款酒、那家店都是。我不希望这件事，让我们的关系变得越来越疏远。"大堂里的客人越来越多，都是工作一天陆续下班回来的，欧阳也压低了声音但是语气很温柔。

"我知道……那……"正当我准备告诉欧阳我下班去找他时，王伟不知道从哪里冒了出来。

"悦，这位客人是你的朋友吗？"王伟有点蒙地看着我。

"王伟，那我来介绍一下，这位是欧阳，以前在R酒店共事过的同事，现在自己当老板开了一家酒吧叫Jorizon。他刚好路过这边，进来和我打个招呼。"我礼貌地介绍，略去了我们正在聊的话题。

"Jorizon？是上过V杂志的那个Jorizon吗？听酒店很多客人都提起过，H酒店的酒吧经理还总跟我念叨，约我有时间一起去。原来老板这么帅气啊。"王伟主动伸手和欧阳握手。

"欢迎，随时欢迎。"欧阳一边握手一边说。

"好啊，择日不如撞日，有人约了我一起吃饭，正好在那附近，不如就今晚如何？要不要一起？"王伟有些兴奋地看着我说。

"今晚？"我吃惊地问道，又看了看欧阳，今天是要去的，不过……

"对，今晚，客人已经到得差不多了，等你这边接机任务结束，我们就可以下班了。"王伟朝我耸耸肩，"我先去行政酒廊巡视一下，你们先聊，欧阳老板，我们晚上见。"还没等我们答复，王伟就转身离开了。

"他是在追你吗？"等王伟走远了，欧阳问道。

"没有啊，我们只是同事。"我的声音有点不自然。

"那么，我不打扰你上班了，我先回店里等你，晚上见。"

"晚上，阿棋也会在吗？"我有些不安。

"不会，我跟她说了有事，今天不能去接她了。"他知道我的担忧，看了我一眼，走出了酒店。

这是我第一次坐王伟的车，车里非常整洁，有淡淡的木质香，他一上车就打开了CD，是周杰伦的歌。

第十二章 好的坏的都是风景

271

"欧阳是你的前男友吗？"他不客气地上来就问。

"不是。"我也简单粗暴地回答，表示我有些反感的情绪。

"是没有开始吗？"他居然又加了一句！

"没有开始，也不可能开始吧。"不过这句话，是对他说的也是对我自己说的。

"悦，你知道吗？你的防御系统太密不透风了，这让对你心仪的男人很难靠近。"他有些无奈地看了我一眼。

"有吗？"我扭过头去避开他的视线，看向窗外。

"今晚喝两杯放松一下吧，你在前台这一周也蛮累的。我猜你在家里也是被宠大的吧，学历又高。面对难缠的客人，有没有感觉自己很受委屈呢？"他关切地问。

"对客服务总会有委屈，是沟通不到位的误会，是缺少倾听的自以为是的判断，其实很多客人也很委屈的，但是不管怎么说解决问题之后的喜悦能覆盖掉之前所有的委屈。"我笑着说，终于有一个问题是发自真心地想要回答。

"到了，一会儿见。"还好，王伟要先跟他的老同事吃完饭才来，给我们留了一些说话的时间。

我选了一个靠窗的位子坐下，今天我不想点Jorizon，点了一杯长岛冰茶，要了一个比萨。

欧阳拿了一杯气泡水，走过来坐下。但是我们谁都没有先开口的意思。

看着时间一点一点流过，我叹了口气，还是打破了沉默："你知道吗？其实阿棋并没有你看起来的那么开朗、没心没肺。小时候，阿棋文化课成绩不好，总是让小姨念叨，但其实阿棋心里憋着一股劲儿，一定要让小姨为她骄傲。直到有一年过年前，阿棋的摄影作品获了奖，小姨把阿棋的奖杯放到她们家最显眼的地方，逢人便夸，阿棋脸上的笑看起来才耀眼夺目。可是，有一天晚上，阿棋盯着我，盯得我都发毛了，才说：'姐，你累吗？'没等我回复她又说：'当好学生好累啊，我喜欢摄影，但却对获奖没兴趣，纯粹是为了我妈高兴．'说完，她又无所谓地耸了耸肩，笑了笑再也没继续那个话题。"

我喝了一口，继续说道："可能是那个时候小，我还没反应过来阿棋在说什么，现在很多时候我看着阿棋，都好像回到那个时候，抱抱那个心里受伤了却还在笑的阿棋。你是阿棋的第一个男朋友，所以我会更担心，我怕她受到伤害……"

"我明白，悦，我知道阿棋是你妹妹，其实我也纠结过。但阿棋的热情让我忍不住，吸引着我靠近她，她让我觉得生命里不只有工作和调酒。我不能向你保证我们会一直走下去，但我向你保证，我一定照顾好她。"说完欧阳不好意思地摸了摸后脑勺。

"我知道这件事后的第一反应是，你们真的合适吗？"

"童悦！"我抬头看去，是阿棋！"我们怎么不合适了？再说我们合不合适那是我们的事！欧阳，这就是你说的晚上有事？我真是自作多情地早下班过来看你。"阿棋说完扭头就走。

"阿棋，阿棋，你误会了，你别跑了，等等我，你听我说完。"

阿棋的到来，让我们始料未及，我们谁都没追上，有些垂头丧气地回到了位置上。

"我晚一点去找她，你别担心。"欧阳看着我的表情安慰道。

我顿了一下，缓缓说道："我最怕的还是发生了，我就怕阿棋误会我的意思，所以想先找你聊。不过，现在我不纠结了，好的坏的都是风景，不能因为害怕她受伤就阻止她去经历，毕竟这是她的人生。我要提醒你啊，敢欺负我妹，你会死得很惨的。"我看着欧阳认真地"威胁"道。

欧阳看着这样的我，却松了一口气，笑着说："等来你的认可都这么难了，你觉得我敢欺负她吗？"又聊了一会儿，欧阳就去忙了，说要赶紧忙完下班，安慰女朋友去。

第十二章 好的坏的都是风景

"你同事呢?"我看着只身前来的王伟问道。

"哦,他先回去了。"王伟淡定地答道。

我疑惑地看着他,不是人家喊你来这间酒吧的吗?

"哦,他临时有事。"好吧,反正我心病已除,此时心情还算不错,没必要追问,给自己徒增烦恼。

喝了几口杯中的威士忌后,王伟看着吧台突然问道:"你谈过几个男朋友?"

"干吗,查户口吗?"我睁大眼睛。

"不是,就是好奇,像你这样的美女,追求你的男人不少吧。"

"不多。"我没好气地回答。

"欧阳算吗?"他指指吧台后面的欧阳压低声说。

我瞥了他一眼,摇摇头。

"悦,那么我来说说我的吧。我在H酒店工作的时候与一个女孩子分手了,我当时非常喜欢她,拼命地追求她,每天早上给她买早点送她到家,但她对我总是不冷不热的,让我弄不清楚她是喜欢我,还是不喜欢我。但我还是坚持了半年。直到有一天,外面下着大雨,我看着窗外的雨实在不想起床,就没有去买早点。然后我接到了她打来的电话,第一句不是关心我好不好,而是责问我为什么不给她送早点,我当时头脑一热,说了一句老子不愿意伺候你了,就挂了电话。"他边说边摇头,然后大笑。

"那你后悔吗?"看着他笑,我也忍不住笑了。

"当然后悔了!"我吃惊地看着他,只听他又补充道:"我后悔为什么要买半年的早饭,我应该买了一周就停止的。"

我们又不约而同地笑了。

"那后来呢?"我抬着下巴看着王伟。

"后来她来酒店找我,问我为什么不理她了。我说我想对自己好一点,然后她哭着骂我混蛋转头就走了。哈哈……世界上哪有我这么好的混蛋啊。"他一饮而尽,然后又点了一杯。

那晚,王伟喝了三杯威士忌,显然他是不能开车了,他走去吧台,和欧阳说了几句,一会儿,他们两个朝我走来,欧阳说:"我可以下班了,你们两个都喝酒了不能开车,我送你们两个回去吧。"

我们三个人上了车,我和王伟不约而同都坐在了后排,突然一个急刹车,王伟忙拉住了我的胳膊,让我没有向前俯冲撞到副驾驶座位背上,欧阳从后视镜里看了我一眼,说了一句对不起。也不怪他,旁边道上的车刚才简直是过分,擦着我们车身过去的。很快到我家了,我道了晚安,关上车门,不知道这两位男士在我走了之后会聊些什么。

2006年4月20日

再次光临Jorizon,再次见到欧阳和阿棋。如果说人生就像一杯鸡尾酒,要掌握酸甜的平衡,但还是希望从此以后,欧阳和阿棋的日子里,多一点甜少一点酸吧。

第十二章 好的坏的都是风景

第十三章　和解

"五一"黄金周，妈妈和爸爸计划一起回杭州看看。顺便也开车把阿棋带回去，小姨在杭州等我们。从那天我和阿棋在 Jorizon 不欢而散了以后就暂时中断了联系，用欧阳的话是"女朋友正处在深度畏难情绪中，还没调节好，无颜面对江东父老"。

这次家庭出游真的是难能可贵的机会让我们能再聚到一起，别说我和阿棋，自从上班以来时间就越来由不得自己，就连妈妈和小姨上次见面还是过春节的时候。

老爸还是一如既往地给我们当司机，估计让他公司的员工看到都不敢相信。在公司那么严肃，说一不二、雷厉风行的童总，在家里居然当起了家人们的专车司机，而且还甘之如饴。老爸常开玩笑对我们说："俗话说成功的男人背后，都有一个伟大的女人。你看我背后，那是一群女人助力着我要走向成功，然后她们再剥削我的劳动力。"

每次这个时候妈妈都看着爸爸笑得不行，问他："那你还干得这么起劲儿?!"

"我高风亮节，主动为人民服务。"爸爸笑着答道。

爸爸这次开了一辆公司的商务车，因为到了杭州，还有小姨他们，去的路上也可以让我们几个坐得宽敞一些。

我们到阿棋的公寓附近接上她，看着她向我们走来，我佯装睡觉一直闭着眼睛。感觉到她坐到了我边上的位置上，也没打算睁开眼睛，头也保持背向她的一边。我能感觉得到，看向窗外的阿棋中间回看了我好几次。

"姐？"她试探性地轻轻叫了叫我。我调整了一下姿势，但还没有把眼睛睁开。

"姐，我错了还不行吗。我知道你没睡。"阿棋紧接着说。

我慢慢睁开眼，看向她，好笑地问："知道叫我姐了？不直呼其名啦。"

她不好意思地看我，尴尬地笑了笑。其实误会解开了就好，我们之间哪还会这么计较。我也见好就收，见台阶就下。

"天气要热起来了，有没有防晒霜给我推荐一下啊？去年的只剩半瓶了还马上快过期了。"阿棋看我主动开启了话题，很是惊喜，兴奋地给我推荐起来，我们从化妆品聊到服装，后来聊到V杂志最近的潮牌。

妈妈在后视镜里看到我们两个又脑袋凑在一起，开启了滔滔不绝、叽叽喳喳的节奏，笑着摇了摇头，知道我们的别扭终于解开了，其实上车之前估计她就看出来，但不管多大的矛盾，我妈和小姨始终坚持的政策就是不干预，姐俩的事自己解决。

她还告诉我，美国近期要上演一部电影，就是以V杂志女老总为素材编写的职场故事，名字叫《穿普拉达的女魔头》。

"女魔头"这名字听起来就是一个不好惹的女老板，听说许如君也喜欢穿这个牌子呢！她不会也是个"女魔头"吧？过了"五一"，她可是就要到任了。看来我还是赶紧好好珍惜一下这个假期吧，起码在暴风雨来临之前对自己好一点。

到了杭州香格里拉酒店办好了入住，我和阿棋、爸爸妈妈分别先回到各自的房间，休整一下，毕竟三个小时的车程，我都坐得腰酸腿僵了，更不要说开着车的爸爸了。

到了房间，也顾不得什么行李和形象了，选了个最舒服的姿势先和床来了

第十三章 和解

个大大的拥抱。阿棋却坐在了沙发上，半天没有动静，我疑惑地看向她。

"悦，现在就剩我们两个了，我想和你聊聊我和欧阳的事情。"看着这么认真的阿棋，我揉了揉眼睛，赶紧从床上坐了起来。

"不瞒你说，我暗暗喜欢欧阳哥有一段时间了，但是我一直有顾虑。我知道你和他没在一起过，但我还是不敢，怕被拒绝也怕被比较。但因为上次采访，我有了更多的机会跟他接触，我发现我已经不能继续忽略我内心的声音了，我就主动对欧阳哥表白了。其实，他一开始超级高冷的，有几次为了躲我周末都调休了。但是，当我用采访编辑的理由去找他，他就对我没办法了，不得不来见我。后来，他才终于同意做我的男朋友了，但是我不知道该怎么跟你说这件事，我怕你会反对，而且……"

没等她说完，我就走过去抱住了她。看着这个小心翼翼跟我解释的阿棋，真的太让人心疼了。

"阿棋，你知道吗？你从来都比我勇敢。"我认真地看着她的眼睛，又重复了一遍这句话。

"姐？"阿棋愣了一会儿，看着我笑了，笑得特别灿烂，然后一把紧紧地把我抱住。

"姐，谢谢你懂我。爱你哦！"

"不过，其实你猜对了，我刚发现的时候，是觉得你们不合适的，我怕你们会像我和路远一样，毕竟欧阳视工作如命啊，怕你受伤。我也犹豫了很久，纠结了很久，才去找欧阳把我心底的纠结全盘托出的。其实，我也怕你们误会的，谁知道，你听了一半就跑了，追都追不回来。"

"是啊，欧阳真的爱他的工作，投入起来简直废寝忘食。不过转念一想，这不正是他吸引我的闪光点吗？说实话啊，好在他没让我等太久就答应了，不然我真有可能坚持不住，要打退堂鼓了。不过在一起以后，发现他其实也没有那么高冷的。"阿棋可能想起了什么，脸上不自觉地露出了笑容。

"哎哟，打住，禁止在'单身狗'面前'撒狗粮'。"我看着阿棋脸上的甜蜜嫌弃道。

"你怎么会是'单身狗'啊，追你的人就没断过好吧，比如那个Wit（王伟）啊。听欧阳说人很不错的。"阿棋突然兴奋起来，"欧阳跟我说那天他们两个送你回家之后，把车停在路边聊了很久。"

"啊？他们两个不是才认识，聊什么聊这么久啊？"我惊奇道。

"还能是什么，当然是聊你啦！Wit跟欧阳说他想追你呢，让欧阳给他出出主意。追女孩儿欧阳能有什么好主意，欧阳只能跟他讲了一些你在R酒店和L酒店的故事，帮助他多了解了解你，谁知Wit是越听越心动。你对Wit的感觉怎么样啊？"阿棋对我挑了挑眉毛。

"什么怎么样，他现在可是我的老板。"我脱口而出。

"但是你未来可能是C酒店的房务总监啊，你变成他老板是不是就没有问题了？"

"那就更加不能谈恋爱了。"我斩钉截铁地说。

"好吧，好吧，你的限制实在是太多了。你和路远哥分手这都好几年了，如果……如果你觉得Wit不错，就也不要太纠结了，给自己个机会，也给他个机会不好吗？"

阿棋过来又抱住了我，"姐，我希望你能幸福，就像你希望我幸福一样。"

我抱着她，心里非常暖，鼻子却酸了，眼眶竟然有些红了，阿棋也一样，我们擦擦眼泪，看着对方又都笑了。

"你们两个大小姐，休息好了吗？我们要准备出发去吃饭啦。"老爸在电话里问道。

"就来了，一会儿门口见。"

西湖醋鱼、干炸响铃、杭州三鲜，老爸因为应酬多，培养出来的点菜水平简直堪称一流。我和阿棋达成一致，今天准备放开了吃，然后晚上再去健身房

消耗掉。饭后，老爸点了一壶西湖龙井，我们坐在西湖边的餐厅，手里的茶就着习习的微风，简直惬意极了。

"悦啊，自从你在前台上班，三班倒。我都不能每天见到你了，一定累坏了吧，这几天好好放松一下。"爸爸看着我问道。

"老爸，还好啦。"

"悦，老爸年纪也上去了，快六十了，你再工作几年，来公司帮忙吧。公司目前业务还不错，我们已经开始往互联网销售转型，正需要你们这样的年轻人加盟啊。"爸爸语重心长地说道。

"爸，等我磨炼磨炼再考虑吧。"

"好吧，听你的，老爸公司随时欢迎你的加入。哈哈……来，喝茶喝茶。"爸爸笑着说着抿了一口茶。

我看着爸爸，他头上的白发又多了不少，爸爸这几年因为扩展业务，频繁地出差。但我现在还舍不下酒店行业，心里不由得纠结起来，心里不是个滋味。

正想着心事，王伟的电话进来了，我起身走出餐厅，"喂，Wit，你好。是酒店有什么事吗？"

"酒店没事，就是悦，我想约你晚上吃饭，你有时间吗？"

"我不在上海，和家人一起回杭州聚会啦。但如果你在杭州，我们就可以一起吃饭啦。"我笑着，开了个玩笑。

"你住杭州哪家酒店？是芮华集团的吗？"

"不是，这次老爸定了西湖宾馆。"

"好的，那么祝你玩得开心。"

下午，我们在西湖租了一条木船，"欲把西湖比西子，淡妆浓抹总相宜"，西湖的景致真的是百看不厌啊！杨柳、小桥、雷峰塔，妈妈说她以前在杭州读美院的时候，总是来西湖写生，这儿的风景她起码画了有几百张，后来几次搬家都不见了。妈妈为这个，可是伤心了好一段时间。阿棋带着相机，给我们拍了好多照片，尤其是妈妈和小姨，各种摆拍，我和老爸却很默契地为了不上镜努力躲避。

17:00左右，我们有说有笑地回到了酒店，刚进大堂，看到一个很眼熟的背影，但也没多留意，向电梯间走去。

"童悦！"听到有人叫我名字，转头一看，是王伟？！

还没等我反应，他走近接着问道："你说的如果我也在杭州，我们就可以一起吃晚饭，那现在可以了吗？"

我愣在原地看着他，半晌，我都说不出来一句话。他脸上带着笑，好像很满意看到我现在的反应。

"姐，谁啊？谁啊？"阿棋一边推推我，一边好奇地问道。

"王伟！"我从牙缝中挤出两个字。阿棋一副恍然大悟、吃瓜看戏的表情。

"谁要请我闺女吃饭啊？"爸爸听到转身问道。

"叔叔好，我叫王伟，童悦的同事。这几天休息，来杭州散散心，我以前在这家酒店工作过一年。我想今晚约童悦吃饭可以吗？"

"那么巧啊，那看来酒店我们选对了。"爸爸握了握王伟的手。

"不过，凡事讲究个先来后到，我先约了我闺女。要不你再等等？"爸爸一脸严肃地看着王伟。妈妈却赶紧走到爸爸旁边，暗暗地用胳膊戳了戳爸爸。提醒他适可而止。

"不好意思叔叔，是我考虑得不周全，那我下次再约，祝你们假期愉快。"王伟也没有惊讶，一脸真挚地回复道。

"哈哈哈，是个实在孩子，我开玩笑呢，既然这么巧，那晚上就一起吧。你们先回房间休整一下，带个披肩，晚上还是有些凉。18:00我们再出发，我和这个小伙子选餐厅。"爸爸说完拍了拍王伟的肩膀。我离开前有些担忧地看了一眼王伟，他却很坦然地给我回了个笑容。

进了房间，我再也憋不住感叹道："这个人是怎么回事啊，我开玩笑的，他

第十三章 和解

怎么还就真的过来了？而且家人都在，想想刚才那个画面就尴尬得不行。"

阿棋听完叹了一口气，也感叹道："有些人真的是身在福中不知福啊！欧阳要是能给我这样的惊喜，我一定会开心得起飞，而且人家为了见你，连可能要面对你爸妈都做好了心理准备，难道不得称赞一下勇气可嘉吗？你居然在这里叹气。"

我有些惊讶地看向阿棋，然后点了点头，好像被她说服了，她说的好像也有些道理。

"好啦，好啦，别愣神了，赶紧看看晚上穿什么，你带裙子来了吗？连衣长裙？哦……如果没带的话，我这里有一条，你晚上就穿这个吧。"

"啊，这是要干吗，不就吃个饭吗？"虽然阿棋的这条裙子真的很赞。

"大小姐，你行行好，人家大老远开了三个小时车就为了跟你吃顿饭，你好歹为了感谢礼貌性地打扮一下啊！"

再见王伟的时候，他换了一身装扮，Polo衫，牛仔裤。他看到我的第一眼愣了一下，然后笑得格外开心。

"悦，你坐我的车吧。"他说。

还没等我答复，爸爸开口道："好，你们先走，我等另外几位美女，我们一会儿餐厅见。"我有些吃惊地看着爸爸，这还是我爸吗？我只能狐疑地跟着王伟往停车场走去。

路上我还是没忍住问道："你的出现其实有些吓到我了，而且你就不怕就算来也没有等来你想要的结果吗？你怎么就听不出来我那是玩笑话呢？"

"哪怕是玩笑，只要我来就还是有可能性的，不是吗？而且就算我被拒绝了，杭州还有我以前的同事，可以叙叙旧。再说我在追求你，总应该让你看到我的诚意吧。"

听到他这么直白的表达，而且车上又只有我们两个，反而是我不好意思了，我想赶紧转移话题。

"酒店这几天有什么事吗？"我慌乱地问。

"没有什么特别的，今天才假期第一天，入住率百分之七十多，不算高，Alice 能应付得来。等到'五一'长假后，我和你都回去上班了，Alice 就可以休假了，她说她想去云南玩。"

"'五一'之后，新的老总许小姐就要上任了。"

"是啊，对了，芮华集团总部的黎豪业和 Coco，你认识吗？"他突然想起了什么，问道。

"认识的，怎么了？"

"Lucas 发邮件给我，要我给他们定房间，他们和许小姐同一天到店，5 月 7 日到，8 日，说是几个老大们来酒店开会，业主刘总也参加，9 号离店。"

那就是又要见到 Coco 了，不知道她看到我在前台工作会有什么样的看法？一想到她那张似笑非笑的脸，我的手心都不自觉地开始冒汗。

也许是看出了我的不安，王伟握住了我的手，"我在 H 酒店工作的时候，也听说了一些芮华集团总部的传闻，尤其是黎豪业和 Coco 的事情。但不管发生什么，我们都可以一起面对。"

我看着他，竟忘了挣开，就任他那样握着。

这是一家很有情调的餐厅，有乐队、烛光的布置。老爸用蹩脚的英语说："Wit, good job!（王伟，选得不错！）"意思是夸王伟选餐厅选得不错。

用餐快结束的时候，收到了坐在对面王伟发来的信息，我拿起手机看："从在大堂见到你，就想告诉你，今天的你好美。"

我看着他，心里有股说不清的情绪。他和欧阳、杰生都太不同了，我看着面前的烛光，还有对面的他，我真的不知道，这一次理性还能战胜感性吗？

第十三章 和解

第十四章　撑腰

看见爸爸对待王伟的态度，我就忍不住在心里抓狂地想，他们俩那天下午在一起到底说了什么？王伟是真给老爸喝了传说中的迷魂汤吗？怎么爸爸这次的态度这么不一样！爸爸竟然还说如果一个酒店谈恋爱不方便，正好我可以辞职，去他公司帮忙。

王伟不仅跟我们一起吃了顿晚饭，而且我们在杭州玩了几天，他就跟我们在一起待了几天。妈妈、小姨都十分喜欢他，当着我的面一个劲儿地夸他稳重，会张罗事情，会照顾人，把我们行程里的一切安排得妥妥帖帖的。无论我怎么解释说王伟是我的老板，不是我的男朋友，他们都只当作耳边风。我现在感觉，他们才是一家人，而我是个外人。

不过小姨因为这件事也偶有失落，说阿棋的男朋友到现在都没有见到个影子。

很快，假期结束，我们要回归工作状态了。想到要见欣妍，心情大好，可又想到今天还不得不见到黎豪业、Coco、许如君的时候又没那么开心了，这让我真实地体会了一回什么叫喜忧参半。

"以后有Wit做你的司机，爸爸可以提前从专职司机这个岗位上退休喽。"老爸笑看着我说。

我惊奇地看着爸爸，竟然看不出他有一丝失落，反倒很是开心？！

"在杭州的时候，他向我保证每天早上来接你上班，不管他是什么班次。"

"你们两个男人到底聊了什么啊？算了，不说了，再不走要来不及了，今天一定不能迟到。"我犹豫了一下，最后还是穿了高跟鞋出门了。

说实话，因为这个假期，我和他的关系渐渐发生了一些微妙的变化，对于他的关心、爱护，我看得清楚，但我们这个上下级关系，还是让我有过不去的坎儿。王伟对我的顾虑是心照不宣，所以在工作的时候，我们默契地还是保持一定的距离。

我注意到他的车子从里到外都擦洗过了，非常整洁。从这一点看王伟真的很适合做酒店行业，他对于细节的关注、有条理的时间管理、工作上时刻都保持着充沛的精力，我相信未来他一定可以做到总经理的。

"你和我爸那天下午到底聊了什么啊？"我还是没忍住问道。

"也没聊什么啊，就是给了叔叔我的电话、身份证复印件，欢迎他随时监督。"

"你是在开玩笑吗？"我不可思议地看着他。

"没有啊，我很认真的。"王伟真挚地说道。

我听完仿佛更疑惑了，男人之间的信任就这么简单？罢了，罢了。

到了酒店，他要先去行政酒廊看一下会议室的准备情况，我在大堂和Alice交接一下这一段时间工作的未尽事宜，明天她就要开启她期待已久的云南之旅了。她说有我和王伟在，她一定要过一个手机24小时关机的假期。

半个小时之后，王伟回到了大堂，看着我和Alice说："他们上面情况还不错，只是……黎总的脸色看起来不太好。"

"很凶吗？不应该啊，我们酒店运营数据很好啊。"Alice疑惑地说。

"不是情绪上的不好，是看起来像是生病了，脸色看起来蜡黄得异常。"

"是不是没有休息好啊，那我们要不要让厨房做点养生汤送去？"我提议道。

"是个好主意，我和Nick沟通一下。"王伟说完就回办公室去了。

第十四章　撑腰

这会儿也没什么事，我想去人事部看看 Edith，就跟 Alice 请了半个小时的假。走进人事部，莫薇佳刚看到我，就故意扬声道："悦，Edith 对我们太好了，专门给我们买了咖啡。"

　　我看她一副想故意气我的样子，也不生气，"哈哈，我看也是，比我当时对你们好多了。我那时可是空着手来报到的。"

　　莫薇佳听完一愣，然后撇了撇嘴不理我了，我知道她嘴上这样说，其实是舍不得我。

　　说完，我走进 Edith 的办公室，看到桌上 Jorizon 的水杯还放在那，"如果你不介意，这个杯子就送你可好？"

　　"哈哈，好啊，我正好没有带喝水的杯子。"欣妍画了一个简简单单的妆容，没有过多的修饰，白皙的皮肤衬得她格外温柔，她是我见过脾气最温和的一位人事老大了。

　　"王姐他们都还好吗?"

　　"L 酒店的总监们都很想念你，让我给你带话，叫你有空多回去吃饭哦。这次我能调任过来，也是因为王姐的力推，但是她在我来之前特别找我谈了一下，说许小姐的风格和老外总经理很不一样，让我一定要小心和忍耐。"她的眼神中透出了不少担忧。

　　"一会儿晨会，我们就可以见到她了，不管有什么问题，不怕，我们一起面对。"这句话是说给欣妍的也是说给我自己的。

　　"已经 9:40 了，时间不早了，我们走，去会议室吧。"

　　走进会议室发现大伙儿居然都到齐了，本想着提前十分钟到应该问题不大，结果只剩离老总最近的两个位子还空着，娜姐看我向大家介绍完 Edith 后，也迟迟没有落座，用手示意了一下，示意你们就挨着新老大坐吧，老总很快就要来了，也没有别的选择了，看来大家对于这个新老板都很是畏惧啊。大家也或许是八卦听多了，不由得有些上头了。

10:10,"美男子"带着一行人走进了会议室，我们都不约而同地站起来迎接。走在"美男子"后面的是业主代表刘总，她的气色看起来是这些人中最好的，面色红润，可能是因为刚去北欧度假回来吧；黎豪业，我还是喜欢称呼他为"包公"，但正如早上王伟说的，他看起来气色很差，也瘦了不少，西装看着都有点不合身了，可能因为虚弱，看起来没有原来那么严厉了；Coco 依旧没有什么表情，冷着张脸；最后进来的那位生面孔应该就是许如君许总了，三十五到四十岁的样子，中等身高，却发福得厉害，脸圆本来看起来年轻，但皮肤的状态却把年龄暴露无遗，Prada 西装将自己包裹得紧紧的，一双细高跟鞋让她看起来头重脚轻，看起来随时都有摔倒的风险。她的眼神虽然没有"美男子"有神，但看起来却更加犀利，更加严苛，让人看了不由得倒抽一口气。

"美男子"很反常地没有招呼他们入座，而是直接开口道："今天有很多值得开心的事但也有些许遗憾，开心的是我们又有新成员加入团队，让我们一起欢迎酒店新任总经理许小姐和人事经理 Edith。"

等大家掌声落了，他继续道："遗憾的是今天是我在这家酒店的最后工作日，明天我将飞去澳门的酒店报到入职了。感谢在我任职期间，业主刘总还有在座的每一位对酒店的支持。祝愿 C 酒店生意蒸蒸日上，也祝愿你们在集团有很好的发展。下次来澳门玩，随时找我哦。"

然后他示意许小姐发言，许小姐从人群中往前跨了一步："Lucas 的领导力在集团是非常有名的，我要接过他的接力棒，也是倍感压力。希望我能和你们每一位尽快熟悉，并一起为了酒店业务顺利地开展精诚合作。"她说话带有香港人的口音，我低声问 Edith："她是香港护照？"Edith 小声说："没有啊，拿内地身份证的，杭州人，可能是故意模仿香港人的口音，或许她觉得这样能吃得开。"说完，她不屑地笑笑。

黎豪业突然猛烈地咳嗽了几下，他一手捂着胃，一手扶着腰，等咳嗽过去，他清了清嗓子，用很弱的声音说道："许小姐经验丰富，在芮华集团旗下的两家

第十四章 撑腰

酒店工作过，之前在北京和杭州工作。这次来到上海，她是集团派到上海唯一的一位中国籍总经理。C 酒店今年的营运报表趋势很好，早上和刘总开会的时候，业主对大家的努力都表示十分感谢，希望你们能够再接再厉，等到年底争取有一个让业主和员工都满意的数据。"

许小姐环顾了一下大家，用她尖细的声音补充道："我会让我的秘书与你们每一个约一对一谈话的时间，今天就到这里吧。"说完，他们五个人就离开了会议室。

我们留在会议室里的人面面相觑，娜姐说："这就结束了？"

剩下的几位也开始了议论："我怎么觉得黎总是来送许总入职的？"

"是啊，是啊，难道是怕我们欺负她，帮她来站台、撑腰的？"

倪总监说："我们还是坐下，把该过的内容讨论一下吧。"

于是大家停止了议论，开始把平时开会应该讨论的议题拿出来讨论，自从王伟和娜姐单独谈完之后，娜姐对前台的态度开始发生了转变，所以现在晨会的气氛比以往更加和谐了。

走出会议室，"小甜花"走过来小声和我说："许总要我把酒店今年的财务报表都准备一下，明天她要和我一个月一个月地回顾，我总觉得有点奇怪。"

"或许这又是一个只看报表的总经理呢？"我拍拍她的肩膀安慰道。

"你祝我明天好运吧，四个月的报表，量还是蛮大的。""小甜花"摇摇头。

下午，"悦，我是 Lucas，你能现在来一下行政酒廊的会议室吗？"

"好的，我马上来。"

会议室里就"美男子"一个人，我进去后，他示意我把门拉上，"悦，请坐。"

我有点紧张地点点头。

"我和许小姐讲了关于你的职业发展规划，她表示先要对你有所了解才能决定。同时她也想和 Wit 单独聊一下。我不知道她是不是会改变你的职业发展，但是请你相信，只要你有能力，一定能够让她对你有信心。"

"我完全理解，她是一位刚上任的总经理，对我一点不了解，我也需要时间熟悉房务部门，还有很多需要学习的呢。"其实我蛮享受目前的工作，每天有挑战，但是也很充实，对于做房务总监，我真的没有放在心上呢。

"你能理解就好，我希望你们都能得到很好的发展，以后你和男朋友来澳门玩，找我，我安排你们免费住。""美男子"笑着说。

我对"美男子"表示了感激之情，不管未来如何，他能够让我从人事部门转到房务部门，是对我莫大的鼓励，我也祝福他在澳门取得成功。

我不知道许小姐什么时候找我聊，或许职业发展会有改变，也或许没有，我摸了摸手腕上的 MV 表，默默告诉自己无论未来如何不确定，每天对待好每一个客人，就是最正确的事情。

第十四章　撑腰

第十五章　暗流涌动

感受一位总经理的工作风格是从晨会开始的。以前的晨会基本都是速战速决，半个小时的时间处理完各个部门需要沟通的事宜，"美男子"就会让大家赶紧回到工作岗位上去开展和跟进新的一天需要落实的工作，尤其是营运部门。

现在的晨会最少一个小时，有时候甚至要开两个小时，到中午12点左右才能结束。许总坐在老板的位子，她时而滔滔不绝，时而怒斥一番。因为"美男子"为我制订的职业发展规划，我被要求和王伟一起参加每天的晨会。11:00到12:00正是前台为客人办理退房的高峰期，而那个时候，前台却一个负责人都没有。所以这段时间，退房期间发生的客诉都不能得到及时的解决。看着这些数据，我跟王伟商量，我先暂时不参加晨会了，晨会的一切事宜请他转达，我留在前台处理突发事件，等 Alice 休假回来，我再参加。王伟很感激地答应了，因为我留在前台他就不用再心猿意马、如坐针毡地开晨会了。

我们午餐私底下讨论的时候，对许总最集中的评价是她的倾听技巧太差了，她不仅喜欢一个人自说自话，还经常打断正在发言的部门负责人。如果要描述每天晨会各位总监们的表情，那可谓是精彩极了。娜姐无数次游走在想要爆发的边缘，王伟和倪总监无数次地无奈摇头。真不知道，这样的磨合期还会持续多久，还有我们和这位新总经理真的能安然度过这个磨合期吗？我不住地在心里问自己。

这期间"小甜花"已经不止一次向我吐槽许总对于采购的审核方式了。总经理其实很少会在采购审核上花这么多时间，为了有据可查，酒店每一笔采购单都必须要录入财务系统里，而且只要财务总监在系统里审核完毕，通常，总经理会审核得很快。以前"美男子"就是这样，可是现在许总要亲自审核每一张采购单。于是，现在每天晚上 6:00 许总的办公室是她和"小甜花"的特约时间，每一张采购单、每一个供应商，都要一一核对。所以现在想下班约上"小甜花"可是要碰运气，毕竟她的下班时间她自己已经左右不了了。

我只好安慰"小甜花"说，或许是许总对酒店运营成本的控制格外看重，想把握好酒店花出去的每一分钱，毕竟控制好成本也是提高利润的关键手段，但"小甜花"对于许总这种财务管理方式还是颇有微词。

其实我心中也有些不安，王伟跟我说许总已经跟他一对一约谈过了，虽然他向许总表示了对我职业发展规划的极力支持，为了让许总相信我有能力胜任房务总监的工作，他详细地给许总讲述了布朗先生的故事和我如何把他从 H 酒店挖过来的。但已经一周了，许总还没有让她的秘书联系我约定我的一对一谈话时间，我也只能尽量地告诉自己要往好的方面想。

正在我埋头看房态的时候，苏总信息来了，"悦，你听说了吗？黎豪业住院了。"

我回想起上次见"包公"时他虚弱的状态，马上问道："上次他入住我们酒店的时候，看起来状态就很差，很严重吗？"

"听说是胃癌，虽然还不能百分之百确定，但听说现在业主要见他都被拒绝了，这么看来，消息是真的可能性很大。"

"怎么会这么严重？"想起第一次见他还很硬朗的样子，我忍不住感叹道，真是世事难料啊。

"那你们都还好吗？"我继续追问苏总。

"还行，对我们目前影响不大，对了，有空你们回来吃饭啊，你、欣妍，还

第十五章　暗流涌动

有'小甜花'。"

"没问题，感谢大哥的邀请，我一定传达到。"我边回复边笑了。

"那个胖女人一个早上又说了两个小时，说前台这个不好那个不好，然后又说餐饮也不好，客房、工程也不好，反正在她眼里除了她自己，酒店没有一个部门是好的。晨会真的是减肥的良药，每次结束后，我们对午饭真的一点胃口都没有了。可是天哪，我真的一点也不需要减肥。"王伟开完晨会边摇头边跟我吐槽道。

我知道，他只是纯粹地需要倾诉一下，不是真的需要安慰，所以我也就静静地笑看着他。

"哦，对了，'小甜花'约你中午一起员工餐厅吃饭，你快去吧，我要整理一下这位女王大人的口谕。"他朝我做了个鬼脸，就回办公室去了。

打好了午餐，"小甜花"拉着我一定要找个相对隐蔽的位置才坐下，她看了看四周，小心翼翼地说："悦，我心里好慌啊。"

"苏总告诉我，黎豪业因为胃癌住院了，你是听说了这个事觉得不安吗？"我脱口而出。

"啊？黎总胃癌？进医院了？"她满脸难以置信地看着我。

"不过苏总说还不能百分之百确定。"我补充道。

"小甜花"先是沉默了一会儿，然后好像下定了决心一样，抬起头定定地看着我，轻声对我说："我想和你说的是，这个许总有问题。"

"有问题？"我疑惑地看着她，因为我知道这个"有问题"明显不是我们平时经常吐槽的那些。

"不过对于这件事我目前还没有确凿的证据。昨天，我的应收账员工跟我汇报，我们酒店的账上进来了一笔来路不明的汇款，一共四十九万八千元。一开始我还以为是我们的工作疏忽，或者是对方公司的失误，我很是重视，特别盼咐我们员工今天之内必须核对出来这笔入账款对应的到底是哪份合同、哪张采购单。结果……"

"小甜花"为了让我明白这之间的关系，一字一句地说："今天早上，我收到了许总手写给我的一张纸条，上面写着一家叫慧远股份公司的名字，并交代我尽快出一份采购合同，而合同的总金额正是四十九万八千元。可是你知道吗？我们酒店与这家公司没有任何的业务往来。"

她继续说："也就是说，她是想通过我们酒店开出的一份假合同，把这笔我们目前不明来路的四十九万八千元合理化，然后转出去给到慧远公司！""那这不就是洗钱吗？"我震惊道，还好我音量不大，"她怎么敢？！这才刚上任不到半个月时间。这么明显，她就不怕我们举报她吗？"我说完，意识到了这是员工餐厅，赶紧捂上了嘴巴。

"悦，我有一个很可怕的猜想！只是单纯的猜想就已经让我坐立不安了。"

"我查到这笔钱是由一家芮华集团的海鲜供应商打进来的，但是我们并没有和这笔汇款对应的采购单。许总就只是一个单体酒店的老总，她怎么可能安排集团的供应商莫名其妙地打款给酒店，而且金额不小，所以我怀疑她也只是在给总部的人办事。"

我听完震惊得已经顾不上吃饭，陷入了沉思，突然想到了什么问道："那么就算她要你做这份假合同，那合同的采购名头她有说吗？"

"这个她没有细说，只是要求我做一份采购合同。"

我从来没有听严总监和袁总监提过类似的事件，我突然回想起会议室里大家的玩笑话："黎豪业是来为许如君站台的。"这么看来，"小甜花"的怀疑不无理由，如果没有后台撑腰，许总绝不敢刚到任就这么明目张胆。

"那你打算怎么办？"我有点担心"小甜花"的处境了。

"我准备先拖一拖，我心里很清楚这是违规操作。我已经让应收账的员工打电话给这家海鲜供应商，追问他们汇款的原因了。"

"你这样不是去摸老虎屁股吗？"我问道。

第十五章 暗流涌动

293

"我知道，如果总部的人真的有参与，我这么做会有很大的风险。但严总监和袁总监都叮嘱过我，财务总监要把握住底线，坚守住本心。""小甜花"说这话时的眼神异常坚定，她这么年轻从管理培训生做到财务总监，这对她而言是很大的挑战。

我突然想到了苏总的邀约，问道："我觉得我们需要找人商量一下这个事，毕竟我们两个经历得太少了，很多事看得不全面，你觉得我们去咨询一下苏总怎么样？"

"小甜花"想了一下，答道："好主意，第一，苏总不在我们酒店，不会有利益牵扯；第二，他这个人确实值得信任，这个事不能拖，那我们今晚就去吧。"

"好的，我等你下班。"我坚定地点了点头。

我回到前台，尽量表现得若无其事，也没有跟王伟提到一丝一毫我和"小甜花"的惊天猜测。不是不信任他才不告诉他，而是毕竟这件事目前还没有确凿的证据，一切只是我们两个的猜测，所以这件事情在水落石出之前知道的人越少越好，涉及的人越少越好。因为这个决定，我突然发现我已经开始下意识地做出保护他的行为了。

而且正好他加班，也没办法去，倒是省了我要绞尽脑汁编一个不带他参与的合理说辞。苏总会给我们什么建议呢，整个下午，我无数次告诉自己要专心一点，可脑子还是不住地想这件事。我不住地看表，有心事的时候感觉时间过得真的太慢了，什么时候才能到下班的时间呢？

第十六章　幕后黑手

苏总特地订了一间中餐厅的包房，方便我们聊天。我们真的好久没有机会聊聊天了，苏总还特意准备了休假时从黄山带来的毛峰，让我和"小甜花"尝尝。

茶是好茶，但我和"小甜花"心事重重，品得也不专心。苏总应该是看出了我们的心事，喝了几口之后，苏总就让服务员先出去了，问道："说吧，遇到什么事了？"

我和"小甜花"相互看了一眼，给彼此打气，然后"小甜花"仔仔细细地把这笔汇款的来龙去脉向苏总讲述了一遍。

苏总听完，还没等我们说出猜测，就猛灌了自己几口茶水，思索道："这事一定不简单，总部一定有人参与。之前我只是听外地的业主说过一些八卦，说许如君在北京的时候，那里的财务总监和她是穿一条裤子，关系好得不行。不知道那时候这样的操作是不是就已经开始了。但就算已经开始了，这样的操作在那个时候也不会被曝光出来。"

"哦，对，我还想起来一件现在看来很蹊跷的事，她来上海之前就职的那家杭州酒店，那里的财务总监突然被业主开除了，然后那件事发生不到一个月，许如君就来面试你们酒店的总经理了。这么看来，她的这种操作应该持续的时间不短了。"

"那如果我听从她的指示操作，会不会也被业主炒鱿鱼呢？""小甜花"紧张地问道。

"要是有一天刘总不要你了，随时欢迎你来我这里做啊。"苏总安慰道。

不过他又马上正经地说道："但是这个假合同你是万万不能出的，否则这个黑锅你是背定了。你给供应商打电话，对方是怎么给你反馈的呢？供应商那边是怎么说的？"

"供应商只是说汇款没有汇错账号，这笔钱就是给我们酒店的，然后就挂了电话，再打就不接了。""小甜花"仔细回忆着。

"那么你准备怎么办呢？"苏总问道。

"我现在确实还没有想到什么好的办法，只能先用我的办法先拖着不出合同。""小甜花"说完低下了头。

"可是如果这么一直拖着，迟迟不出合同，许小姐一定会认定你不识时务，还轮不到业主，她先不会放过你的。"苏总看着"小甜花"的眼睛满是无奈也有些心疼，"而且我猜测如果总部的人涉及这件事，这位幕后老大的级别一定不小，所以我也不敢贸然使用我的人脉资源帮你打听这件事，因为很容易就打草惊蛇了。"苏总接着分析道，"保险起见我还是从业主这条线试试看，让我跟刘总打个电话，你们俩先吃点东西。"苏总说完出门去打电话了。

我看着"小甜花"，她看着我，其实我们都没有心思吃东西，她紧握拳头，陷入了沉思。没一会儿苏总就推门进来了，脸上的表情看起来轻松了不少，看来是有了进展，我心头一松。

"刘总想了一个办法，她会以酒店新调任总经理为名，安排业主公司来人对酒店财务进行审计，为了查看上任总经理任职期间酒店财务是否有问题。这样这段时间酒店的一切进出账会暂停，许小姐也就没办法追着你要合同了。"这的确是一个对于目前很完美的权宜之计，听起来是针对"美男子"的查账，但其实给了我们更多的时间，把这笔汇款的来龙去脉弄清楚。

"不过这也只是权宜之计，只能拖延一段时间，如果我们要彻底从这件事解脱出来，我们需要搜集更多确凿的证据。"

"哦，你给供应商打电话的时候录音了吗？"苏总问道。

"小甜花"点了点头。

"很好。"

我脑海中闪过一个念头，这家慧远公司是个什么背景？如果最终要把款打到这家公司，而我们知道了这家公司的底细，那么这些人之间的关系或许就一清二楚了。

"苏总，你对这家慧远公司的背景有了解吗？我们从这家公司入手查一查可以吗？"

"是个思路，如果能查，就查一下吧。你是有资源吗？"

我点点头，"我老爸可能能帮上一些忙。"

"小甜花"听完感激地看着我，我拍了拍她的手，让她不要放在心上。注册公司该办的手续爸爸都清楚，而且公司有法务，查这些信息比我们在行、迅速得多。

我拿出手机，快速编辑了一条信息给爸爸："老爸，麻烦帮我查一下一家叫慧远股份公司的背景，越快越好，谢谢啦。"

"收到，我尽快。"老爸秒回。

知道爸爸对我的事一向上心，但没想到这么迅速，不到半个小时回复信息就来了。

"慧远投资股份有限公司，法人代表：梁仪丽，注册地址在珠海，注册资金100万。"

梁仪丽？是个女的？

我把这条信息拿给苏总看，他突然一拍脑袋，恍然大悟道："嗨，还以为是谁呢！这就是那个皮笑肉不笑的Coco呀，原来是转给她的公司啊，注册资金

100万的投资公司？哈哈，嗨，那这幕后黑手就是她和老黎。这对老情人可真够黑心的，拿着那么高的年薪，还想着动这个脑筋。"

他若有所思地喝了口茶，继续说道："看来这件事越来越复杂了，没想到老黎是这件事的幕后操控者，这个许小姐看老黎住院了，还在献忠心啊。我们还是先让刘总派业主财务去审计吧，走一步是一步，如果对手是老黎的话，我们一定要更加小心谨慎才行。"

"小甜花"坚定地点点头。

"虽然很开心你们遇到这样的事选择第一时间来找我，但你们就不怕我也参与其中？"苏总在我们离开前问道。

"大哥，我们共事了那么长时间，我要是再认不清人，那多对不起我当过人事经理这段经历。"我笑着回答道。

"是啊，我们信你。""小甜花"也答复道。

他听完既开心又无奈地笑了笑，可能在他眼里我们两个还是太过单纯，或者还没有真的经历过什么是表面一套背地一套，什么是人心隔肚皮吧。

他只是郑重地提醒道，这件事在没有尘埃落定，或者有确凿证据之前千万不能再节外生枝了。

我们两个也都做了保证。

回到家，我对老爸说"爸爸，说不定很快我就要去公司帮你了，你到时候可不要嫌弃我啊！"

"是遇上什么事了吧？是和今天你让我查的那个公司有关吗？需要爸爸帮忙吗？"

"暂时还不需要，只是万一我真干不下去了，求收留呢！"

"我早就说过了，我巴不得你现在就来帮我，还不是你自己不愿意啊？！"

2006年5月17日

许如君报到第二周就明目张胆地发起了神秘汇款，总部到底还有多少不为人知的秘密？

　　虽然爸爸的话给了我很多安慰，我也一直都知道我有爸爸这条后路。但有些东西是要坚守的，哪怕是鱼死网破，都好过违背本心、畏惧强权、后悔一辈子。而且集团的价值观也是不能被动摇的，无论强权如何，我相信我们能等来我们期待的结果。

"悦，明早老时间接你，给你带好吃的。晚安！"王伟的短信。

"好呀，明早见，晚安！"

看着这条短信，脸上不自觉地露出了笑意，脑海里浮现那张熟悉的脸，我很快进入了梦乡。

第十六章　幕后黑手

第十七章　照我说的做

5月22日,是业主刘总派审计马小姐来查账的日子,也是Alice休假完回来上班的日子。刘总突然袭击的这次审计一定会让许如君始料未及,因为她再也没有和"小甜花"提与慧远公司合同的事情。

今天,我也要重新参加晨会了,看似平静的海面,下面却波涛暗涌。

好在王伟每天早上会为我带一杯咖啡,我们两个在车上喝完,正好能打起精神,精力充沛地迎接新的一天。因为我们总是同进同出,酒店里已经传起了我和他的恋爱八卦,我们俩默契地保持着不承认也不否认的态度,听到也只是一笑而过。因为我们不想因为我们的关系,让大家对我们的工作态度有什么其他的想法。特别是在换了一个新总经理的磨合期。

对于工作,我们两个都是十分认真和专业的。许如君的到来让酒店一时之间要做很多的调整与改变,而这其实也是我们学习的契机。我们时常发现在处理前台的事务上,我们会持有不同的观点,但正是因为不同的观点,我们通过讨论反而能找到更稳妥的解决方案。而且我们都发现对于这样的讨论我们总是乐此不疲。

还没走进会议室,我们就透过玻璃窗看到许小姐一张阴沉的脸。坐在她身旁的那位应该就是来审计的马小姐。等所有人都到齐后,许小姐先是把马小姐介绍给大家认识,然后告知我们在这大约一周的审计周期里,全力配合马小姐完成审计工作。大家对这突如其来的审计都有点始料未及，面面相觑。娜姐就不禁问道："销售部的合同，我都已经准备好了，随时等马小姐过目。酒店开张至今，除了集团来过财务审计，业主公司还是第一次派审计过来，有什么是我们需要特别注意的吗？"

我和"小甜花"听完不约而同对视了一眼，相信整个会议室除了我和她，没有第三个人知道这次马小姐审计的真正目的。

"马小姐让你干吗你干吗就行了。"许如君不耐烦地答复道，娜姐吃了个软钉子，悻悻地撇了撇嘴没有再出声。我突然发现许如君在情绪烦躁的时候讲话是非常标准的普通话，不带任何广东话的腔调。

因为马小姐在，许如君不能再像平时那样高谈阔论，喋喋不休。今天的晨会难得结束得很早。马小姐的到来对"小甜花"而言简直如救星一般，我能够感觉得到她在努力用一副平静的外表掩饰心中那就要按捺不住的喜悦。

今天的入住率又是超高接近满房，一散会，大家都赶紧去各自的岗位落实好营运。这周我被调去行政酒廊学习，行政酒廊是住店客人愿意多付一笔费用，来这里享受更多福利的地方，比如早餐、欢乐时光、下午茶、晚餐、鸡尾酒，等等，在这里会让你有专属的感觉，不用排队的前台，全天候供餐的餐厅，还有令人惬意的办公场地和设备。

我正在酒廊盘点酒水饮料的时候，"小甜花"打来了电话："悦，你现在说话方便吗？"

"方便的，就我一个人。"我站直了身子，仔细聆听。

"刚才应收账员工接到一个电话，是海鲜供应商的，说上次那笔四十九万八千元的汇款汇错了，让我们立刻给他们退回去。"她压低声音说道。

看来他们是发现苗头不对，准备改变战略了，海鲜供应商这前后相悖的行为更是蹊跷，"那么你打算怎么做？"

"我刚打电话给苏总了，苏总说既然审计马小姐在，何不直接问问马小

姐呢？"

"苏总让你越级汇报吗？"我的第六感告诉我，这样做可能会有很大的风险。

"那你有什么建议呢？"

"不如，你就按程序写打退款申请，然后常规走流程拿给许小姐签字呗。只要留下痕迹，马小姐总是会看到的。"

"嗯嗯，是个好主意，那我先这么操作。有新进展我再给你打电话。"

"嗯……'小甜花'，等等，我只想说你自己小心，一定要小心哦。"说实话我很担心她，毕竟她直接面对这么一股强权的势力，我也只是出出主意。

"好的，我一定。"她有些哽咽，然后挂了电话。

我还能做些什么呢？严总？我可以咨询严总吗？我犹豫了一下，因为苏总说不能再节外生枝了，但是最终我还是拨通了严总的电话，我相信自己，也相信爸爸看人的眼光。我向严总讲述了整个事件后问道："严总，你觉得 Sharon 应该如何做呢？"

"这件事情远比你们想象得复杂，我在集团工作了这么多年，一直不愿意去他们自己圈子管理的酒店，就是因为害怕黎豪业的势力。那个许如君，想必你们也看出来了，她是这条利益链其中的一个。你爸爸神通广大，你可以让他帮你去查一下那家海鲜供应商。据我了解，这家海鲜供应商的股东里有黎豪业，他占比大概百分之五到百分之十，整个大中华区都用这一家。他们的价格比上海本地供应商贵百分之五到百分之八，然后多出来的钱会打给黎豪业自己圈子担任总经理的那些酒店，然后再通过假合同、假的收货记录把钱套出来。我听说他们之前在北京的几家酒店都这么操作过。现在 Sharon 碰到这样的事情，唯一的办法就是让她把搜集好的证据，反映去美国芮华集团总部。你看看你爸爸能否把海鲜供应商的股东名单弄到，如果里面有黎豪业的话，那这就是一个很有力的证据。这样吧，我来和你爸爸说，因为我这里有这家供应商的营业执照，我可以直接传给他。"

和严总通完话，我心情很是复杂，我敬佩严总、"小甜花"这样愿意一直守住职业底线的高管，但是显然他们这些中间力量与更高层之间的黎豪业、Coco、许如君是一种博弈。如果"小甜花"这次不能搜集足够多的证据送交美国总部，那么也许未来等"包公"康复出院了这样的操作将会更加疯狂，而且"小甜花"在这家酒店一定待不下去了。

晚上我约了"小甜花"去爸爸公司，王伟看到我和"小甜花"这段时间神神秘秘的，也不多问，只当是我们闺密间的小秘密。他很尊重我，如果我不说，他就不多打听，这让我感觉和他在一起很舒服，没有负担。所以他只帮我们叫了出租车，让我们玩得开心点。

走进老爸的办公室，他从椅上站起来，招呼我和"小甜花"坐下，他拿了一个文件夹给我们，说："黎豪业，美国护照，在港星食品批发公司的股份是百分之八，这家公司从2000年开始是芮华集团旗下酒店指定的海鲜供应商，蹊跷的是只要稍微做一下市场调研，就可以发现该公司的海鲜，尤其是鲍鱼、海参比市场价高百分之五。这家公司与慧远公司没有直接的账务往来，慧远公司的法人是梁仪丽，慧远公司几乎没有参与过任何大型投资项目。如果许小姐让Sharon做一份假合同是C酒店与慧远公司之间的话，那么这样的操作就是为了让港星与慧远之间在账面上看不出任何的业务往来。"

爸爸给我们泡了茶，继续道："Sharon，你现在应该采取的做法是拖延那笔汇款返还的时间，你不需要立刻填写退款申请，一般你有三十天的时间去处理错误的汇款。你要让这笔汇款进入马小姐的视线。然后……"

爸爸正说着，"小甜花"的手机响了，她给我们看了一眼来电显示，示意我们噤声，是许小姐！

"喂，许总，您好……哦，我知道，但是走流程需要时间。明天？……明天做不到，我要走流程……您是在威胁我吗？我知道我自己在做什么……明天我不用去上班了？……许总，明天我会准时出现在办公室。明天见！""小甜花"

第十七章 照我说的做

挂了电话,整个身体都在颤抖,我和老爸大致明白了许如君的意思。"小甜花"痛苦地说道:"她要我明天就把那笔钱退回去。还说我最好照她说的做!不然就不用来了,然后就挂了。"

我脑海中勾勒出许如君狰狞的表情,此刻办公室里,我们三个都沉默了。

第十八章　怕吗？来啊！

我握住"小甜花"有些发抖的手，"怕吗？"

"说实话，最开始的时候是怕的。但事到如今，更多的，我是气愤而不是畏惧了，面对这样的事实，他们除了威胁没有一丝悔改。最坏的结果无非就是丢了一份工作，再找就是。但如果现在我们不坚持，先不说集团、酒店的资金损失，只是良心上的忏悔我就要背负一辈子。"

"那我们就不需要再等了，已有的这些证据已经足以说明问题了。我们把手中的这些证据一一扫描，加上这次汇款的事实，就可以发给美国总部了。许如君那天让你做合同手写给你的那张纸条你有带在身上吗？"我坚定地问道。

"从她写给我的那天起我就随身带着，都在我的这份文件夹里。"

"太好了。"

"这么看来我好像已经帮不上什么忙了，你们两个工作吧。我给你们做后勤保障，想吃什么？来个比萨如何啊？"

"叔叔，真是太感谢您了，你真是我的恩人。""小甜花"不住地感谢道。

"不要这么客气，你们年轻人初入职场，在职场上打拼遇上丛林法则，做到坚守底线已经很难得了。我们这些前辈如果不帮助你们伸张正义，职场不就被黎豪业这样的斯文败类弄得越来越乌烟瘴气了吗，那不就要有更多的人深陷其中了吗？老严和我一说，我就说这个事情我是管定了。"说完，老爸就拿着皮

包出去了，顺便把门带上了，留出空间让我们专心整理文件。

我和"小甜花"一件件整理我们手中所有的证据，并按照时间顺序理了一下思路。我负责把文件标号，尽快为每份文件进行翻译，"小甜花"负责写一份详细的报告，把事情的来龙去脉讲述清楚。

正写着，突然手机响了，我们两个都吓了一跳。看了来电显示，松了一口气，是王伟。

"悦，你们到家了吗？"

"还没呢。"

"我说怎么发了信息一直没有回复，这都快11点了。你们还没回家，叔叔还陪着你们吗？"

"这么晚了吗？我没看手机，就快结束了。"

"那你们先忙吧，到家了一定告诉我啊。"

"好，一定。"我感激王伟的关心，但是马上又恢复了思绪继续工作。

我们把编辑好的文件读了又读，最后点击了发送键，直到看到邮箱提示这封发给芮华集团美国总部审计组投诉邮箱的邮件发送成功，我们才终于松了一口气。

一看手表，真的已经很晚了，都已经晚上11点多了。高度紧张的情绪得到了舒缓，感觉好像又饿了，我们在送"小甜花"回家的路上又吃了个夜宵才算心满意足。等到我们到家，已经将近1:00了，妈妈面露愠色看着我们问道："你们这一老一小，这么晚回来，是要起义啦？"

"嗨，我们不是起义，就是把事情向上级组织汇报而已。"我一边骄傲地回复道，一边开心地拉开冰箱，拿了一支冰激凌。

"可不是，我们这是在伸张正义，女儿做得对，我鼎力支持。"

"这个酒店换了一个老总，怎么感觉像变天了一样呢？才两个星期，就已经弄得鸡犬不宁了。"妈妈无奈地摇摇头。

"别这么悲观嘛,让童悦锻炼一下不是坏事。而且通过这件事,我发现我的女儿是真的能独当一面了,还有 Sharon 也是个不错的年轻人,你们以后都可以来我公司干,我一定会好好培养你们这两个年轻人的。"我和妈妈听完都忍不住笑了,爸爸总是夸别人的时候趁机宣传一下他自己的公司。

"我到家了,放心。"我发短信给王伟。

"收到,辛苦啦,早点睡吧,明天见,晚安。"他居然还没有睡。

"这件事,我很快就可以说给你听了。"

"好,我等着。快睡吧。"

"晚安!"我笑了笑。

"晚安!"

都已经躺在床上了,还是勉强地翻开了日记本,尽管很累,但今天真的需要被记得。

> 2006年5月22日
>
> 丛林法则,以大吃小,这是职场应有的面貌吗?或者说这该是职场的常态吗?如果这次黎豪业他们不能被彻底地问责,我想我宁愿和"小甜花"一起离开这个行业。如果是那样,这个行业还有什么值得被期待的呢?天下之大,难道还没有我们这些心怀正义的年轻人的容身之处吗?
>
> 王伟知道这件事会是什么反应呢?会怨我不让他和我一起分担吗?或许会吧,但相信他还是会理解的。
>
> 夜深了,这一觉睡得很是踏实!

第十九章　总部的速度

6点，闹钟还没响，自己就醒了，或许是因为做了个梦的原因。但醒来梦里的内容却变得模糊不清了，只是依稀记得是个女人要把我身边的人带走。或许是因为我们发出的邮件还没有个确切的结果，潜意识里还是没能完全放松下来。

我从床上坐起，想给王伟发句早安，发现手机里有一条来自"小甜花"的未读信息，深夜2点！看来她是一夜无眠啊，估计是十分要紧的消息，连忙打开。

"悦，我收到美国总部的邮件回复了，具体内容转发到你私人邮箱账号了，晚安。"

这么快就有回复了，希望是好消息，我迫不及待地打开电脑，登录邮箱，这中间的每一次等待都让我觉得煎熬。终于……

Dear Sharon,

Thank you for bringing this issue to our attention. We will fully investigate the stakeholders. Please remain contactable either by your cell phone or by email.

Thanks and best regards, Audit Department.

亲爱的华小恬，

非常感谢你将此次事件汇报给我们，我们将对事件的参与者展开调查。请你保持电话畅通或及时查看邮箱，以便配合我们的调查。

　　此致，

敬礼！

总部审计

　　虽然还不能确定最终结果一定是个好消息，但从总部的态度上看他们很重视，而且应该不会坐视不管，会秉公办理。也不知道总部审计的调查程序是怎样的，会如何开始调查，实施怎样的措施，对于最终的结果我们还要等多久。

　　因为今早隐隐约约的模糊梦境，让我突然联想起几个月前，"包公"出现的那场噩梦，还有他在梦里说的那句话："你永远不要想把我扳倒！"不是说，梦都是反的吗？现在看来这个梦怎么越来越真实了呢？难道这个梦真的是在预示着什么吗？我们这次真能把他扳倒吗？想到这儿，我赶紧用力地摇摇头，告诫自己，要清醒一点，理智一点，怎么没一会儿就被梦里的故事带着跑呢？！别想了，赶紧洗漱要上班啦。

　　刚洗漱完，就听到爸爸妈妈也都醒了，我赶紧把"小甜花"转发的邮件内容转述给爸爸，爸爸听完点点头，提醒我们今天言行要更小心谨慎，遇到任何困难都可以随时打电话给他。

　　妈妈看着我有些心事重重的样子，走过来抱住我，妈妈已经很久没有这样主动抱我了，从来都是我撒娇抱她的多。

　　"童悦啊，只要你做的是正确的事情，就不要过度地担心结果。"

　　"好。"我看着妈妈温柔的目光笑着应道。

　　其实，我更多的是纠结另外一件事，我是今天跟王伟和盘托出这件事，还是再等等。

　　正纠结着，看到他的车从远处驶来。"对不起，悦，让你久等了，早上遇到了点急事。"王伟平时都是7:55提前在楼下等我，可能是心里有事没注意，等他说了才发现已经8:10。

第十九章　总部的速度

309

"怎么了？遇到什么事了？已经解决了吗？"我担心地问道，生怕这件事跟他有什么牵扯。

"已经解决了，是业主老大刘总，不到7:00跑来前台，说要一间房间。可是你知道昨天的入住率，连行政套房都没有了，只剩了一间总统套房，前台给我打电话问怎么办，我说先把总统套房给刘总用。刚安排好就接到刘总的电话，让我通知所有高管早上9点去总套开会。"

"9点？我们晨会不都是10点吗？而且为什么去房间，不去会议室呢？"

"我也不敢多问，就一个个打电话通知了。"

是不是美国总部通知业主公司这件事了呢？我看着王伟半晌，最终还是决定现在告诉他："Wit，有一件事情我想是时候要告诉你了。"

在我讲述的过程中，他几次都欲言又止，等我和盘托出，我看见他的额头上已经冒了一层薄汗，然后他一把把我抱在怀里。

"悦，你们胆子真大，敢这么势单力薄地和集团的一群人博弈。不过下一次能不能不要再自己一个人了，让我帮你分担好不好？"他有点怜惜，"还有，你知道吗？我很开心，因为你不告诉我是因为心里有我。"被看透心事的我，脸腾地一下红了。

我只能不好意思地吞吞吐吐地回复："嗯，好，那我们今天都小心些，见机行事吧。"

9点，当我和王伟来到总套门口的时候，门是开着的，我们敲了敲门，径直走了进去。陆续总监们都到齐了，只是许如君迟迟未来。刘总站在套房客厅的窗前，若有所思，大家都各自找位子坐下，她才转过身来，表情很严肃地开口道："大家好，今天这个晨会可能让大家感觉很意外。我早上来到前台，当得知只有这间总套是唯一的空房时，心里非常感激，感谢你们为酒店的生意兴隆付出的努力。业主利润最大化是芮华集团给业主的承诺，也是我们选择芮华集团来管理酒店的原因。"

她停顿了一下，很郑重地接着说道："下面我要宣布一个决定：从今天开始，许如君暂停担任酒店总经理的职务，停止手上的一切工作。什么时候恢复，目前还不知道。财务、市场销售、人事部门直接汇报给我，营运部门由倪总监全权负责，Wit 和张工暂时汇报给倪总监。审计工作由马小姐继续进行，请大家配合。"

然后她看着顾经理说："小顾，如果下午有房间空了，请安排一间大床房给我。总套还是留给有需要升级的 VIP 客人吧。"

许如君停职了？看来美国总部的审计已经介入调查了，不过这样的速度是我没想到的。

大家都还沉浸在这个令人震惊的消息里，娜姐却第一个开口了："我能问一下酒店到底发生了什么吗？怎么一会儿总经理来了，一会儿又被停职了呢？"

刘总双手交叉在胸口，看着娜姐，半晌回复道："这个酒店发生了什么并不重要，重要的是这个酒店不会发生什么。我只想对你们在座的每一位说，这个酒店不会发生违背价值观的事情，也请你们每一位都要坚守在正确的价值观上，平等、正直、关爱、友善，如果有任何人企图破坏，都不能得逞。"

娜姐抿抿嘴，显然还想再问，但是最终还是忍住了。她的好奇心我完全可以理解，如果我不知道事情的前因后果，我也会非常纳闷。我看着"小甜花"听到这个消息终于放松下来，但又满是疲惫的样子，一阵心疼，还好一切都过去了。

我们从总套出来，我拉着"小甜花"问道："你还好吗？"

"我就是有点困，但是心情舒畅了很多。"终于，几天里她第一次笑得这么开心："多亏了你爸爸，否则哪有那么多证据呢。帮我跟叔叔约个时间吧，一定要请他吃饭。"

"好，吃饭的事不急，你先回去休息一会儿吧，我给老爸打个电话，把许如君停职的事情告诉他。"

第十九章 总部的速度

311

爸爸听完我复述早上刘总的一番话之后，对芮华集团大加赞赏，他说总部这样的反应速度其实也是为了让中国的业主能够更加放心与芮华集团合作，这么大的集团总是会有人蠢蠢欲动想要谋取不当的利益，但是集团的监管制度能让问题得到反映与解决，这是芮华集团的高超管理水平的体现。

"对了，6月10日是十五，我和你妈妈打算去普陀山烧香，这次你有时间一起去吗？"

爸爸知道我一直对佛学感兴趣，所以我爽快地答应了。

挂了电话，回到大堂，看到礼宾部的员工朝我招手示意。

"怎么了？"我走过去询问道。

"悦，是这样，已经接到 Richard Brown（布朗先生）了，就快到酒店了，你可以准备一下，带他在房间里办理入住。"

"好的，谢谢。"我整理好着装，拿着黑色文件夹，在门口站着，看着手腕上的表，时间一点一点临近，又要见到布朗先生了，酒店门口花坛的花开得正好，今天仿佛看什么都像加了一层滤镜般绚丽。

布朗先生一如既往地热情，我主动上前问候他的身体状况，他回复说准备退休了。当我把他送到房间准备离开时，他递给我一张名片，然后解释道："悦，你如果有兴趣加入 MV 公司，发邮件给这位吴经理，我们随时欢迎。"

"谢谢您对我的抬爱。请容我考虑一下。"布朗先生明白我一时不会离开酒店，也不强求。

酒店行业让我有机会能够与形形色色的人打交道，积累人脉资源打造自己的职场圈子，正如欧阳曾说过的那句"诗酒趁年华"，年轻的时候做酒店行业的确是个不错的选择，能给今后的自己更多选择的可能。

等再回到大堂，看到了一个熟悉面孔，甚是开心，我连忙上前打招呼："苏总，你怎么来了？"

"你们发生这么大的事情，我怎么能不过来看看呢？这几天担惊受怕，委屈你了。"他说这话的时候其实没有在回答我的问题，而是对着身边的"小甜花"说的。

这回的我可算没有像阿棋那时候一样迟钝，整件事，苏总一直在身边想保护"小甜花"的姿态，表露无遗。我猜用不了多久就有新的八卦可以听啦。

"我带你们去行政酒廊吧。"我按了电梯，把他们带到了行政酒廊会议室，然后把门带上了，我会心地笑了。

转身发了一条短信息给王伟："晚上想吃辣的，能安排吗？"

"还要吃辣的啊？你已经够辣的了，来点酸如何。看到苏总和Sharon站在一起，我是酸得很啊。"

"那我自己去吃喽。"我知道他是开玩笑，也故意这么回复道。

"别啊，安排安排，你吃辣，我吃酸。"

我们吃完晚饭，开车去外滩兜兜风，我们一路听着歌，吹着风，看着窗外的风景，我们默契地谁都没有开启一个话题，只是纯粹地享受这片刻的惬意。但在我们要返程的第一个等红灯的路口，他突然看着前方开口问道："悦，我知道我们在一个部门工作，你有很多的顾虑，可是我真的很想正大光明地站在你身边，所以你愿意做我的女朋友吗？我会对你好，不让你受委屈的。"

然后他转头看着我，看着他温柔注视我的眼神，我知道我逃不掉了，或许我早就陷进去了却不自知。我点点头，笑着说："当幸福来敲门的时候，我想说我愿意。"

我刚说完红灯变成了绿色，他大叫一下Yes，笑着往前开，说我们再兜一圈回去。

晚上，对着日记本，掩饰不住笑意，笔下却没写下几个字。

当我和路远分手的时候，我不确定什么时候还会有另外一个男孩子可以走进我的心里，但是此刻我想我找到了。

还有：

小萌——杨奕

阿棋——欧阳

"小甜花"——苏总

希望我们这些人都能好好的。

第二十章　终篇：普陀相遇

芮华集团总部上周将调查结果进行了全集团通报，涉及海鲜供应商的非法汇款达到五家酒店，对业主公司的经济造成了巨大损失，而这家海鲜供应商也已被集团列入黑名单，永不合作。黎豪业、Coco、许如君还有其他几位总经理、财务总监皆被撤职，涉案的具体金额还在进一步调查取证中。

我们从苏总那里得知黎豪业已经出院了，目前正在配合总部调查。"小甜花"被集团通报嘉奖，也被列为集团接下来重点培养的财务总监之一，我相信她未来一定有机会调任到集团总部担任更高的职务。

事情都告一段落，我们的普陀之行也可以如期成行了。6月10日，农历五月十五，今天正是我们去往普陀山的日子，我和王伟在一起的那天晚上爸爸妈妈就已经知道了。爸妈都对王伟很认可，很是开心，所以这次的旅程自然少不了他。爸爸和王伟决定轮流开车，我和妈妈只负责坐在后面欣赏沿途的风景。

普陀山几乎是爸妈每年必去之地，其中普济寺和法华寺是他们必去的两个寺庙。我曾经跟爸爸探讨过信佛的这个问题，爸爸说左宗棠题于江苏无锡梅园的对联他很受用——上联：发上等愿，结中等缘，享下等福；下联：择高处立，寻平处住，向宽处行。对联的意思是：人要树立远大的志向，但对缘分这件事却莫要执着，要抱着随遇而安的态度，不要期待回报太多，并做好过平常生活的准备。看问题要高瞻远瞩，为人却要低调谦和。一旦有所成就，也要朴素为

怀，事留余地，雅量容人，从而让人生的路越走越宽。仅仅这二十四个字就浓缩了古代圣贤"极高明而道中庸"的人生哲学。爸爸说他信佛也是因为他怕自己在这个物欲横行、利益大于一切的商场中迷失了本心。

我们一行下了摆渡船，上岛已经是下午2点了，爸爸妈妈因为年纪也不小了，旅途劳顿想先休息一下，今天就不去寺庙了，让我们两个年轻人自行安排，所以我和王伟到房间放下行李，稍作休息后，决定去普济寺走走。

沿着普济寺外面写着《心经》的那面墙往里走，就看到大雄宝殿外用汉白玉石做护栏的大殿外廊，整个大雄宝殿从内到外，气势宏伟，我们看着面前高大的佛像，也不由得庄严肃穆起来。我们对着佛像虔诚地许了愿望，拜过后起身时，在不远处隐约看到了一个熟悉的身影，有些不确定，拉着王伟一起确认，发现真的是黎豪业！

他此刻形单影只，我犹豫了一下，还是向他走去。我停在他的身旁，近处看他，发现比上次见面人清瘦了不少，背微微驼着，头发因为没有染，花白花白的，脸上没有血色，想来应该是大病初愈，没有完全恢复。

"黎总？"我轻声叫他，生怕大一点声就会惊到他。

他转过身来，先是一愣，或许是不曾想到，在这里也能遇到相识的人。"你是童悦？"他隐约有印象但又不确定地问道。

"是我，您身体可还好？"我试探性地问道。

他只是平静地点点头，以前的霸气荡然无存。

"我们可以聊聊吗？"我问。

他点点头，起身向殿外走去，我们坐在殿外一处石阶上，王伟没有跟来，他选了远处的一处空地坐下来等我，他暗暗给了我一个手势，意思是如果有问题，示意他，他马上就过来。

"一切皆是空啊。"他缓缓地坐下，慢慢地道来。

"缘起性空。"我附和了一句。

他自嘲地笑着说道:"我现在什么都没有了。"他看着前方,目光淡然,貌似放空了一切。

"其实我觉得现在的你才是什么都有了。没有了金钱你就丢掉了贪念,没有了女色你就丢掉了色欲,没有了职位你就没有了霸权,曾经的那个你为了钱、为了女人、为了权力,不顾一切,或许回头看曾经的你可能自己都认不出了吧?现在坐在这里的你才算真的把你自己找回来了吧!"或许是在寺庙里,众生平等,现在的他也只是一个平常的香客,而不再是以前那个高高在上的芮华集团中国区老大,才让我能在今时今日面对着他说出这样一番心里话。我继续说:"凡所有相,皆是虚妄。你为了执念,走错了很多路吧。"

"其实所谓的钱、女人、地位也不是我真正想要的,只是有时候其他人的利益需要通过我来达成,他们在满足我的时候,也在利用我,你觉得我真的能拿到所有的钱吗?我也只不过是这条利益链上的一环而已,船大了人多了,推着你不得不走下去,不管是错还是对。到最后,真正让我如梦初醒的,不是得知C酒店的财务小女孩将供应商的事情捅到美国总部去,而是我躺在病床上,每天陪着我的只有医院消毒水的味道,那个味道让我一下子就醒了,或者说绝望。"

"一直守在你身边的Coco呢?她去哪里了?"

"她?"黎豪业嘴角露出了一丝不屑,"她一听到我出事了,转头就离开了,不知道去哪里了。不过现在,我甘愿接受任何处罚,每天吃斋念佛,希望能洗刷掉一些自己身上的罪孽,希望不要累及我的子孙。"

听他这么说Coco,我心里一惊,但是转念,我记得苏总之前提过一句,Coco就是一个"傻白甜"。Coco要的是什么?是爱情,还是她作为芮华集团人力资源老大的职位?黎豪业是醒悟了,Coco怎么可能醒悟!

我看着他对Coco不屑的神情,换了一个话题:"我曾经做过一个梦,在梦里你对着我说:你永远不要想扳倒我。"

第二十章 终篇:普陀相遇

他听完没有丝毫的惊讶，只是淡然地回复道："真正扳倒我的的确不是你们，而是你们心中坚守的道德和法律。"

"你来这里多久了？"

"两周了，我一出院就来了这里。"

"你的牵挂呢？都能放下吗？"我突然想起，他在美国还有家人，还有私生子。

"我把我能给他们的都给他们了，对我而言，每天粗茶淡饭，反而是人间极乐，斩断尘缘是一个痛苦的过程，但是万物皆空，想明白了，就不需要再牵挂了。"

"这是作为一个过来人的领悟吗？"

"人生皆苦，唯有懂得何时放下才是大智慧。"他深沉地看着我，"从和你的对话中，知道你是懂一些佛法的，只要你继续参透，一定会前途无量的。"

此时，寺庙里响起了钟声，他缓缓站起身来，"我的晚课时间到了，你走好，不送了。"他慢慢转身，佝偻的背影消失在众多的香客中，五蕴皆空，我想此刻的他是彻底地放下了。

王伟走过来，坐在我身边，"你们聊得还好吗？"

"他是彻底放下了，能让一个曾经那么高高在上的男人有如今的顿悟，我们的坚持总算没白费。"我感叹道。

晚饭时，我把和黎豪业的对话说给了爸妈听，一时间大家都陷入了沉默，我们默默地吃着盘中的斋饭，的确今天的相遇和他的改变完全出乎我们的意料，但是这或许对他是最好的归宿吧。从职场到寺庙，这个看似从权力到平民的转身，却道出了人生的真理，一念苦，一念甜，放下执着，转念就是希望。

夜晚，普陀山下的海浪拍打着岩石，仿佛在说："揭谛揭谛，波罗揭谛，波罗僧揭谛，菩提萨婆诃。"（《心经》的最后一句，意为：去吧，去吧！去到彼岸吧！大家都去彼岸，迅速完成开悟！）目送着那个曾经出现在我梦魇中渐行渐远的背影，我内心五味杂陈。

此刻，我们漫步在千步金沙之上，回头看着一路走来留下的一串串脚印，从清晰到一点点被海水冲刷得毫无痕迹。我轻轻地闭上眼睛，感受着海风拂过面庞，仿佛也拂过心底。

"披上吧，别着凉了。"

我回头笑着看向王伟，自然地伸出手，他有力地握住我的手，手心的温度让我整个人都暖了起来。

我们静静地笑看着彼此，没有说话，但又好像说了千言万语。

一抹亮光从海平面那端跳了出来，他拥着我，我们就这样看着暖阳一点点地升起，照亮了万物，也照进了我们的心。曾经的过往，仿佛就像一部电影，一帧一帧映在我们的眼前。而未来，虽然此刻未见，但经历一番的我们，不恋过往，不负当下，不惧将来。

第二十章　终篇：普陀相遇